迷宮の月■目次

迷宮の月

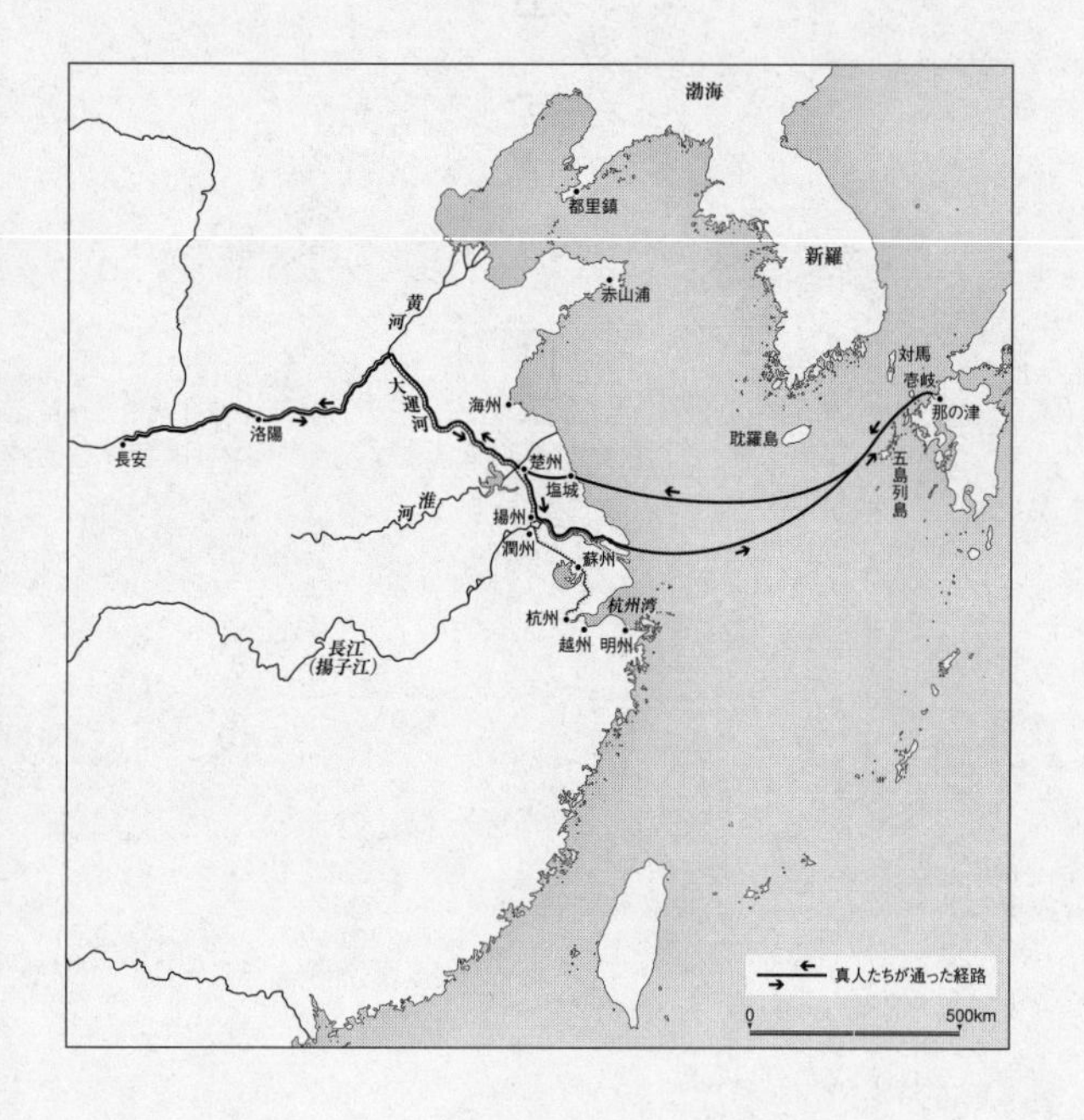
渤海
都里鎮
新羅
赤山浦
黄河
対馬
壱岐
大運河
海州
那の津
洛陽
耽羅島
長安
楚州
五島列島
塩城
淮河
揚州
潤州
蘇州
杭州湾
杭州
越州
明州
長江（揚子江）
真人たちが通った経路
0
500km

第一章　唐へ

一

大波が打ち寄せる音がして、船体が大きく右に傾いた。

その衝撃で体は左にさらわれ、船室の壁に肩を打ちつけた。

次には逆への揺り返しがくる。

反動で横倒しになるのを避けようと、粟田真人（あわたのまひと）は何かにつかまろうとした。

だが船室は暗くあたりが見えない。伸ばした手は空しく宙をつかむばかりで、体は船底に叩（たた）きつけられた――。

真人は肩の痛みを感じてはっと目を覚ました。

うなされて寝返りをした拍子に、左の肩を壁に打ちつけたらしい。ここまでの航海の間に体がやせ細ったせいか、骨をくだかれたような痛みがあった。

（夢か……）

真人は首筋の汗を手でぬぐった。

海が荒れているらしく、港に建つ宿所のすぐ下まで波が打ち寄せる。そのたびに波がくだける重い音がして宿所が揺れていた。

真人が遣唐執節使（しっせつし）に任じられたのは一年半前、大宝元年（七〇一）一月のことだ。五月には住吉津（すみのえのつ）を出て那の津（なのつ）（博多）に移動し、七月に五島列島に向けて出航した。ところが嵐（あらし）に巻き込まれ、一行四艘（そう）のうち二艘が破損し、那の津に引き返さざるを得なくなった。

その修理のために一年以上も那の津にとどまり、先月六月二十九日にようやく出航できたのである。

そうして五島の青方（あおかた）港に入港し、太宰府（だざいふ）からの知らせを待って待機している。

こうして嵐の夢にうなされるのは、先の遭難の記憶が恐怖となって脳裡（のうり）にこびりついているからだった。

真人は宿所の窓を開けてみた。

深い入江となっている青方港に向かって、灰色の波が次々と打ち寄せてくる。波頭は白く泡立ち、岸に打ちよせてくだけるたびに激しく泡立ってあたりをおおっている。

明け方の空は鉛色で、霧におおわれた海面との境目が分らないほど陰鬱（いんうつ）に暗い。晴れた日には沖に浮かぶ島が美しく見えるが、今は港の向こう岸も見えないほどだった。

真人は暗い目で沖をながめた。

はるか彼方に唐の国がある。

遣唐使の長としてこの海に乗り出さなければと思うと、腹の底から震えがわき上がってきた。

すでに還暦を過ぎた身である。

昔のように体の自由が利かないことや疲れやすくなっていることは、近頃とみに実感している。それなのにこの大海原を渡って、無事に役目がはたせるだろうか。そんな不安に足がすくむのだった。

「執節使さま、お目ざめでございましょうか」

部屋の外で声がして、山上憶良が入ってきた。

無位の民間人だが、粟田家の親戚にあたるので従者として同行するように真人が計ったのである。

すでに四十を過ぎているが、少年のように従順に真人に従っていた。

「何かお飲み物をお持ちいたしましょうか」

「ならば白湯を頼む。長い間船に揺られたせいか、腹の調子がすぐれぬ」

「承知いたしました。大峰山の陀羅尼助をお持ちいたしましょうか」

「それは有難い。それから執節使さまと呼ぶのはやめてくれないか」

普通は遣唐使の長は大使と呼ばれる。ところが今回は日本と唐の国交を回復するための重要な使節なので、大使、副使の上に執節使という特別な職をおいて、対唐外交の権威である真人を任じたのである。

しかし真人はそんな大仰な呼ばれ方に抵抗がある。憶良とは昔からの知り合いなのでなおさらだった。

「しかし、他の方々の手前がありますので」

無位の立場で馴れ馴れしくするわけにはいかないと、憶良はあくまで律儀だった。

「ならば二人の時だけでよい。真人さまと呼んでもらいたい」

「承知いたしました。朝粥ができておりますが、一緒にお持ちいたしましょうか」

「そうしてくれ。何だか今朝は体がだるい」

「今日は巳の刻（午前十時）から、姫神社で安全祈願がおこなわれますが」

大丈夫でしょうかと憶良が案じた。

後に万葉歌人として名を馳せるこの男は、真人の秘書として予定をすべて把握していた。

「もちろん参拝させていただく。皆にも怠りなく準備をするように伝えてくれ」

白湯を飲み朝粥を食べた後で、真人は文机に向かった。

朝一番の仕事は、前日のことをできるだけ詳しく「遣唐日誌」に書き留めることである。帰国したなら朝廷に報告する義務があるので、覚書を残しておく必要があった。

〈七月二十一日、小雨のち曇り。

知訶島（五島列島）の青方に着いて十二日目。一日曇天、灰色の海を見て過ごす。終日未申（南西）からの風強く、波が岸に打ち寄せる音が高い。

出港の準備をとどこおりなく終え、太宰府からの知らせを待っている。太宰大弐（次官）の計らいによって、耽羅島（済州島）への寄港が可能になることを祈るばかりである。

初めて熊鷹が飛来するのを見る。翼の幅は四尺（約百二十センチ）ばかり。蜂を食する習性があるゆえ、島の者は蜂熊と呼ぶとのこと。日本本土からこの島に渡り、冬を避けて南蛮（東南アジア）に渡ると聞く。

禽獣でさえ楽々と渡る海を、人が渡れぬことがあろうかと、憶良と語り合う。

問題は食料、水、薬の確保にあり。水は青方港の北側の観音岳に清水がわき、この水は一月たっても腐ることはないと、土地の者は口をそろえて言う〉

真人はそこまで書いて筆を置いた。

青方港から唐の港まで、どれほどの距離があり何日で着けるか分らない。もし耽羅島への寄港が許されなければ、五島から直接唐に渡る南路を取らなければならないのである。

果てしのない大海原に大勢の配下をひきいて乗り出す重圧が、ふいに両肩にのしかかってきた。

真人は机に置いた『長城要諦』を手に取り、どことも決めずにめくってみた。

唐の都長安の様子を記した案内本で、若い頃に留学僧として長安に滞在していた頃に買い求めたものである。

もう四十年以上も前のもので、長安の様子も変わっているかもしれないが、真人はこの小さな折本をお守りのように持ち歩いている。

ここに記された絵図を見て長安の素晴しさを思い出し、唐に行く使命感を呼びさましているのだった。

巳の刻の四半刻（三十分）前、宿所の前の広場に遣唐使全員が集まった。

船は四艘、使節団は四百二十人にものぼる。

これまでの使節団の二倍ちかい規模が、今回の遣唐使にかける朝廷の期待の大きさを示していた。

一号船には執節使である真人、二号船には大使の坂合部宿禰大分、三号船には副使の巨勢朝臣邑治、四号船には大位である美努連岡麻呂。

この四人が責任者として分乗し、百人を越える乗員を指揮している。

万一他の船が遭難して一艘だけになったとしても任務が果たせるように、それぞれの船に通訳や書記官が分乗していた。

真人は各船ごとに整列させ、一号船の乗員を先頭に姫神社の南の対岸に向かうことにした。

西から東に細長く湾入した青方港の北側の高台に、白木造りの姫神社が創建されていた。赤崎と呼ばれる高台は三方が海、北側だけが陸につながっていて、遠くからは島のように見える。

この地に遣唐使の航海の安全を祈るために、玄界灘の沖ノ島から田心姫神を勧請したのだった。

これには当時の国際政治をめぐる複雑な事情があった。

遣唐使が初めて派遣されたのは舒明天皇二年（六三〇）のことだが、この頃には九州の那の津から船出し、朝鮮半島の南を通って黄海に入り、山東半島の港に入って陸路長安に向かっていた。

朝鮮半島で高句麗、新羅、百済の三国が覇を競っていた頃で、日本は百済と同盟関係にあった。

そのために唐に渡る際にも港を使わせてもらったり、食糧や水の補給を受けたりして、比較的容易に山東半島まで渡ることができた。

これを北路と呼び、この航路で船が遭難することはほとんどなかった。

ところが西暦六六〇年、百済が唐と新羅の連合軍に攻められて滅亡した。

その三年後、天智天皇は四万の軍勢を送って百済の再興をはかろうとしたが、白村江の戦いで唐に大敗し、朝鮮半島からの撤退を余儀なくされた。

このために日本は、唐との外交関係をどう立て直すかという問題に直面したが、六六九年に遣唐使を送ったのを最後に、使者を送ることさえままならない時期が長くつづいた。

そうして水面下での交渉の末に、大宝元年に粟田真人らの派遣を決定した。

ところがその頃には朝鮮半島は新羅の支配下にあり、港を使わせてもらえないばかりか、沖を航行することさえ難しくなっていた。

そのために北路の使用を断念し、那の津から五島列島に渡り耽羅島をへて山東半島へ向かうか、東シナ海を横断する航路を取らざるを得なくなった。

前者を中路、後者を南路と呼ぶが、この航路を用いる際に航海の無事を祈る神社がないことが問題になった。

北路をたどる時は玄界灘の沖ノ島に立ち寄り、沖津宮の田心姫神に安全を祈願するのが慣例になっていた。

この慣例を破っては、遣唐使の航海に支障をきたすおそれがある。まして危険の大きな未知の航路をたどるのだから、使者たちの不安は並大抵のものではない。

そこで朝廷では青方港の赤崎に姫神社を創建し、田心姫神を勧請して祭ることにしたのだった。

祭祀（さいし）は予定通り巳の刻から始まった。

赤崎に建てた白木の社の南側には、海からつづく急な石段が築かれている。

その石段に白い幕を張り巡らした船が横付けされ、中から木の枝を束ねたとおぼしきものを抱いた神主が下りてきた。

真人たちは入江をへだてた場所で見物している。

わずか一町（約一〇九メートル）ほどの距離しかなかったが、神主の姿を従者が白い幕で隠しているので、様子をうかがうことができなかった。

「あれは筑前の宗像（むなかた）神社の神主でございます。田心姫神は神社の神木である楢（なら）の木に降臨されるので、降臨された枝をあのように抱いてお移りいただくそうでございます」

憶良が体を寄せてささやいた。

「するとあの神主は、姫神様を抱いて運んできたのか」

「さようでございます。勤めの前には斎戒沐浴（さいかいもくよく）し、宗像神社からやって来る十日の間、水だけしか口にしなかったそうでございます」

やがて従者たちが神主を幕で隠したまま、「おおー、おおー」という低い声を上げながら石段を登っていく。

そして社の中に神主が入り、祭壇に納められた銅鏡に御魂を移して勧請を終えたが、その瞬間不思議なことが起こった。

社は南に向いているので、東から昇った朝陽は差し込まない。しかも空は曇っていて、社殿の中は薄暗かったにもかかわらず、鏡が遠目にも分るほどはっきりと輝いたのである。

田心姫の御魂が鏡に乗り移り、内側から光を放ったとしか思えない光景に、真人以下参列者全員が心を打たれ、我知らず手を合わせて姫神のご加護を祈ったのだった。

五島に着いて二十日が過ぎ、七月末になった。

秋の気配は深くなり、港のまわりの木々も色づき始めたが、真人らは宿所にとどまったまま太宰大弐からの知らせを待っていた。

新羅と日本との関係が悪化しているので、北路をたどって唐に渡ることはできなくなっている。しかし五島から耽羅島をへて山東半島に向かう中路を使うことはできるのではないか。

真人はその可能性に一縷の望みをかけ、太宰大弐に耽羅王との交渉をしてもらっている。寄港の許可さえもらえるなら、南路を行くより中路を行く方がはるかに安全だからである。

その結果を待つためにぎりぎりまで青方にとどまっていたが、太宰府からの知らせは一向に来ないのだった。

（これ以上は、待てぬ）

真人は焦燥に背中を焼かれる思いをしながら、文机に広げた航路の図をながめた。唐で作られた極東の地図で、唐や新羅、日本の位置がおおまかに記されている。その地図に中路と南路を書き込んでいた。

（交渉が難航しているのか、それとも……）

初めから交渉するつもりはなかったのかもしれぬ。真人はふとそう思った。

遣唐使が派遣されるのは実に三十三年ぶり。朝廷一の実力者である藤原不比等が主導して決めたことだが、皇族や大臣の中には内心反対している者もいる。

昨年出航に失敗して那の津に戻った時には、このまま中止すべきだと帝に進言した者もいたほどだ。

もみ手をしながら愛想をふりまいていた太宰大弐が、そうした勢力の側に立っているのなら、依頼を握りつぶしたとも考えられるのだった。

使者は八月二日にやって来た。

十挺櫓(ちょうろ)の船を昼夜漕(こ)ぎつづけ、那の津から三日で渡ってきたというが、結果は最悪だった。

「耽羅国は新羅と好(よしみ)を通じているゆえ、港の使用は許可しない。沖の通行も認めないとのことでございます」

使者が大弐の書状を差し出した。

木簡の書状には、口上と同じ内容が簡潔な漢文で記されていた。

新羅は日本と唐が国交を結ぶことを警戒しているので、耽羅王に協力しないように圧力をかけているという。

「すぐに皆を集めてくれ」

真人は憶良にそう命じた。

宿所の広間に集まったのは、遣唐大使の坂合部宿禰大分、副使の巨勢朝臣邑治ら、首脳陣八人である。

真人は彼らに太宰大弐の書状を示し、中路を断念せざるを得なくなったことを伝えた。

「すると南路を行くということでございますな」

大分が自分に言い聞かせるようにつぶやいた。

他の七人も険しい表情で黙り込んでいる。

誰もが真人の政治力に望みを託し、中路を行けるかもしれないと期待していただけに、失望を隠しきれないようだった。

「こうなったら早目に船出すべきである。時を移せば海が荒れて、危険は大きくなるばかりだ」

全員にこのことを伝え、仕度にかかるように命じた。

「南路を行くと、配下の者たちに明かしてもよろしいでしょうか」

副使の邑治がたずねた。

「隠しておくわけにはいくまい。皆にも覚悟してもらわねばならぬ」

「それでは動揺する者も多いと存じますが」

何しろ未知の航路で、どんな危険が待っているか分からない。南路を行くと知ったなら脱走する者が出かねないので、どの航路をたどるか伏せていたのだった。

「そのようなことにならぬよう、方々にはしっかりと部下たちを掌握してもらいたい」

「執節使さま、上申したいことがございます。お聞きとどけいただけましょうか」

涼やかな声で申し出たのは鴨朝臣吉備麻呂（かものあそみきびまろ）だった。

山背国（やましろ）に勢力を張る鴨一族の出で、上賀茂神社の神官もつとめる四十がらみの才人だった。

「うむ、何かな」

「北路も中路も使えないので南路を行く。そう伝えれば皆の不安は大きくなるばかりでございましょう。そこで一計を案じてみてはいかがでしょうか」

「一計とは、どのような」

「幸い宗像神社の神主さまは、まだ当地にとどまっておられます。そこで田心姫神さまに、どの航路を選ぶべきかお告げを乞うのでございます」

そうして南路を取れとのご神託が下ったなら、皆が安心するという。神官をつとめる吉備麻呂らしい世慣れた才覚だった。

二

翌日、姫神社の南の入江に遣唐使船四艘を集めて安全祈願がおこなわれた。

一号船から四号船まで、長さ約十丈(約三十メートル)、幅約二丈半(約七・五メートル)の船を並べ、使節全員が乗り込んでお祓いを受けた。

船の帆柱は二本で、網代の帆を用いている。

甲板には二棟の館があり、首脳陣の船室や貴重品の保管庫とされている。

船体は平底に近い箱型なので積載量は大きいが、船首に水押しがないので正面からの波に弱く、速度も出ない。

また平底に近いので喫水（船底から水面までの長さ）が浅く、横から高波を受けると転覆しやすい。

外洋を航海するには不向きだが、当時の日本には大型船を作る技術がなく、中国のジャンクを手本にして建造した船を、遣唐使船として用いていたのだった。

船は摂津の住吉津を出る前に、住吉大社で安全祈願をおこない、舳先（へさき）に住吉大神を祭っている。

だがこの日は宗像神社の神主のお祓いを受けるので、四艘とも住吉大神には船館にお移りいただいていた。

お祓いがすむと、神主は田心姫神のお告げを受けることになった。

白い幔幕（まんまく）を張った社の前に額（ぬか）ずくと、わずかに幕の合わせを開けて祝詞（のりと）をとなえ始めた。初めはそれと分らないほど小さな声だったが、やがて神の存在を感じたかのように大きな声になっていく。

それにつれて幕の内から「おおー、おおー」という声が聞こえてきた。

勧請の日に神主を取り巻いていた従者たちが上げていたのと同じ声なので、同じ者たちが幕の中か社の後ろにいるのだろう。

その声は神主の声と見事に調和し、まるで姫神と神主が言葉を交わしているかのようだった。

その交歓が最高潮に達した時、神主は祈りの姿勢を取ったまま ばったりと倒れ伏した。

その瞬間、幕の内の声もやみ、あたりが静寂に包まれた。聞こえるのは風が木々の梢(こずえ)を揺らすざわめきと、波が岸や船に打ち寄せる音だけである。

真人以下全員が、何が起こるのか固唾(かたず)を飲んで見守っている。勧請の日に銅鏡が内側から光を発するのを目(ま)の当たりにしたので、誰もが社の中には姫神がおわすと信じていた。

ややあって神主は意識を取りもどし、社に向かってうやうやしく拝礼した。そうして懐(ふところ)から何かを取り出して目を通すと、社に向いたまま階段を後ずさり、波打ち際(ぎわ)で真人の方に向き直った。

「執節使さまに申し上げる。こたびの唐への航海は、南路を取るようにとのご託宣がございました。天気にも潮にも恵まれ、全員無事に渡りおおせるとのことでござる」

「承知いたした。ご神意に従うこととといたします」

真人は間髪いれずに答えた。

その時、奇瑞(きずい)があらわれた。

一羽の蜂熊が東の空から飛び来たり、一号船の帆柱に止まって翼を休めた後、大きく羽ばたいて西へ向かっていったのである。

まるで蜂熊が姫神の使いとなり、神託の正しさを証しているようだった。

「見よ。あの大鷹はこれから南蛮に向かって飛んでいく。我らを先導してくれるのだ」

真人が叫ぶと、一号船の乗員が口々に同意の声を上げた。それはやがて鬨の声になり、他の船にも広がっていった。

宿所にもどると、真人は四号船の船長である阿倍船人を呼んだ。

白村江の戦いで名を馳せた阿倍比羅夫の息子で、二十三歳の若さで遣唐使船の船長に任じられた俊英だった。

「お呼びでございますか」

船人はすぐにやって来た。

すらりと背が高く、潮焼けした精悍な顔つきをしていた。

「見たか。蜂熊を」

「はい。あんなに大きな鷹を初めて見ました」

「これから南蛮に渡り、来年の春には帰って来るそうだ。我らもそうありたいものだな」

真人は船人の人柄と才能を見込み、四号船の船長に抜擢した。しかも出港直前に一人娘の真奈との婚約を許し、帰国後には婚礼の式を挙げることにしているのだった。

「出来れば中路を行きたかったが、いろいろと不都合があってな。南路をたどって唐に渡ることになった。ついてはお前の意見を聞かせてもらいたい」

「私は船長の中で最年少です。ご期待に添えるかどうか分りません」

「もちろん他の者たちからも話を聞く。その前におおまかな知識だけでも得ておきたいのだ。それに」

年長の船長たちも、南路を通って唐に渡るのは初めてである。それなら直感力に富んだ船人から話を聞いたほうがいいと思ったのだった。

「まず、たずねる。出港はいつにするべきか」

「この晴天はしばらくつづきます。丑寅（北東）からの風も吹くようになりましたので、早いほうがいいと思います」

「順調に渡れたとして、何日かかる」

「風と潮の具合にもよりましょうが、七日から十日だと存じます」

「なぜ、そう思う」

これまで誰も渡ったことがないのにと、真人は根拠を示すように求めた。

「理由は二つあります。ひとつは那の津や青方の船乗りに、唐に渡った者がいないかどうかたずねました」

那の津の商人の中には、自力で船を仕立てて唐と交易している者がいる。その船に乗って唐の蘇州に渡った者が何人かいて、七日で渡ったと教えてくれたという。

「ほう。もう一つは？」

「都を発つ前に、過去の遣唐使の記録を調べました。その中で一度だけ、南路に近い航路をたどった例があります」

「いつのことだ」

「斉明天皇五年（六五九）でございます」

白村江の戦いが起こる四年前のことだ。

坂合部連石布を大使、津守連吉祥を副使とした二艘の遣唐使船は、九月十四日の未明に百済の南岸の島を船出した。

このうち津守吉祥が乗った二号船は、北東からの風に吹かれて東シナ海を横断し、九月十六日の夜半に揚子江の河口に着いたのである。

「わずか三日か」

「そうです。しかしこれは突風に吹かれ、偶然の幸運によって唐に達することができたものと思われます。普通の航海であれば、その二倍はかかりましょう」

船人の下調べは周到で、予測は信用のおけるものだった。

「ところで、その後、真奈から文は届いたか」

「那の津にいた時、一度いただきました。しかし、こちらから音信はしておりません」

遣唐使船の船長は、機密を守るために外部との連絡を禁じられている。船人は律儀にそれを守っていた。

「何年かかるか分らぬが、二人して元気な顔を見せてやりたいものだな」

真人は四十を過ぎて授かった真奈を、掌中の珠（たま）のように可愛（かわい）がっている。規律を遵守（じゅんしゅ）する船人の姿勢は評価するものの、便りのひとつくらいしてもいいのではないかと、娘になり替って言ってやりたい気がした。


夕方、真人は首脳陣と四人の船長を集めて出港の時期について話し合った。

「田辺連清名（たなべのむらじきよな）どのは、どのようにお考えでしょうか」

進行役の憶良がたずねた。

清名は一号船の船長で、四人の中ではもっとも豊富な経験と実績の持ち主だった。

「ここ数日、天気はおだやかで風向きも良好です。この好天はしばらくつづくと思いますので、一日も早く出港するべきだと存じます」

清名の考えは船人とほぼ同じである。

他の二人の船長もこれに同意し、なるべく早く出港することで皆の意見が一致した。

「ならば明後日、八月五日の明け方に出港する。それぞれ配下にこのことを伝え、準備に万全を期すように」

真人は一同を見渡して断を下した。

「清名にたずねたいことがありますが、よろしいでしょうか」

　大使の大分が真人の許可を求めた。

「どうぞ。何なりと」

「大海原を渡るとなれば、四艘が風に吹かれ潮に流されて散り散りになることもあろう。この儀はどうじゃ」

「むろん、そうしたこともあると存じます」

「そうなった時、再び同じ場所に集まる方法はあるか」

「船同士で連絡を取り合う方法はありません。再び集まることはできないと思います」

「お聞きの通りでございます」

　大分は真人の方に向き直り、こうした場合にどうするべきか決めておくべきだと進言した。

「これまでも派遣した船がちがう港に流れついたことはあった。そんな時には現地の役人に身分と目的を伝え、長安の都まで案内するように求めたと、記録に残っている。そうすれば長安で再会することができるからだ」

「今回もそれでよろしいのでございますね」

「他に方法はあるまい。何が起こるか分らぬが、その時々でそれぞれ最善を尽くしてもらいたい」

「他の船が沈みかけた時はどうでしょうか」

大分が険しい目をして喰い下がった。

「どう、とは？」

「その船を助けに向かうべきか、それとも任務をはたすために唐への航海をつづけるべきか」

「それは状況によるであろう。助けられるようなら手を差し伸べ、巻き添えになるようなら断念せざるを得ないかもしれぬ」

会合は半刻（一時間）ほどで終った。首脳陣の中には真人より大分に心を寄せる者がいて、帰り際に大分に歩み寄って意見を交わしていた。

その夜、真人はなかなか眠れなかった。

大分が言うように、沈みかけている僚船を見殺しにして、唐への航海をつづけなければならない場合があるかもしれぬ。

そこまで周到に考えたことがなかっただけに、自分の脇（わき）の甘さを思い知らされた気がした。

それに大海原に乗り出していく不安もある。

海また海のただ中で予測もしていない事態が次々と起こったなら、はたして自分に対処する力があるだろうか。そう思うと心細さに胸が締め付けられるようだった。

眠れないまま寝返りをくり返していると、遠くで物音がした。何かを地面に投げ落としたような鈍い音である。

真人は窓の引き戸を開け、外をのぞいてみた。

一号船の乗員たちが寝泊りする小屋が一列に並び、月の明かりに照らされている。

その一棟から人が抜け出し、小屋のまわりに巡らした塀を乗り越えていく。

塀の高さは一間半（約二・七メートル）ほどあって、梯子（はしご）のようなものをかけて上に登り、そのまま外に飛び下りている。鈍い音がしたのはそのためだった。

一人、二人、三人。荷物の包みを背負った者が、黙り込んだまま黒い影となって塀を乗り越えていく。

さらに一人、つづいてもう一人。

（あれは……）

脱走だと気付いたのは、四人目が塀を乗り越えた時だった。

南路を行くと知った者が、危険の大きさに恐れをなして逃げ出している。

（何とかしなければ）

真人はそう思ったが、屈強の五人を相手に一人で飛び出していくわけにはいかなかった。

「憶良、憶良はいるか」

小声で呼ぶと、

「はい。ただ今」

憶良はすぐに現われた。

「脱走した者がいる。後を尾けてくれ」

「一人で行くのでございますか」

「夜の間は遠くへは行くまい。どこかで骨を休め、明るくなってから動き出すはずだ」

その場所を突き止め、火を灯して知らせよと、火種を持たせて後を追わせた。

次に五人が抜け出したあたりに行き、水夫たちが脱走した宿所を確かめると、警備の責任者を呼んだ。

紀朝臣黒麻呂という屈強の衛士で、遣唐使の警護と監督を兼ねていた。

「一号船の宿所から逃げ出した者が五人いる。すぐに宿所を改め、配下と共に連れ戻しに行け」

「どこに逃げたか、お分りでしょうか」

「山上憶良に後を追わせた。居場所が分ったなら、火を灯して知らせるはずだ」

「先に私の配下十人を向かわせましょう。宿所を改めるのは、その後にさせていただきます」

「決して手荒なことをしてはならぬ。五人を捕えたなら、人目につかぬように私の宿所に連れてきてくれ」

「承知いたしました」

黒麻呂は腰に吊るした剣の音がしないように手で押さえ、急ぎ足で詰所に戻った。

憶良は期待通りの働きをした。

月明りを頼りに五人の後を尾け、青方の集落のはずれにある岩屋の下に入ったのを確かめると、火を灯して黒麻呂の配下に居場所を知らせた。

配下から報告を受けた黒麻呂は、一号船の水夫頭を連れて説得に行き、夜が明ける前に宿所に連れ戻したのだった。

真人は朝粥を腹におさめ、宿所の広間で五人と対面した。

彼らを力でねじ伏せるのではなく、理によって説得することができなければ執節使たる資格はない。この先の不安に打ち克つためにも、その難題を乗り越えなければならなかった。

五人は後ろ手に縛られ、広間の土間に引き据えられていた。

五人とも二十代、三十代の働き盛りである。選ばれた水夫たちだけに体格も良く、海の男らしい潮焼けして引き締った顔をしていた。

側には紀黒麻呂が仁王のように突っ立って五人を見据えている。広間の文机には憶良がつき、記録を取る仕度をして待っていた。

「執節使、粟田真人さまだ。お前たちも知っておろうが、真人さまは帝から節刀をたまわり、遣唐使に関わるすべての権限を持っておられる」

だからお前たちをどう処罰するかは、真人さまのご判断にかかっている。憶良はそう言って、何もかも正直に話すように念を押した。

「紀朝臣、ご苦労であった」

真人はまず黒麻呂らの労をねぎらった。

「執節使さまの的確なご判断により、大事にいたらずにすみました。お礼を申し上げなければならないのは、我らでございます」

黒麻呂が直立の姿勢で応じた。

「すまぬが、その者たちの縛めを解いてくれ」

「よろしいのでございますか」

「私は取り調べに来たのではない。同じ船に乗る仲間として話がしたい」

「おそれ多いことでございます」

黒麻呂はしばらくためらってから、五人を縛った縄を切り落とした。

五人は腕をさすったり肩を回したりして、不自由を強いられた体をいたわった。

「この者たちは淡路島の出身で、頭は由良船岩でございます」

憶良はあらかじめ聞き取りをしていた。

船岩は四十がらみの小肥(こぶと)りの男である。あごの張った四角い顔をして、細い目を強情そうに吊り上げていた。

「ならば船岩にたずねる。なぜ脱走しようとした」

「話がちがうからでございます」

船岩は悪びれることなく答えた。

「我らが徴用された時には、今まで通り北路をたどって唐へ渡ると聞いておりました。ところが昨日になって、大海原を突っ切って唐に渡ることになったと聞かされました。これではとても生きて帰れまいと、手下の四人と逃げることにしたのでございます」

「航路を変えざるを得なくなったのは、やむを得ない事情によるものだ。それゆえ姫神さまにお告げを乞い、南路を行くべしとのご託宣を得た。危険が大きくなった分だけ、帰国後の褒美(ほうび)も手厚くすると伝えたはずだ」

「それは聞きましたが、命あっての物種と申します。南の海に船ごと沈むより、島に帰って女房や子供に元気な顔を見せてやりたいと思いまして」

「南路を渡って唐と往来している者たちもいる。どうして初めから渡れぬと決めつけるのだ」

「それは唐で作った立派な船に乗った者たちでございましょう。それに一艘に三十人か四十人しか乗っていないはずでございます」

船岩は海の民だけあって遣唐使船の弱点を正確に見抜いていた。

平底にちかい箱型の船は内海向きで、外洋の荒波には弱い。しかも一艘に百人以上も乗り込んでいるので、人数分の水や食料を積み込んでいる。

そのために船が重くなって喫水が下がるし、非常の時にも他の乗員が邪魔になって水夫たちが機敏な動きができないのだった。

「そうした欠点はあるかもしれぬ。だが船長たちは船が建造される時から立ち会い、大丈夫だと見極めて航海にのぞんでおる」

「その見立てが正しいかどうかは、実際に大海原に出てみなければ分りますまい。そんな危ない賭けに、命を張りたくはないのでございます」

「危険は皆同じだ。それを承知で、この役目をはたそうとしている。それはなぜだか分るか」

真人は話の矛先を変えて説得にかかった。

「このたびの使節の役目は二つある。ひとつは白村江の戦い以来途絶えていた唐との国交を回復すること。もうひとつは唐のすぐれた制度や仏教の教理を学ぶために、留学生や留学僧を送りとどけることだ。そのことが日本の発展のためにどれだけ大切か分っているゆえ、多くの者たちが命を賭けて海を渡る決断をしたのだ」

「そのことは、わしらも分っております」

「ならばなぜ尻込みする。海のことを一番良く知っているお前たちに、皆が命を預けているのだぞ。それを見捨てて逃げ出すようでは、海の男とはいえまい」

「知っているから、恐ろしいんでございますよ。なあ」

船岩が四人の配下を見やって同意を求めた。

四人は一様にうなずいたが、少しずつ表情と目の色が変わっている。皆を見捨てて逃げるのかと言われて、海人としての意地と誇りが頭をもたげてきたようだった。

「それに非はそちらにありましょう。わしらは北路を行くと聞いて徴用に応じたんだ。それが変ったのなら、改めて頼むのが筋ではありませんか。それを出港間際まで隠しておくのは、帝のご名代とも思えぬやり方ではありませんか」

「さようか。ならば改めて頼む。このたびの渡唐が成功するように、水夫をつとめてくれ」

真人は烏帽子をかぶった頭を深々と下げ、もし応じたくなければこのまま立ち去っても構わないと言った。

「ほ、本当でございますか」

「改めて頼むとはそういうことだ。少なくて悪いが、淡路島まで帰るくらいの費用は払う。しかしお前たちの腕に命を預け、大海原を渡ろうとしている者が大勢いる。この私もその一人だ。それを見捨てることはできぬと思うなら、明朝の出港までにもどってくれ」

真人は五人の気持の変化を読み取り、彼らの誇りに望みを託したのだった。

三

翌朝、真人は激しい胸騒ぎとともに目をさました。

何か悪い夢を見たのか、体が変調をきたしたのかは分らない。ただ胸の鼓動が早くなり、首筋に冷たい汗をかいていた。

まだ夜が明けていないことはあたりの気配で分る。起き出して物音をたてれば隣の憶良をわずらわせるので、このまま息をひそめて横になっておくしかない。

もう一度眠れたら体も楽になるだろうに、こうして目がさめると二度と寝入ることはできなかった。

（あの五人は戻るだろうか）

あお向けになったまま自問した。

必ず戻るという手応え（てごた）は感じているものの、もしやという不安はぬぐいきれない。そうして思い知らされたのは、配下の者たちすべてがこうした迷いや不安を抱えているということだった。

(だから、わしが迷いを見せてはならぬのだ)

真人はそう思い、自らが高々とかかげた旗にならなければと痛感した。

旗を目にするだけで、誰もがこの旅の任務が何かを思い出し、やり遂げねばならぬと勇気をふるい起こす。そのような存在になるためには、ゆるぎのない信念と任務に殉じる強い心が必要である。

それが出来ているかどうか、あの五人に試されている気がした。

宿所の近くの岸にはさざ波が打ち寄せている。

どうやら風もなく波もおだやかなようだ。

ずっとこんな天気がつづくように祈りながら、寄せては返す波の音に耳を傾けているうちに、夜が白々と明けてきた。

戸板の隙間(すきま)からさし込む光でそれが分る。真人は身を起こし、窓を開けてみた。波の音にまじって小鳥の鳴き声も聞こえてくる。

まだ海はいぶし銀のような色だが、空は雲ひとつない晴天である。やがて朝陽が昇れば、海も空の色を映して青々と輝くだろう。

港の西側には、遣唐使船の帆柱が見える。

今まではもう少し離れた場所につないでいたが、今朝の出港にそなえて港の側まで移したのだった。

あの帆柱の対岸あたりに、田心姫神を祭った姫神社がある。真人はそちらに向かって手を合わせ、ご加護があるように長々と祈った。

そうして文机に向かい、「遣唐日誌」をつけることにした。

〈八月四日、晴天。

青方に着いて二十五日目。五日間晴天と順風がつづき、八月五日に出港と定める。

三日の深夜、宿所から水夫五人が脱走するのを目撃。山上憶良に後を追わせ、紀黒麻呂の配下を追捕(ついぶ)に向かわせる。

早い対応が功を奏し、四日の明け方には五人を連れもどす。由良船岩を頭とする淡路島の者たちで、南路を行くと聞いて脱走を決意したる由(よし)。

これは五人のみの不安、不満にはあらず、遣唐使全員が持ちたる心なり。

それゆえ強権によって従わせるのではなく、理によって説得し、自ら進んで任務につくように仕向けざれば、執節使としての役目は果たせぬと肚(はら)を据えて五人に対したり。

志あれば五日の朝までにもどって来るようにと諭し、一旦(いったん)解き放つ。この措置が当を得たものかどうか定かならざれど、一個の信念によって行ないたることなり。

迷いを捨てて信念を貫くことができるかどうかに、役目完遂(かんすい)の成否がかかってい

る と信じるゆえなり〉

真人がそこまで書いた時、憶良が白湯を運んできた。

「お目覚めはいかがでございますか」

「今日の天気のようにさわやかな気分だ。薬のおかげで腹の具合も良くなった」

「それは良うございました。今朝は卯(う)の刻(午前六時)に港に集合。真人さまのご訓示をいただいた後に出港でございます」

「分っている。荷物はすべて積み終えたろうな」

「昨日のうちに終えました。朝粥はどういたしましょうか」

今のうちに食べれば温かいが、船に乗ってからでは冷めてしまう。憶良はそんな気遣いまでしている。

船に乗れば、火を使うこともままならないのだった。

「今のうちにいただこう。ところであの五人は、もどって来ると思うか」

「分りません。しかし、私があの者たちの立場だったら必ずもどります」

「なぜ、そう思う」

「大義を前にして、逃げたくないからです」

憶良が作った朝粥は美味(おい)しかった。粥に入れた海草の塩気と米の甘味が調和し、ほど良い炊(た)き加減で喉越(のど)しもいい。

しばらくはこんな粥も食べられまいと、真人はゆっくりと味わいながら食べ終えた。

定刻の卯の刻、港の広場に遣唐使全員が集合した。

丸太で組み上げた二本の桟橋の両側に、四艘の船がつながれている。その船の前に、乗員たちが整然と並んでいた。

真人は憶良を従えて広場に向かった。

一号船の乗員たちは一番手前に二列になって整列している。水夫たちは三十人ばかり。そろいの青い貫頭衣を着て、一番後ろにひと固まりになって並んでいた。

真人はそのあたりに目をやり、淡路島の五人が戻っていることを確かめた。

由良船岩も真人の視線に気付き、軽く頭を下げて気恥ずかしげな笑みを浮かべた。

真人の思いは通じたのである。それは出港に際して何よりの励ましになったが、脱走した者が他にもいたことが分かった。

「さきほど点呼を取りました。一行のうち八人が抜けております」

警護役の黒麻呂が報告した。

水夫二人、留学生二人と従者二人、留学僧一人と従者一人だという。

留学生や留学僧は良家の若者で、それぞれ世話をする者が従っている。ところが前途の困難に恐れをなし、主従共々逃げ出したのだった。

「ご苦労。いたし方あるまい」

朝廷の高官でさえ、仮病を使って遣唐使を辞退した者がいる。八人しか抜けていないのは、立派と言うべきかもしれなかった。

「どうぞ、お言葉を」

大使の大分にうながされ、真人は中央に置かれた台の上に立った。

秋の初めの清冽な空気の中に、四百十一人の配下が決意に満ちたきりりとした顔をして整然と並んでいる。

それを見ると、真人は感激で胸が一杯になった。こんな人材がいる限りわが国は大丈夫だと、頭が下がる思いだった。

「このたびの渡唐にあたっては数々の手違いがあり、住吉津を出てから一年以上も時間を費してしまった」

真人は最初にそのことを詫びた。

「何とか中路を行く方法を探ってきたが、田心姫さまのお告げもあって五島から直接唐をめざす航路を取ることにした。遣唐使が初めてたどる南路であり、どのような危険が待ち受けているか分らぬが、こうして臆することなく任務を果たそうとする諸君の使命感と勇気に敬意を表する」

真人はそう言って深々と頭を下げた。

「過去にはこの航路を三日で渡ったという記録がある。これは特別な例だとしても、七日では渡れると船長たちは見込んでいる。たとえどんな困難が待ち受けていようと、皆で力を合わせて乗り切り、無事に唐の地を踏もうではないか。神々のご加護と、諸君の健闘を祈る。弥栄(いやさか)」

真人が声を上げると、全員が「弥栄」と叫んでそれに応じた。

港を出るのは一号船からである。

四艘すべての準備がととのったことを確かめると、船長の田辺連清名が水夫頭に銅鑼(どら)を叩かせて出港を告げた。

船が桟橋を離れると、左右両舷(りょうげん)の櫓棚(ろだな)に立った水夫十八人が、力の限り櫓を漕いで西へと向かっていく。

狭い水路を抜けるのを見計らって帆を上げると、船足はぐっと速くなった。

湾の入口に横たわる柏島(かしわじま)と折島(おりしま)がみるみる近付き、岸辺で漁(すなどり)をする漁師の姿が見えた。

南北につらなる二つの島の間を抜けると、船は南に向かっていった。

「杭州湾は西の方ではないのか」

舳先に立った真人は、地図に目を落としてたずねた。

「さようでございます。しかしこの先には南から北に向かって潮が流れております。船はその潮に乗って北に流されますので、これくらい南に向かったほうがいいのでございます」

清名は任せておけとばかりに胸を張った。

この先には黒潮（対馬海流）が流れている。真人は知らないが、五島列島から杭州湾までの距離はおよそ七百四十キロ。

寄港地ひとつない南路をたどる、遣唐使史上、初めての航海が始まったのだった。

第二章　楚州塩城県

一

青方港を出た四艘の遣唐使船は、一号船を先頭に南に向かっていく。

網代の帆に追い風を受けながら、百丈（約三百メートル）ばかりの距離をとって一列につらなってゆく。

秋晴れの空は美しく澄んで、遠い水平線までつづく海は淡い緑色をしている。この天気と風があと七日つづいてくれと、誰もが祈りたくなるほどの好天だった。

出港から一刻（二時間）ほど過ぎた頃、粟田真人は乗員全員を甲板に集めた。

総勢百八人のうち、船長、船頭、舵取り、水夫らは四十人。

紀朝臣黒麻呂以下の衛士は二十五人。

彼らは海賊が襲ってきた場合に弓矢で撃退する役目を負っているので射手とも呼ばれ

ている。

その他には医師や卜部(占い師)、船大工、料理人などが十人。

残りの三十三人が執節使の真人を団長とする遣唐使である。

使者の中には唐との外交を担当する役人五人の他に、請益僧(短期留学僧)と留学僧(長期留学僧)、留学生、その従者たちが乗り込んでいた。

真人は遣唐中位である鴨朝臣吉備麻呂を知乗船事に任じ、航海中の船内の管理をゆだねていた。

南路を取らざるを得なくなった時、田心姫神のお告げにしたらどうかと上申した、世慣れた才覚を見込んでのことだった。

「それでは役目により、航海中の規則を申し伝える」

吉備麻呂は懐から書状を取り出して読み上げた。

「ひとつ、船内の序列は執節使さま、知乗船事、船長、衛士長、水主頭、それぞれの組頭の順である。中でも執節使さまは帝から節刀をたまわり、帝に代ってあらゆる権限を行使する権利を有しておられる。そのことを肝に銘じ、服従するようにせよ」

航海中は乗員が一丸となって動かなければ、危機を乗り切ることができない。

そのためには指揮命令の系統をはっきりさせ、真人の号令一下迅速に対応することが重要だった。

「ひとつ、食事は一日二回、干飯一合ずつ。水は一日一升を各自に配給する。副食として持参した味噌や梅干などを食べるのは勝手だが、長い航海の間には盗った盗られたとの争いが起こりがちである。こうした場合の喧嘩は両成敗とする」

その外、睡眠は甲板や船底の定められた場所で取ること。小便は船縁から、大便は櫓棚からすること。体調が悪くなったり怪我をした者はすぐに医師に相談すること。異変や悪事に気付いた者はすぐに組頭に報告すること。等々細かい生活規則が伝えられた。

「それでは初めての配給を行なう。当番の者は仕度にかかれ」

吉備麻呂が命じると、六人が船底に入り、干飯の入った桶と水の入った革袋を運び上げてきた。

干飯は蒸した米を乾燥させた保存食で、水にひたして食べる。鍋で煮れば粥になるので美味しいが、船内では余程のことがない限り火は使えない。

水を入れた革袋は、羊の内臓を抜き取って乾燥させ、袋状にして用いたものだ。

中央アジアの遊牧民が水を運ぶために考案したものだが、重くもなく衝撃にも強く、重ねて積んでも嵩張らないので、航海用の水の容器としては最適だった。

干飯は各自が持つ椀に、水は竹筒に入れてもらう。そうして干飯に水を注ぎ、ふやけるのを待って食べる。

「真人さま、お持ちいたしました」

船館にもどった真人のもとに、山上憶良(やまのうえのおくら)が水を注いだ干飯を持ってきた。

航海中は全員平等に配給されたものを食べる。

真人も律義(りちぎ)にこれを守ることにしていた。

「塩昆布と梅干と味噌がありますが、どれにいたしましょうか」

「そうだな。味噌にしてもらおう」

飛鳥(あすか)で造った味噌は魚醤(ぎょしょう)に大豆を漬け込んで発酵させたもので、諸味(もろみ)のようである。

少々塩分が強いが、干飯の冷や粥にはよく合った。

「干した柿(かき)や桃、野草なども持参しております。いつでもお申し付け下さい」

還暦を過ぎた真人には、配給の食料だけでは酷(こく)すぎる。憶良はそう考え、医師とも相談して滋養のあるものを用意していたのだった。

その日は順調な航海がつづき、四艘の船も縦列を保っていた。

夜になると海は真っ暗になり、天には無数の星がまたたいている。

船乗りたちは北極星や宿星(しゅくせい)（星座）の位置で方角を定め、船を進めていくのである。

真人も甲板に出て星空をながめた。

真っ黒な海をおおう満天の星。果てしのない孤独と天地の雄大さを感じさせる光景だった。

「執節使さま、松明(たいまつ)を焚(た)いて後続の船に合図を送ります」

船長の田辺連清名が、かがり台で松明を焚くように命じた。

配下が火を焚くと、甲板が明りに赤く照らされた。その火が船とともに上下にゆっくりと揺れた。

しばらくすると二号船、三号船、四号船の順に火が灯り、互いの無事を伝え合った。

それは海上に連なる星のようで、切なくなるほど美しかった。

翌日も好天で、船団は順調に進んでいく。

少し互いの距離が広がったようで、四号船は真人の目ではとらえることができなかった。

「四号船まで三千尋（約五・四キロ）ほど離れているようですが、何の問題もありません」

清名が晴れがましい顔で伝えた。

海で鍛えた目には見えるらしい。それ以上に、どうして距離が分るのか不思議だった。

「我々は計測杖を用いますので」

清名が一尋（約一・八メートル）ほどの長さの杖を立ててみせた。

目の高さに水平の腕木がついていて、棒の先には五寸（約十五センチ）ほどの横棒がついている。

腕木は水平から垂直の位置まで動かすことができ、角度が分るようになっている。

「この横棒と腕木の角度によって、だいたいの距離が計れるのでございます」

水平線までの距離はどこの海でもほぼ一定なので、水平線に横棒を合わせた時、五寸の横棒が何里に相当するか分っていれば、角度を下げて近くを見た時もだいたいの対比で距離が分るという。

後世の三角測量法に似た技術を、この頃の船乗りたちも用いていたのだった。

「しかし、この横棒を水平線に合わせた時に何里になると、どうして分ったのだ」

真人にはそれが腑(ふ)に落ちなかった。

「船乗りの間で代々伝えられたもので、誰がどうやって測ったのか分りません。おそらく綿津見神(わたつみのかみ)さまが知恵を授けられたのでございましょう」

やがて午前の配給があり、皆が一合の冷や粥を食べ終わった頃、

「見ろ。勇魚(いさな)（鯨）だ。勇魚がついて来るぞ」

船尾の方からそんな声が上がった。

船の左側に三頭の勇魚が見え隠れしながらついて来る。海にもぐったり、時には勢い良く宙を飛んだりする姿は、船とじゃれ合っているようである。

「こっちにもいるぞ。五頭、いや六頭だ」

右舷(うげん)からも声が上がった。

遠くの方からみるみる船に近付いてくる姿は、勇魚の名にふさわしい。

まるで遣唐使船の航海を歓迎してくれているようで心が晴れやかになったが、実はそんなにのどかなものではないらしい。

「皆が櫓棚で糞をたれるでしょう。その中に混じっている米粒を食べに小魚が集まってきます。勇魚はその小魚を狙って来るんです」

水夫の一人が教えてくれた。

それを知っている者たちは、いち早く船縁から釣り糸をたれている。すると餌をつけない釣針でも面白いように釣れる。

これをかがり台の炭火で焼いて、皆が思いがけない馳走にあずかることができた。

真人は船館に置いた卓につき、「遣唐日誌」を記すことにした。

〈八月五日、晴天、順風。

知訶島（五島列島）の青方に着いて二十六日目。南路を取り杭州湾に向けて出港す。卯の刻（午前六時）、全員整列。三日の深夜に脱走した由良船岩ら五人は、訓戒に従って任務にもどる。

その姿を見た時の喜びと安堵、筆に尽くし難きほどなるも、脱走は他にもあり。

水夫二名、留学生二名と従者二名、留学僧一名と従者一名、計八名なり。

渡海の不安や恐れ、心の弱さは致し方なけれども、これを見逃しては他の乗員との公平を欠くゆえに、逃亡者名簿を作って地元の役人から朝廷に奏上するように手配する。

八名の者たちも都にもどれば厳しく処罰されることは承知しているであろうに、この先どうやって生きてゆくつもりなのか。ただ目前の恐怖を逃れたいばかりに分別を失ったのか。

浅ましく嘆かわしい事どもなり。

一行四百十二人は、四艘に分乗して出港せり。一号船は余、鴨吉備麻呂以下百八人。好天、順風にして、四艘とも順調な航海を継続せり。

夜には漆黒の闇となった海上で、かがり火を焚いて連絡を取り合えり。心細き迷子が声を上げて互いを呼び合うような風情あり〉

そこまで書いた時、憶良が船館の戸を叩いた。

「真人さま、前方に潮の帯が見えます。船長は対馬に向けて流れる潮だと申しております」

真人はすぐに外に出た。

舳先では大勢が集まって潮の流れに目をこらしていた。

（おお、これが……）

黒潮と呼ばれる暖流かと、真人は息を呑んだ。

まだはるか先なのに、黒い色をした潮が他の海域とは一線を画し、そのあたりだけふくれ上がるようにして北へ向かって流れている。

「この潮の幅はおよそ三百七十里（約二百キロ）と言われています。これを突っ切れば、唐の港は目と鼻の先です」

清名が前方を見据えて告げた。

ちなみに古代の一里は五町と規定されている。現代に換算すれば五百四十五メートルだった。

黒潮には二日目の夕方に乗り入れた。

北東の風に吹かれて南西に進みながらも、船は時速三キロほどの速さで北に流されていく。そのために夜にかがり火を焚いても、二号船とおぼしき船のかがり火しか見えなくなった。

それも後方に当たる北東ではなく、南の方に見えている。

潮に乗り入れた時間の差があるために、真人らの方が二号船よりかなり北に流されたのだった。

三日目も好天で順風だった。

皆が船出の緊張から解放され、これなら何事もなく唐に着けるのではないかと楽観的になっている。そのせいか船内には規律のゆるんだ妙に明るい雰囲気がただよっていた。

真人は早朝に目をさまし、船館の窓から海をながめた。

今日も空はよく晴れて、海は黒潮の色である。

暖流に乗っているので温かく、昨夜は蒸し暑さを感じたほどだった。

明け方に吹く風は心地良く涼しい。真人はその風を部屋に入れながら、「遣唐日誌」の執筆にかかった。


〈八月六日、晴天、順風。

出港二日目も無事に過ぎる。船の両側に勇魚が群をなして寄ってくる。船が物珍らしく、たわむれ遊んでいるが如し。

されど、水夫に言わせるとさにあらず。乗員の垂れた大便を食べに小魚が集まり、小魚を狙って勇魚が集まるとのこと。ならばと釣糸を垂れると豊漁なり。乗員の食料となる。自然の摂理とはかくの如きか。

夕方、対馬に向かって流れる潮に乗り入れる。黒潮という名は聞いていたが、まことに黒い海とは思わざるなり。潮に流されて四艘の縦列航行が乱れ、夜には二号船のかがり火のみ見ゆ。それも夜半には消え去せたり〉

真人の筆はそこで止まった。

他に変化のない単調な一日だったので、書くべきことが思い当たらない。

大海原に出たせいか、それとも疲れがたまっているのか、頭がぼんやりとして考えの焦点が定まらない感じだった。

真人は竹筒の水を茶器に注ぎ、冷たいお茶を飲んだ。最初は出が悪かったが、何度も使っているうちに団茶がふやけて味がしみ出るようになっていた。

（さて……）

どうしたものかとしばらく考え、今度の遣唐使をめぐるいきさつを書き残しておくべきだと思った。

万一遭難して命を落とすことになった場合でも、重要書類や日誌、貴重な経典などは防水性の高い櫃（ひつ）に入れて海を漂わせることになっている。

そうすれば日本の浜に流れつき、朝廷に届けられる可能性があるからだ。

そして運良く都に着いたなら、櫃の中に納めた家族や友人にあてた文は、宛名（あてな）の者に届けられることになっている。

そこで一人娘の真奈にあてた文を書き、執節使になった自分の胸の内を包み隠さず書き記しておくことにした。

〈真奈への私信。八月七日。

真奈よ、今頃お前は都の中ツ道に面した屋敷で、私と阿倍船人の帰りを待っていることと思う。

遣唐使として旅立つ直前になって、船人と夫婦になりたいと言われた時はさすがに驚いたが、今ではこれで良かったと思っている。

お前が生涯の伴侶に選んだ男は、船長として立派に役目を果たしてくれているよ。

今日は知訶島の港を出て三日目になる。

大海原のただ中を流れる黒潮に乗っているが、幸い天気にも恵まれ、航海は順調だ。あと三日か四日で唐の国に着くことだろう。

さて、私がこの私信を残そうと思ったのは、万一航海の途中で不慮の事故にあった場合にも、お前にだけは我らが唐に向かった本当の理由を知ってもらいたいからだ。

私が海の藻屑と消えた後に、これを入れた書類櫃が祖国の浜辺に流れつき、朝廷の手をへてお前の目に触れることになる。

そんなことを夢想しながら、この文を書きつづることにしたのだ〉

真人は再び茶をすすり、何からどう書くべきかしばらく考えた。

そしてまず遣唐使が派遣されることになったいきさつと、自分がこの歳で執節使に任命された理由から書くべきだと思った。

〈真奈よ。今度の使節が日本と唐の国交を回復する大事な役目を担っていることは、以前に話した通りだ。

今から三十九年前、日本は唐と新羅の連合軍と白村江で戦い、大敗して朝鮮半島から撤退せざるを得なくなった。百済を救おうとして天智天皇がなされたことだが、唐の強大な力に太刀打ちできなかった。

これ以後日本は、百済からの避難民を大量に受け容れ、いつの日か百済を再興して彼らを故国に帰すことを目標としてきた。

ところが天智天皇がお亡くなりになると、天武天皇はこの方針を捨て、唐との国交を回復しようとなされた。そうして冊封国となって朝貢貿易をおこない、唐の優れた文物を取り入れるべきだとご決断なされた。

そうしなければ日本が新しく生まれ変わり、周辺の国々に伍していくことはできないからだ。

この方針は天武天皇のご他界の後、藤原不比等さまが受け継がれ、十数年の歳月をかけて唐と水面下の交渉をつづけてこられた。

そして二年前、唐から正式に使者を受け容れるとの返答があり、私を執節使とする使節団がつかわされることになったのだ〉

二

四日目も晴天、順風だった。

船は黒潮の上をひたすら南西に向かっていく。四方すべてに水平線が見える大海原だが、他の三艘の姿はまったく見えなかった。

「真人さま、鳥が船館の屋根にとまっております」

憶良が声をひそめて告げた。

心遣い細やかなこの詩人は、大きな声を出しては鳥が逃げると思ったのである。

真人は外に出て屋根を見上げた。

白鷺（しらさぎ）が二羽、体を寄せ合うようにして羽根を休めている。つがいで旅しているようだった。

「いったい、この大海原のどこから飛んできたのであろうな」

「近くに島があるのかもしれません。唐に近付いている証（あかし）ではないでしょうか」

「まだ四日目だ。島があるとは思えぬが」

「歌が一首、できました。ご披露申し上げてよろしゅうございますか」

憶良は遠慮がちに許可を得ると、甲板中に聞こえる朗々たる声で歌った。

世の中を憂(う)しとやさしとおもへども
　飛びたちかねつ鳥にしあらねば

その優しい言葉に心を打たれた者たちは、頼りなき我が身を思いながら二羽の白鷺をながめている。

二羽はその視線をさけるように飛び去ったが、しばらくするともどってきて同じ場所にとまった。

近くに羽根を休められる陸地はない。それを確かめ、しばらくは船に宿ることにしたのだろう。

太陽が頭上にかかった頃から、雲行きが怪しくなった。

ひと群(むら)の雲が太陽をおおったと見る間に、雲は西の空から次々とわき上がり一面の曇天になった。

大海原は灰色になり、北東からの順風は北西からの冷たい風に変わった。

「帆綱を引け。左舷の櫓を漕(こ)げ」

船長の清名が命じた。

北西の風を受ければ南東に押し流される。それを避けるために帆の角度を調整し、北西の風の力を南西に進む力に変えていく。

後に間切りと呼ばれる方法を、この頃の船乗りたちも知っていた。左舷の櫓だけを漕ぐのも、船首をできるだけ西に向けるためだった。

ところが夕方になると北西の風はますます強くなり、網代の帆が吹き飛ばされそうである。

仕方なく帆を下ろし、左舷の櫓を漕いで船首の向きを保とうとしたが、海が次第に荒れて甲板にまで高波が打ち込むようになった。

こうなると櫓棚に水夫たちを立たせるのは危険である。

全員褌ひとつになって服が濡れるのを避け、腹に巻いた命綱を船のあちこちに結びつけて、嵐が鎮まるようにひたすら神仏に祈った。

幸い船館には波が打ち込んでこない。真人と憶良は命綱を船室の柱に結びつけ、背中合わせに座り込んで船の揺れに身を任せていた。

「屋根の白鷺はどうしたろうな」

「船館の陰にかくれて、風をよけております」

「そうか。波にさらわれぬと良いが」

「さようでございますな。これこのように揺られては」

憶良がそう言いかけた時、右舷からの大波に船が高々と持ち上げられ、波の谷間に向かってすべり落ちていく。

そして再び持ち上げられる衝撃に、二人は同時に船館の壁に叩き付けられた。

しかもあたりは漆黒の闇で、何がどうなっているかも分らない。

「憶良、大事ないか」

「真人さまこそ、おいたわしゅうございます」

二人は声だけで互いの無事を確かめ合い、次の大波にそなえて身構えた。

幸い船は嵐を耐え抜き、全員無事に朝を迎えることができた。

風はおさまり、波も三尺（約九十センチ）ばかりの高さにおさまっている。

船底が箱形にちかい船は左右に大きく揺れてはいるが、転覆の危機はまぬがれたのだった。

「有難い。どうにか生きているぞ」

真人は嬉しさのあまり憶良の背中を叩いた。

「真人さま、できました」

「何が」

「死の闇の底で、一首の歌ができたのでございます」

行く船を振り留みかね如何ばかり

恋しくありけむ松浦佐用姫

憶良は歌を詠むことで、死の恐怖と戦っていたらしい。

あるいは松浦佐用姫の姿に自分の恋しい人を重ね合わせ、必ず生きて帰ると決意を新たにしていたのかもしれなかった。

晴天、順風に変わると、二羽の白鷺が船館の屋根に移った。まるで物見の役をはたそうとするかのように、長い首を左右に回してあたりの様子をうかがっている。

そうして陽が中天にかかった頃、申し合わせたように西に向かって飛び去っていった。

きっと陸が近いと知ったのだろう。

もうすぐ唐に着けるぞと皆が喜び合っていると、

「見えました。潮の切れ目が見えましたぞ」

帆柱に登った見張りが声高に告げた。

船は対馬海流を乗り切り、大陸の沿岸に近付いたのである。

順調にいけば、あと二日で杭州湾に着けるという。

その知らせに真人は気力を取りもどし、「遣唐日誌」をしたためようと卓に向かった。

憶良は歌によって己れを支えている。真人を支えているのは、遣唐使の任務をまっとうするという使命感だった。

船はいったいどのあたりで黒潮を抜けたのか。

杭州湾の西に迫っているのか、それとも南に行きすぎたのか、はるか北に留まっているのか。それを確かめる術（すべ）はない。

今までどのような航路をたどり、どのあたりまで来ているのか見当をつけ、船首をどちらに向けるか決めなければならなかった。

「執節使さま、船は杭州湾よりかなり南に流されたのではないかと思われます」

船長の清名が告げた。

一昨日までは北東の順風を受けての航海だったので、だいたいどのあたりまで進んでいたか見当がつく。

順風に吹かれて黒潮に流されながら船を進め、昨日の昼過ぎから北西の風に襲われた。それから今朝までの時間と船の速度を考えれば、杭州湾より南に流されていると思われると言うのである。

「そのようなことが、分るのか」

「長年の勘でございます。確かかと問われれば、さようでございますとは言い切れません」

「もしそなたの見立て通りなら、この先どうすればよい」

「対馬へ向かう潮に乗って北へ向かいます。すると杭州湾の北側には揚子江の水がそそいでいるので、沖の方まで海が白く濁っているそうでございます。その濁りを見つけたなら、船を西に向けます」

そうすれば揚子江に入れるはずだという。

真人には何の知識もないので、清名の判断に任せるしかなかった。

清名は船を黒潮の縁に乗って北へ進めた。風もおさまって船は人が歩くほどの速さで北へ流れていく。

乗員たちは濡れた服を船縁に干したり、甲板に打ち込んだ波を外に掃き出したりしていた。

知乗船事である鴨吉備麻呂は、船底の積荷が無事かどうか確認したが、甲板の密閉性が高いので海水は下までは入っていなかった。

「ご安心下さい。積荷は荷崩れさえおこしておりません」

吉備麻呂が胸を張って報告した。

積荷の中には唐の皇帝への献上品がある。それが水をかぶったり荷崩れして傷んだなら取り返しがつかないが、幸い何の被害も受けていなかった。

中でも驚いたのは、水を入れた羊の革の丈夫さだという。

「初めは獣の革に水を入れるなど汚らわしいと思っておりましたが、使われる理由が良く分りました。甕(かめ)や桶に水を入れていたなら、あの嵐ですべて割れていたことでしょう」

真人は何事もなかったことを神仏に感謝し、再び卓に向かって書きかけの私信を記すことにした。

〈真奈への私信。八月九日。

真奈よ、先の文を記してから二日の間に、私は初めて大海原の嵐に遭った。

しかも真夜中のこととて何も見えず、山上憶良と二人で船館にこもったまま、抱き合うようにして神仏のご加護を祈っていた。

船は右に左に大揺れに揺れ、時には波頭に持ち上げられ、時には波の谷間に突き落とされ、いつバラバラに砕け散るかと生きた心地もしなかったよ。

しかし明け方には波も風もおさまり、全員の無事を確かめることができた。そこでさっそく卓に向かい、先の続きを書いておくことにした。

いつ再び嵐に襲われるかと思うと、一刻の猶予(ゆうよ)もならないと気が急(せ)くのだ。

唐への使節団を編成するに当たって、藤原不比等さまが私を執節使に推されたのは、二つの理由がある。

ひとつは私が不比等さまの兄君である定恵(じょうえ)さまと、今から四十九年前、白雉(はくち)四年(六五三)に唐に渡ったことだ。

定恵さまは御歳十一。私はそれより三つ上で、道観という名の出家だった。共に留学僧として長安にとどまり、玄奘三蔵法師の弟子である神泰法師に教えを受けた。ところがその頃、日本は百済の国と好を結び、唐や新羅との対立を深めていた。そしてついに天智二年（六六三）、百済の白村江で唐の大軍と戦火を交えることになった。

そのために我らは長安において幽閉同然の扱いを受け、食事も満足に与えられない暮らしを強いられた。

しかもこの戦いで日本は大敗し、我らもいつ処刑されるか分らない不安な日々を過ごすことになった。

それから二年後、幸いに日本に帰ることが許され、すでに滅亡した百済の地をへて帰国をはたしたが、定恵さまはそれから四カ月後に飛鳥の地でご他界なされた。天智四年十二月のことで、御歳二十三であった。

私はそれから十年ほど仏門にあって修行を重ねたが、不比等さまに強く勧められて還俗し、朝廷に仕えることになった。

定恵さまと行動を共にした私を不比等さまは高く評価して下さり、「これから新しい日本をきずくためには、唐を知っているあなたのような人材が必要なのだ」と言って下さったのだ。

そして恐れ多いことに、定恵さまのご本名、中臣真人からお名前をいただき、粟田真人と名乗るように計らわれ、陰に陽に引き立てて下さった。

私が太宰大弐や民部尚書に任じられる異例の出世をとげたのは、すべて不比等さまのお陰なのだ。

そしてこのたび遣唐使の執節使に任じられ、およそ五十年ぶりに唐に渡ることになったが、これも不比等さまから密命とも言うべき特別な任務を与えられてのことなのだ〉

真人がそこまで書き付けた時、甲板で騒ぎが起こった。

「白水の帯が見えました。戌亥（北西）からこちらに向かって流れています」

帆柱に登った物見が大声で告げた。

これが杭州湾の位置を知らせる揚子江の流れかと、皆が船縁に集まって海をながめた。

「そなたが言った通りだ。白い帯が走っている」

真人は清名に声をかけ、見通しの確かさを誉めた。

ところが清名は、自信なさげに首をかしげるばかりである。

「揚子江は黄河と並ぶ大河でございます。河口の幅は五十五里（約三十キロ）もあると聞きました。それにしては帯の幅が狭いようでございます」

「五十五里……、まことか」

「はい。唐の使者が瀬戸内海を通る時、日本にもこのように大きな川があるのかと言ったそうでございます。揚子江を見慣れた目には、瀬戸内海が川に見えたのでございましょう」

それにしては白水の帯が狭いし、白と言うより黄色に濁っているように見える。まだ杭州湾に達していないのではないかと言うのである。

清名が迷うのなら、他に誰も確かな判断を下せる者はいなかった。

「執節使さま、卜部に占わせてみたらいかがでしょうか」

吉備麻呂が進言した。

神官だけに占いに重きをおいているのだった。

「そうだな。そうしてくれ」

船には神のお告げを聞くために卜部が二人乗っている。一人は童、一人は壮年で、朝廷の御用もつとめる名の知れた者である。

白い浄衣をまとった二人は舳先に立ち、御幣を振りながらひとしきり祝詞をとなえていたが、やがて、

「あれは目ざす流れではない。そうお告げがございました」

壮年の卜部が告げた。

少しも迷いのない堂々たる振舞いで、疑いをさしはさむ余地などないと誰もが納得するしかなかった。

船はそのまま北に向かったが、新たな帯は見えないまま夕方になった。

このまま流されつづけては夜の間に通り過ぎるおそれがある。

そこで黒潮から下りて錨（いかり）を下ろし、あたりの海域から動かないようにしたが、夜半になって東からの風が吹き始めた。

波もかなり高くなっているようで、船側に打ち寄せるたびにドォン、ドォンという不気味な音がする。

船はなす術もなく西に流されるが、空は雲におおわれて真っ暗なので、星の位置で方角を確かめることもできなかった。

西に流されているのなら、陸地に近付いているのではないか。真人は憶良とそんな話をしながら朝を迎えたが、まわりは一面の大海原で島影らしきものさえ見えなかった。

「何やら迷子になった心地でございますな」

憶良が揺れに足元をふらつかせながら水粥の仕度を始めた。

「人生はつかの間の漂泊だ。確かなものがあると思うのは、執着が見せる錯覚に過ぎぬ」

真人は僧籍にあった頃に学んだ経典の一節を口にした。

やがて清名と吉備麻呂がそろって船館にやって来た。

「申し訳ございません。ここに至るも白い帯が見えないのは、杭州湾を通り過ぎたためと思われます」

やはり昨日見えた白い帯にそって行くべきだったと、清名は判断の誤りを認めた。

「ならば、どうする」

真人は水粥を食べる気力も失っていた。

「東風に乗って西に向かいます。そうすれば必ず唐の地に着くことができるはずです」

「分った。そうしてくれ」

真人の許可を得て錨を上げると、船は軛から解き放たれたように西に向かって走りつづけた。

ちょうど日の出の頃で、帆柱の影が舳先に向かって伸びている。日出ずる国の使者は、朝陽に背を向けてひたすら西へ向かうのである。

この判断は功を奏した。夕方ちかくになって陸が見えた。

「陸が、陸が見えました。島ではなく尾根でございます」

物見の者が歓びの声を上げた。

舳先に出てみると、確かに海の彼方に低い尾根がかすかに見える。南から北へとつづく陸地だった。

「真人さま、ついに唐に着きましたぞ」

憶良が真人の手をつかんで涙ぐんだ。

「そうだな。無事で良かった」

真人の目にも涙がこみ上げてきた。

たった六日の旅なのに、もう駄目だと覚悟したこともあったので、蘇生(そせい)した思いがする。

何よりこれで役目をはたせるという安堵が、泣きたいほどに胸を満たしていた。

「港は近いぞ。力の限り漕げ」

清名は十八人の水夫を櫓棚につかせ、全力で櫓を漕がせた。

ところが半刻(はんとき)(約一時間)も進まないうちに、船底が何かに乗り上げる衝撃があり、バキッという音をたてて舵が折れた。

陸地の近くの浅瀬である。幸い砂地のようだが、これでは船は身動きできなかった。

三

清名は櫓を逆に漕ぐように命じたが、砂地に深く乗り上げていて脱出することはできなかった。

船縁から海面をのぞいたが、波が砂を巻き上げて黄色く濁っているので、海の底を見ることはできなかった。

「測りを下ろせ。海の深さをさぐってみよ」

清名の命令で、先端に鉄を結びつけた測り綱が下ろされた。

「一丈五尺（約四・五メートル）でございます」

報告されたのは、ちょうど船の喫水と同じ深さだった。船はべったりと砂地に乗り上げていたのである。

「幸い干潮です。満潮を待てば船は浮かびます」

「舵が折れたようだが、大丈夫か」

真人は遠慮がちにたずねた。

「陸が見えていますので、櫓だけで港に着けます。ただ……」

この濁った海では、どこに浅瀬があるか分らないという。

「それなら艀（はしけ）を出して、水深を測ったらどうでしょうか」

集まった乗員の後ろの方から、声を上げる者がいた。

出港の直前に逃亡しようとした由良船岩だった。

「艀を下ろしていただけるなら、我らが測って航路をさぐります」

「この旨（むね）、いかがでしょうか」

清名が真人に判断をあおいだ。

「そうした仕事の経験はあるか」

「以前、摂津の国司さまに命じられて、難波潟（なにわがた）の水深を測ったことがございます」

四角い顔に細い目をした船岩が、自信あり気に胸を叩いた。

難波潟は河内湖とも呼ばれる汽水湖で、難波宮のある上町（うえまち）台地から生駒（いこま）山地のふもとの草香津（くさかのつ）まで湾入している。

朝廷では瀬戸内海から草香津までの航路の安全を確保するために、潟の水深をつぶさに測らせたが、その時に淡路島の海人たちが動員されたという。

「ならば頼む。万一本船とはぐれた時の用心に、通事（通訳）を一人連れて行け」

艀が滑車で吊（つ）り下ろされ、船岩ら五人と百済人の通事が乗り込んだ。白村江の戦いに敗れて百済が滅亡した時に、日本に逃れてきた官吏だった。

船岩らは沖から陸地に向かう航路を予測し、そこが安全かどうか測り綱を下ろして確かめる。

海底も地上と同じように尾根と谷が走っているので、谷の部分を見つければ安全に航行できるのだった。

やがて満潮になると水位が一丈ほど上がり、船はふわりと砂地から浮き上がった。それを待って船岩らが艀で先導し、順調に陸地へと向かっていく。

「これも真人さまが、あの者たちを説き伏せて下されたお陰でございます。このような力量があろうとは、思ってもおりませんでした」

憶良が手控えを出して何か書きつけている。水夫の歌でも思いついたようだった。

やがて港の形や沿岸の民家が見えるようになった頃、再び東からの風が強くなった。まるで不意討ちをくらわせるような突風に吹かれ、舵を失った船はなす術もなく流されていく。

「錨を下ろせ。すべての櫓を真っ直ぐに立てよ」

清名は少しでも流されるのを喰い止めようとしたが、自然の猛威には敵わない。船は十里ばかりも西に流されたかと思うと、再び浅瀬に乗り上げた。

しかも舳先が上がり、甲板が艫に向かって傾斜するほどのひどい座礁だった。

すでに薄暮の頃である。遠くに港の常夜灯や民家の明りが見えた。

船岩らが乗った艀も吹き流されたようで、姿が見えなくなっていた。

これなら大丈夫。

たとえ浅瀬から抜け出せなくても、明日になれば唐の役人たちが船を出して助けに来てくれるだろう。誰もがそう思い、無事に唐にたどり着いた喜びをかみしめていた。

船は程なくやってきた。

しかも港のある北西からではなく、南西に連なる島影から漕ぎ出してくる。

十五人ばかりが乗った中型の船が三艘。それぞれが空の船を一艘ずつ引いていた。

あれは何だろう。

救助の船にしては出方がおかしいし、乗っている者たちの身形も役人とは思えない。

揃いの制服に似せているつもりらしいが、布の鉢巻をしているばかりで冠をかぶった者は一人もいなかった。

どう対応したものかと、通事を前面に出して待っていると、棟梁らしいひげ面の男が船を寄せて口上を述べた。

「見かけぬ船だが、どちらから来られたか」

相手の中国語は南方の訛りが強く、真人にはあまり聞き取れなかった。

「それを明かす前に、そちらの身分と役目を名乗られよ」

通事は慎重である。

遣唐使船と告げれば、唐の皇帝への莫大な献上物を狙われるおそれがあった。

「鎮南浦の斉という者だ。港の海上警備部より、遭難船の救助を委嘱されている」

その言葉を通事が訳して伝えたが、真人は妙だと思った。

以前に唐にいた頃は、港の警備は沿海防護府がおこなっていた。海上警備部などという役所はなかったのである。

返答がないことに苛立ったのか、斉と名乗ったひげ面の男が脅しをかけてきた。

「これから風も波も強くなる。このあたりは渦を巻くので、座礁したままでは船がもたない。バラバラになってみんな死ぬ」

その前に全員を避難させてやるので、こちらの船に乗り移れと言うのである。

「我々はいつもこんな仕事をしている。だからこうして空船を引いてきた」

「ひとつたずねる。どうやって乗り移るのだ」

真人の問いを通事が伝えた。

「船側に縄梯子をかけるから船を下りろ。荷物は我々が下ろしてやる」

「人や荷物はどこに運ぶ」

「ひとまず鎮南浦に持って行き、明日港に運ぶ」

これもおかしい。役所に救助を委嘱されているなら、絶対に港に向かうはずだった。

「お前は海賊だ。役所の名を騙るとは、揚州府都督のわしが許さぬ」

真人はとっさに機転を利かせ、中国語で当てずっぽうの官名を名乗った。

もう長年使っていないが、長安の大寺で仕込まれた美しい発音は健在で、いかにも本物の高官らしかった。

「ふん。バレたのなら仕方がねえ。神さまの罰が当たったと思いやがれ」

ひげ面はとたんに豹変し、配下たちに火矢を射込ませた。

矢尻に油布を巻いた火矢が、炎を上げながら次々に船側に突き立った。炎は風に吹かれて燃えさかり、船を焼き立てていく。

「命だけは助けてやる。さっさと船を下りて、積荷をよこせ」

「愚か者が。本性を現わしたな」

真人が命じるまでもなく、紀黒麻呂が射手をずらりと船縁に並べ、

「情は無用じゃ。成敗せよ」

非情の命令を下した。

二十人の射手はきりりと弓を引き絞り、号令とともに矢を放った。拳下がりに放った矢は、残酷なばかりに正確に相手に命中していく。三度ほど矢をつがえて射込んだ後には、生き残った十人ばかりが両手を上げて戦う意志がないことを示した。

その間にも水夫たちが、革袋の水入れを傾けて火矢を消している。

すでに日が暮れているので、船側で燃えさかる火が消えると、あたりは急に暗くなった。

黒くうねる海上に炎の列が並び、船に向かってやって来る。

海賊の仲間かと肝を冷やしたが、先頭の艀で松明を握っているのは由良船岩だった。

「真人さま、沿海防護府の方々が助けに来て下されましたぞ」

船岩が大声を張り上げた。

沿海防護府という役所は、今もあったのである。真人はそれを聞くと、なぜか一挙に五十年近く前に引き戻された気がした。

風も波も次第におさまっていく。

真人は救援の役人たちに事情を伝え、その夜は船中で一夜を過ごした。

翌朝、満潮を待って船を浅瀬から引き出してもらい、役人の船に先導されて港に入った。

航海中には気付かなかったが、船縁の角や船板の合わせ目に打ち込んだ金具が、大波に揺られている間にすべてはずれている。

もう一度嵐にあっていたら、本当に船がバラバラになっていたかもしれなかった。

真人以下五人の要人と通事が、防護府の役所で事情聴取を受けた。

対応したのは鄭信成（ていしんせい）という四十ばかりの肥（ふと）った男だった。

「危ういところだったようですが、ご無事で何よりでした。あの者たちは楚州（そしゅう）から揚州にかけて荒し回る海賊で、我らも手を焼いていたのです」

このあたりの沿岸は浅瀬が多く、真人たちのように座礁する船が後を絶たない。それを襲い、積荷や金銭を奪い、乗員は奴隷（どれい）として売り飛ばすという。

「ですからあのように果断な処置をしていただいて助かりました。害虫と同じで、根絶しにするしか対策はありませんから」

「我々は日本国からつかわされた使者です」

真人はそう名乗り、ここは何州の管内だろうかとたずねた。

「ほう、ここが何処かもお分りでない」

「東海を渡る時、嵐に遭って漂流しました。本来は杭州湾に入るつもりでしたが、それよりだいぶん北に流されたようです」

「ここは大周の楚州塩城県です。県庁までは五十里（約二十七キロ）ほど離れています」

「失礼ですが、大周とおっしゃいましたか」

真人は聞き間違いではないかと思った。

「大周の楚州塩城県と申しました」

「我らは大唐に来たと思っておりましたが、どうして国名が変わったのでしょうか」

「弘道元年（六八三）に唐の高宗陛下が崩御され、皇太后の則天武后さまが即位されました。そして国号を大周と改められたのです」

「皇太后さまが皇帝になられたのですか」

にわかには信じられない成り行きである。

日本にも持統天皇の例はあるが、儒教的な女性蔑視が強いこの国で女帝が現われ、しかも国号まで変えるとはどういうことだろう。

もしこれが事実なら、真人らは女帝を相手に国交回復交渉をしなければならないのだった。

「ご即位されてから、もう十数年になります。もっとも東海の彼方の国なら、ご存じないのも無理はないでしょうが」

「我らは長安の都に行き、皇帝への貢物をお届けしなければなりません。そのことについて、どちらの役所にお願いすればいいでしょうか」

「それなら塩城県の県令が楚州府都督に取り次ぎます。これから県庁まで使者をつかわして伺いを立てますので、それまで船で待っていて下さい」

鄭はそう言うなり、用は済んだとばかりに席を立った。沿海防護府の中でどういう地位にいて、何の役目を負っているかも明かさないままである。

日本からの使いなど、どこかの商人と大して変わらぬと言わんばかりのぞんざいな態度だった。

第三章　則天武后

一

塩城県の港は、西から流れてくる川の河口にあった。

この川が運河の役割をはたし、港への物資の輸送路になっている。そうした荷物を保管するための倉庫が、港の岸に建ち並んでいた。

粟田真人らの遣唐使船も港の一角につながれ、百八人の乗員全員が船の中で過ごしていた。

塩城県の県令からの指示があるまで船内で待つように、沿海防護府の鄭信成に命じられたからである。

もはや遭難や沈没の危険はないのだから、船で待つのもやむを得まい。真人はそう考えて指示に従ったが、これは甘すぎる判断だったようだ。

ともかく暑さが半端ではなかった。

日射しは焼けつくように強いし、うだるような湿気である。港なのに風通しが悪く、服を着ているとびしょぬれになるほど汗をかく。

かといって裸になっていると蚊やブヨが襲ってくる。

それが日本にいる奴の二倍ほどの大きさで、刺されると針を突き立てられたように痛く、跡が赤く腫れ上がる。

しかも唐（正確には大周だが）の役所からは食糧の支給もなかった。本来なら入唐後は国の客としてもてなし、食糧や宿所を提供するのが唐の慣習である。

真人はそれを知っているだけに唐に着きさえすれば何の心配もないと楽観していた。

ところが鄭は、

「まだ貴殿らが日本とかいう国の使者だと分った訳ではない。それを判断するのは塩城県の県令だ」

そう言い放って何の世話もしないのだった。

一日二日は何とか耐え、航海中に濡れた荷物を乾かしたり、皇帝への献上物に異常はないか確かめたりしていたが、三日目になるとさすがに限界だった。

真人は船館でもうもうと蚊遣を焚き、体中をいぶしているので何とか蚊やブヨの被害をまぬかれているが、甲板や船底で生活する者はそうはいかなかった。

「真人さま、また二人船底で倒れたようでございます」

山上憶良がやつれた顔で告げた。

十日も干飯の水粥だけで過ごしている上に、この暑さと蚊の被害のために夜も満足に眠れない。そのために衰弱し、倒れる者が続出していた。

「赤痢をわずらったようで下痢をしているのですが、櫓棚に出て用を足すこともできません。このままでは病が蔓延するおそれがあると、医師が申しております」

状況は危機的である。

真人は激しい憤りに駆られて、衛士長の紀黒麻呂を呼んだ。

「お呼びでございますか」

黒麻呂もさすがにやせているが、背筋を真っ直ぐに伸ばし、軍人らしい強さを保っていた。

「これから沿海防護府に行き、今すぐ全員の上陸を許可し、しかるべき寺に宿泊させるように防護府の長に申し入れよ」

「取り次ぎは鄭どのがやっておられますが」

「あの御仁では話にならぬ。長に対面して窮状を訴え、これは人道にもとる扱いゆえ、我々が遣唐使として認められた時には皇帝に防護府の非を訴える。さすれば全員ただでは済まぬと伝えるのだ」

「承知いたしました」

黒麻呂は衛士の制服の威儀を正して出かけていった。

効果はてきめんだった。

半刻(はんとき)(一時間)もしないうちに鄭がやって来て、港の近くにある海蔵寺に移るように伝えた。

「私が船で待つようにと言ったのは、その方が過ごしやすいだろうと思ったからです。他意があった訳ではありません」

上司への抗議は的はずれだと、鄭は体面を傷付けられたことをひどく怒っていた。

「このままでは私は責任を問われて失職するかもしれません。そうなったなら、誰があなた方の面倒を見るのですか」

真人は鄭の言葉が分らないふりをして通事(通訳)に対応させた。

この国の下位の役人は、自分の言葉に責任を持たない。今後は直(じか)に話さず筆談にして証拠を残しておくべきだと思った。

海蔵寺は港を見下ろす高台にあった。

寺というので仏教かと思ったが、神仙説を奉じる道教の寺である。

宿泊することになったお堂は見晴しも風通しも良く、皆が蘇生(そせい)する思いで荷物を運び込んだが、食糧の問題だけは解決されないままだった。

宿所については理解を示した防護府の長も、独断で国庫の食糧を支給することは出来ないと頑(かたく)なである。

「やむを得ぬ。ならば代価を支払うゆえ、皆に食事を出してくれるように、寺の住職に頼んできてくれ」

人に好かれる長所を見込んで、真人は憶良に交渉に行かせた。

この判断もぴたりと当たった。

達磨(だるま)のように太った住職は、憶良の人柄と航海中に作った歌が気に入り、その日から食事を出すように手配してくれたのである。

新鮮な野菜や魚をふんだんに使った、涙が出るほど美味(おい)しい料理だった。

「航海中の歌とは、どちらかね」

真人はそうたずねた。

「飛びたちかねつ鳥にしあらねば、でございます。こちらでは松浦佐用姫(まつらさよひめ)のことは知られておりませんので」

そう考えて鳥の歌の方を通事に漢訳してもらい、住職の前で読み上げたという。憶良もなかなかの策士だった。

海蔵寺での生活は快適だったが、赤痢が悪化し重態におちいった者が三人もいた。

日本から持ってきた薬を飲ませても病状は一向に改善しない。医師が現地の病気は現地の薬を処方するのが一番だと言うので、町の薬屋に人をやって買わせようとしたが、日本の金や銀は使えないと断わられた。

そこで金銀を唐の通貨に替えてくれと防護府に願い出たが、日本からの遣唐使だと県が認めないうちは換金には応じられないと突っぱねられた。

「ならば赤痢に効く薬だけでも支給して下さい。三人が死にかかっているのですよ」

真人は憶良と鴨吉備麻呂らを連れ、防護府を訪ねて申し入れた。

応対に出たのはまたしても鄭だった。

「分りました。薬はすぐに手配して寺に届けさせましょう」

「今日のうちにお願いします。大丈夫ですね」

筆談で念を押した。

「在庫があるかどうか調べてからでないと、何とも言えません」

「ない場合は、どうするのですか」

「県庁から取り寄せます」

当然だと言わんばかりの鄭の顔を見て、真人は怒りに我を忘れそうになった。

「冗談じゃありません。代金は我々が後で支払いますから、町の薬屋で買い求めて下さい」

「しかし、規則がありますから」

「あなたが県に使いを出すと言ってから、今日で五日目です。それなのにまだ役人は来ません。瀕死の部下を、そんなに待たせることが出来ると思いますか」

「それはそちらの都合でしょう。我が国には我が国の決まりがあります」

「これをご覧下さい」

　真人は用意の節刀を鄭に突き付けた。

　全権を委任されたことを証すために、天皇から直々に下されたものである。宝石をちりばめた黄金造りの太刀は、まばゆいばかりの輝きを放っていた。

「この太刀が、私が遣唐執節使であることを証明しています。県庁や楚州府刺史、それに皇帝陛下には私が事情を説明しますから、今すぐそのように計らうと書面で約束して下さい」

　真人が紙と筆を突き付けると、鄭は恐れをなして書状を書いた。

「それからこちらの鴨吉備麻呂と通事を県庁につかわし、県令に入国の許可をしていただくように頼みます。案内の者を二名同行させて下さい」

「とんでもない。それは越権行為です」

「そうした例は過去にもあります。私は五十年ほど前に長安を訪ね、皇帝陛下にお目にかかったことがあるのですよ」

真人は『長城要諦』を示し、これがその証拠だと言った。

鄭は古書の知識があるらしい。宝物でも見るような目をして、美しく彩色された絵図をながめた。

薬はその日の夕方に届けられ、三人のうち二人は翌朝には病状が改善した。

寺が差し入れてくれた桃をおいしそうに食べ、生き返ったような顔をしている。

だが十五歳の留学僧である宗観の病状は悪化するばかりで、正午過ぎに息を引き取った。

良家の生まれで体質が弱く、過重な負担に耐えられなかったのである。

苦悶の表情を浮かべたままの宗観の遺体を見ると、真人は申し訳なさに胸が痛んだ。

大きな夢を抱いて唐に渡っただろうに、何も出来ないまま命を取られたのである。

どれほど無念で悲しかったかと思うと、こんな結果を招いた自分の失策が許せない。

もっと早く寺に移っていれば、薬を出させていればと、後悔に身を揉みながら慟哭した。

折から雨も降り出している。

屋根を叩く雨音の中で経をとなえ、遺体の処理を寺の者に頼むと、真人は文机に向かって「遺唐日誌」を記した。

〈八月十六日、曇り後雨。

入唐六日目、楚州塩城県の港に八月十日に漂着。翌十一日に上陸し、沿海防護府の聞き取りを受ける。

その後の慌ただしさに追われ、日誌を記す暇なし。十日夜の座礁や海賊との戦いなど、思わぬ事態に次々と直面。乗り切るのに手一杯で、日誌を記せぬままに日が過ぎたり。

十一日、防護府にて鄭信成という中年の役人が応対。唐が則天武后という女帝の御世になり、大周と名を改めたことを初めて知る。

鄭の指示で県庁からの使者を待ち、船で三日、海蔵寺という道教の寺で三日を過ごす。

本日十六日の正午過ぎ、痛恨事あり。

船中で罹病せし赤痢のため、留学僧宗観他界す。行年十五。近江国生まれ。本名清原元麻呂。大和願生寺で修行中、留学僧を志願。

成績きわめて優秀にして、素行正しく性格温厚。航海中より干飯が口に合わず、食が細って体力を失っていたことが罹病の一因となれり。

上陸後の船中三日の暮らしが、病状をさらに悪化せしめたるものなり〉

せめて記録だけでも残してやろう。真人はそう思って宗観の詳細を書きつけようとしたが、悲しみの熱い固まりが突き上げ、涙で文字が見えなくなった。

外ではいっそう雨が激しくなっている。

時々雷の音も聞こえてくる。

宗観を死なせたことを、天が嘆いているような変わりようだった。

翌日、吉備麻呂らが県令の使者を連れてもどってきた。

「こちらが塩城県の監察御史、李高文さまでございます」

吉備麻呂が紹介し、通事が李に真人のことを伝えた。

「ようこそ我が国へ。大変お待たせしたようで申し訳ありません」

李は訛りのない中国語を話すので、真人にも無理なく聞き取ることができた。

年の頃は四十二、三。陽気そうな溌剌とした顔をして、緋色の官服をまとい冠をつけていた。

「粟田真人と申します。このたび遣唐執節使を任じられました。よろしくお願いいたします」

「中国語がお上手ですね。しかも伝統ある正統な発音を身につけておられる」

「五十年ほど前、留学僧として長安に滞在しておりました。その頃覚えたので、今では正しく話せるかどうか自信がありません」

「大丈夫。それなら王宮に行っても充分に通用します。東海の彼方にある大和という国は、仁義をわきまえた君子の国で、人民は豊かで礼節にもとづいた暮らしをしていると聞きました。粟田どのの清らかなお姿を見て、本当にその通りだと納得いたしました」

「ありがとうございます。この先は任務に関わることなので、通事を介して話をさせていただきます」

　真人は誤解が生じないように細心の注意を払い、長安に行って皇帝に対面したいので取り次ぎをお願いしたいと申し入れた。

　天皇から皇帝への親書と、真人を執節使に任じた天皇の勅書も示した。

「確かに拝見いたしました。沿海防護府の対応に落度があったことをお詫び申し上げます」

　李は冠をつけた頭を深々と下げてから、これは塩城県の職掌ではないと言った。

「すると、どちらにお願いすればいいのでしょうか」

「揚州府に行って下さい。そこの都督が揚州、楚州、常州など七つの州を統轄していて、外国からの使者の対応もしています。ここから船で行けば二日で着くことができます」

「しかしこの海域は浅瀬が多く、我々は二度も座礁しました。行くのは容易ではありません」

「ご安心下さい。沿海防護府から水先案内の船を出させます。ここ数日は嵐になるおそれもありません」

　それに揚子江の港には、日本から来た船が着いているそうだ。李はそう言って真人の了解を求めた。

「その船の責任者の名はお分りでしょうか」

「美努連岡麻呂どのだそうです」

すると四号船である。阿倍船人が船長をつとめる船は、正確な航路をたどって揚子江の河口の港に着いたのだった。

真人らはその知らせに勇気百倍し、翌朝早く揚州へ向かって出航した。

港で八日間過ごしていた間に、船長の田辺連清名は防護府の役人と掛け合い、折れた舵やはずれた金具の修理を終えている。

こうした面での船乗り同士の協力は、政治や行政とちがってきわめて行き届いていた。

それは水先案内の船も同じで、まるで老母の手を引くような愛情と気配りをもって務めをはたしてくれる。

お陰で船は海底の砂場に乗り上げることもなく、陸伝いに順調に南へ下っていった。

「鄭という役人とは大違いでございますな」

憶良が舳先に立つ真人に声をかけた。

「同じ海を相手にしている。だから言葉が通じずとも、心で分り合えるのだろう」

「そんな歌を詠みたいものでございます。心で分ってもらえる歌を」

「海蔵寺の達磨和尚は、そなたの歌を気に入ってくれていたではないか」

「それが、あれは……」

憶良が顔を赤らめて言いよどんだ。

「どうした。何かあったのか」

「いつか折を見てお話し申し上げます。ちょっと用を思い出しました」

憶良は逃げるように船館に向かって行った。

その日の夕方には揚子江の河口についた。

五十五里（約三十キロ）もの幅がある大河で、海と河との境目も分らないし対岸も見えない。

清名が言ったように白く濁った川の水が帯をなして海に流れ込んでいるが、帯は沖に向かうにつれて細くなり、いつか航海中に見たくらいの幅になっていた。

「こちらはまだ夏ゆえ、川の水量が少なくなっているのかもしれません。いつも同じ幅だと、思いちがいをしていました」

清名が面目なさそうに失敗を認めた。

船は右の岸にそって川をさかのぼっていく。櫓棚に立った十八人の水夫（かこ）たちは、「えい、えい」と声を合わせて櫓を漕（こ）いでいた。

その夜は河口に近い港に船をつけ、翌朝の満ち潮を待って川をさかのぼった。

川は少しずつ細くなるので、潮はより上流まで押し上げていく。こうした自然の摂理を利用した航法が古くから行われていた。

上げ潮が終わり櫓走に移って半日ほど進むと、揚子江の中央に中洲(なかす)の島があった。開(かい)沙(さ)島という名で、島の南側には立派な港がある。

案内の船に導かれて港に入ると、見覚えのある懐(なつか)しい船影が眼に入った。

遣唐四号船である。

それを見つけると、乗員全員が甲板に出て歓声を上げた。

「真人さま、ご覧下さい。四号船が無事に着いております」

憶良が感激に声を震わせた。

「ああ、良かった。よくぞ無事にたどり着いてくれた」

真人も目頭を熱くしながら、二号船、三号船はどうしただろうと考えていた。

二

船を下りると四号船の乗員たちが出迎えてくれた。

水夫と射手三十人ばかりである。

「執節使さま、お待ち申し上げておりました。ご無事で何よりでございます」

声をかけたのは船長添役(そえやく)の阿倍乙国(おとくに)である。

阿倍船人の一族で、経験豊富な初老の船乗りだった。航海中に揚子江を見失うことはなかった。

「お前たちこそ、よく無事でたどり着いてくれた。航海中に揚子江を見失うことはなかったか」

「通事の中に杭州出身の方がおられまして、夏場は揚子江の白い流れが細くなると教えてくれました。それゆえ見失うことはありませんでした」

「他の者たちはどうした」

「番所の役人に案内されて揚州府に向かわれました。留守の間船を守るように、水夫十五人、射手十人を残していかれました」

港の側には船番所があり、出入りする船の管理をしている。水先案内をしてくれた者たちがそこの役人と掛け合い、揚州府に向かうための船を出すようにしてくれた。

真人は水夫と射手を選び、四号船と同じように留守の間船を守るように申し付けた。

「船岩、そなたが留守の間の指揮をとってくれ」

真人は由良船岩の腹の据わった仕事ぶりを高く買っている。部下の統率ぶりも見事だった。

「そりゃあ構いませんが、いったいどれくらい留守になされるんで」

「一年になるか二年になるか、長安に着いてみなければ分らぬ」

「その間、我らは何をすればいいんでしょうか」

「港の近くに宿所が用意してあるそうだ。そこに泊って船の番をしておいてくれ。時間をもてあますようなら」

「そりゃあ、きっともてあますでしょうね」

船岩はおいていかれるのが不本意で、すねたような目をしていた。

「異国のことゆえ、何が起こるか分らない。誰かがやらなければならない役目だ」

真人はそう諭し、時間をもてあましたなら造船や操船、航海について学んだり、寺に行って言葉を教えてもらうがいいと申し付けた。

「それから町に出るのは構わないが、外で酒を飲むのはやめておけ。いざこざの原因になる。長安に着いたなら連絡先を知らせるから、何か問題が起こったなら指示をあおぐように」

唐にはすでに飛脚の制度があり、手紙のやり取りができるのだった。

出発は翌朝、朝日が昇りきった巳(み)の刻(午前十時)頃だった。

この時間には陸と海では温度差が生じる。陸地は太陽の熱で温められるが、海はまだ夜の冷え込みを保ったままである。

すると地表で温められた空気は空高く上昇し、冷たい海へ向かって流れていく。その影響で海上の空気が押され、風となって川伝いに陸地に向かう。

唐の船乗りたちはこの川風を利用し、上流に向かう術を心得ていた。

留守役をのぞいて八十三人となった遣唐使の一行と、皇帝への献上物やその他の荷物を乗せた三艘の船は、未の刻（午後二時）に川の北側にある大きな港に着いた。

揚子江と他の支流が合流する所で、あたりには木造の二階屋がびっしりと建ち並び、店棚に商品を並べている。

川岸には小舟がひしめき、列をなして支流に向かったり、荷を満載して支流から出てきたりしていた。

「あれは揚州運河。揚子江と揚州府を結ぶために、隋の煬帝が掘らせたものです」

案内の役人が教えてくれた。

揚子江から揚州、楚州をへて黄河にいたる通済渠につながる大運河だった。

運河の幅は五間（約九メートル）、深さは二間ばかりなので大型の船は入れない。積荷を小舟に移し替え、一隻に五人ずつ乗って揚州府へ向かうことになった。

小舟は三十隻ばかり。二隻ずつ横に連結した双胴船を縦に長くつなぎ、船引きが引っ張っていく。

船引きたちの力はたいしたもので、人が急ぎ足で歩くほどの速さで進んでいく。港を離れるにつれて運河沿いの家はまばらになり、竹林ばかりが延々とつづくようになった。

やがて運河の両側に百戸ばかりの家が建ち並ぶ村があった。

　どこまでも真っ直ぐにつづく運河の前方には、黒いゴミのようなものがひと固まりになって浮いている。

　何だろうと不思議に思っていると、黒い固まりは近付く船に追われるように運河の反対側へ移動していった。

　鴨である。村の者が食用の鴨を飼っている。

　それも数百羽、いや千羽はいるとおぼしき固まりだが、岸にいる男は指笛を鳴らしたり餌をまいたりして鴨を散らさないようにしているのだった。

「何とものどかな景色でございますな」

　憶良は一首浮かんだらしく、手帳を取り出して書きつけていた。

　遠くを見やると揚州府のあたりに天を衝くような柱が突っ立っている。

（神の依り代である御柱が、こちらにもあるのだろうか）

　真人はそう思ったが、まさか、あんなに大きな柱があるはずがない。遠景の中に立っているので、そう見えたばかりである。

「あれは大明寺の棲霊塔です。九層の屋根があり、高さは二十五丈（約七十五メートル）ほどあります」

　案内の役人は、どうだ、驚いたかねとでも言いたげである。

　仏教を奉じる象徴として隋の代に築かれたもので、その精神は唐になっても引き継がれていたのだった。

揚州府は周囲を城壁に囲まれた城塞(じょうさい)都市である。

南北十一里(約六キロメートル)、東西七里(約四キロメートル)というから、日本の藤原京より少し小さい。

「長安の都までは三千里(約千六百キロメートル)です。この町が栄えるようになったのは、隋の煬帝が運河を造ってくれたお陰なのです」

案内の役人が声を張り上げている間に、船は城の東側の水門にたどりついた。

湖かと見まがうばかりの広々とした船着場があり、商家や旅館が建ち並んでいる。

その一角にある官営の旅館に一行は入ることになった。

中央に中庭がある廻廊式の二階屋で、二百もの部屋があるという。

真人ら首脳陣は船着場に面した二階、水夫や射手らは一階の部屋を与えられた。

「真人さま、ご覧下さい。大明寺の塔があんなに大きく見えます」

憶良にうながされて窓から身を乗り出すと、城壁の向こうに棲霊塔がそびえていた。

石造りとおぼしき九層の塔が、上に行くに従って少しずつ細くなりながら、天を衝くようにそびえている。

最上階の屋根には、黄金の大輪が立ててあった。

曇りの日には上の方が雲に隠れて見えないと案内の役人が言っていたが、むべなるかなと思える高さだった。

「長安の大雁塔に似ている」

「大雁塔といえば、三蔵法師が天竺から持ち帰られた経典を納めたという塔でございますか」

「そうだ。昔長安に行った時に、ちょうど完成したばかりだった」

真人が留学僧として唐に渡ったのは白雉四年（六五三）、大雁塔が完成したのはその前年だった。

「執節使さま、四号船の方々がお見えでございます。いかがいたしますか」

鴨吉備麻呂が取り次いだ。

「すぐに会う。通してくれ」

入ってきたのは大位の美努連岡麻呂ら八人である。

その中には船長である阿倍船人の姿もあった。

「どうなされたかと案じておりました。こうしてお目にかかることができ、生き返った心地がいたします」

岡麻呂は揚州府との交渉を一人で引き受け、責任の重さに押し潰されそうになっていたと苦笑した。

「ちょっとした手違いがあって、楚州塩城県まで流された。しかし無事にこちらに回航し、開沙島の港に船を入れることができた」

「聞いております。楚州府の李高文という方が、書状を送って知らせて下さいました」

「李どのが」

「はい。塩城県から使者をつかわして」

陸路と運河を用いた使者が、昨日こちらに着いたという。そこまで親切にしてくれるとは思いも寄らないことだった。

「それから三号船は杭州湾ぞいの明州に漂着したそうです」

「おお、三号船も無事だったか」

「ところが杭州湾の入口にある舟山群島は、海賊の巣窟（そうくつ）になっております。三号船は彼らに襲われ、嵐の海を突き進んで逃げたので、明州沖の浅瀬に乗り上げ、沿海防護府の救助を待っているそうでございます」

三号船の巨勢朝臣邑治（こせのあそみおおじ）は通事だけを艀（はしけ）で上陸させて救助を求めると共に、揚州府庁にこのことを知らせる書状を送らせたのだった。

「乗員は無事か」

「海賊との戦いで七人が死に、座礁した後に船底に打ち入った水に溺（おぼ）れて五人が死んだそうでございます」

「そうか。ならば揚州に着くまで、もう少し時間がかかるかもしれぬな」

それを待って長安に向かうべきかどうかは、揚州府庁と交渉した上で決めるしかなかった。

その夜は大広間に一号船と四号船の全員を集め、ささやかな祝いの宴を催した。

もう会えないかもしれないと覚悟していただけに、再会できた喜びは格別である。互いの肩を叩いたり抱き合ったりして、いつまでも話が尽きなかった。

真人も皆の席に歩み寄り、話の輪に加わった。

「真人さま、お体は大丈夫ですか」

船人が横に座って話しかけた。

その瞬間、真人はふっと心が軽くなった。娘の真奈の婚約者なので、やがて義理の息子になる。

だがそれ以上の絆(きずな)で結ばれている気がして、目頭が熱くなった。

「ああ、お陰さまで何ともない。見事な操船ぶりだったそうだな」

「青方港にいた頃、外洋に出る訓練をくり返しました。それが功を奏したようです」

「開沙島で四号船を見たが、どこも傷(いた)んでいなかった。船長の腕ひとつで、こうもちがうかと思ったよ」

「たまたま運が良かっただけです。それに水夫たちも良く働いてくれました」

船人はあくまで謙虚である。船長として大海原を渡りきったことが、器量をひと回り大きくしたようだった。

「ああ、ここにおられた。捜しましたぞ」

憶良が姿を見せた。わずかな酒に酔って千鳥足になっている。

「どうした。何かあったか」

「いえいえ。これを見ていただきたいと思いまして」

憶良が差し出した紙には一首の歌が記してあった。

ありねよし対馬の渡り海中に
幣取り向けてはや帰り来ね

「友を送る歌のようだが、そなたの作か」

「ち、ちがいます。美努連どのの長年の友が、出港前に送ってくれたそうです。その良し悪しを、この私に、山上憶良に見てほしいと」

呂律まで怪しくなっているが、どうやら憶良は歌人として評価されたことが嬉しくてたまらないらしい。

だからねずみを捕った猫のように、主人に見せに来たのだった。

翌日、真人は岡麻呂らを従えて揚州府庁を訪ねた。

大運河の中継点である揚州府は水の都である。

府庁は煉瓦積み(れんが)の壁と広々とした濠(ほり)をめぐらした城の中にあり、弧を描いた長い橋を渡らなければならなかった。

客殿でしばらく待つと、一目で高官と分る恰幅(かっぷく)のいい男が、十人ばかりの部下を引き連れて入ってきた。

「揚州府都督の李順天どのでございます。揚州刺史も兼ねておられます」

岡麻呂はすでに二度順天と会っている。都督が軍政の長、刺史が行政府の長官だと小声で教えてくれた。

「お目にかかることができて光栄です。私は遣唐執節使をつとめている粟田真人という者です」

真人は通事を通してその意を伝えた。

「ようこそ大周国へ。荒海を越えて朝貢の使者をつとめられることに敬意を表します」

順天は愛想良く手を差し伸べ、真人の手をしっかりと握った。

「あなた方のことは塩城県から報告を受けています。かの地で亡(な)くなられた方もいるそうですね」

「航海の間に体をこわし、生き延びることができませんでした。留学僧の宗観という前途のある若者でした」

「粟田どの……、失礼ですが、お国での官位を教えていただけますか」

　順天は官位によって人を判断することに慣れているらしい。

「正四位下、民部尚書に任じられています」

「すると我が国の大納言にあたりますか」

「そう思っていただいて結構です」

「そのような厳しい航海をしてこられたのに、粟田どのはいかにも溌剌としておられる。年はおいくつですか」

「六十三になります」

「それは凄い。まさに竹林の仙人のようだ」

　順天は誉めているようだが、素直に受け取れない嫌みの刺があった。

「我々は長安に行き、皇帝にお目にかかって天皇からの親書と貢物を届けなければなりません。その手続は揚州府の管轄だと聞き、こうしてお願いに参りました」

「それは揚州府都督たる私の仕事です。杭州湾や揚子江の港には、南蛮ばかりか天竺やペルシャ、アラビアからも朝貢使がやって来ます。その者たちを皇帝に取り次ぐべきかどうかは、この李順天が決めます」

順天は官服の胸を叩き、威厳を示そうと身をそらした。

「どうかよろしくお願いいたします。今日は揚州府に着いたことをお伝えするために挨拶(あいさつ)に参りました。拝謁(はいえつ)の件については、書類をそろえて改めてお願いに参ります」

真人は早々に退散することにした。

順天は賄賂(わいろ)を要求している。

それはいくらが妥当で、どんな手順で渡すべきかを知らなければ、交渉がもつれるおそれがあった。

旅館にもどると首脳陣と対策を話し合った。

「大周国では公然と汚職がまかり通っているのかね」

真人はぼろ切れを口の中に押し込まれたような不快さを感じていた。

「私もまだここに来て日が浅いものですから」

そんなことをたずねられても困ると、岡麻呂は当惑していた。

「誰か事情に通じた者はいないだろうか」

「旅館の主(あるじ)はどうでしょうか」

世慣れた鴨吉備麻呂が発案した。

多くの使者がこの旅館に泊っているのだから、裏事情にも詳しいだろうというのである。

さっそく旅館に申し入れると、主ではなく接待係の王華（おうか）という女がやって来た。細身ですらりと背が高く、面長の冷ややかな顔をして、宮廷風の高い髷（まげ）を結っている。通事が用件を伝えると、そのためには金十両（約三百七十五グラム）の指南料が必要だと悪びれることなく要求した。

「これは正式な手数料です。三十数年も朝貢しなかった国の使者を温かく迎えるほど、この国はお人好（ひとよ）しではありませんよ」

王華は日本からの使者が天智天皇八年（六六九）以来だと知っていた。

真人は王華の言い分に納得し、金十両を払って教えを受けることにした。

「則天武后さまが皇帝になられたことはご存じでしょうか」

「塩城県の沿海防護府で聞きました」

「汚職が横行するようになったのはそれからです」

則天武后は夫である高宗の存命中から政治の実権を握っていたが、これまで政権を支えてきた有力貴族たちの支持を得ることができなかった。

そこで身分の低い者たちの中から有能な人材を登用し、高位高官に抜擢（ばってき）した。また自分の出身氏族である武氏一族を重用し、絶対の忠誠を求めた。

こうして武后による独裁体制がきずかれ、恣意（しい）的な人事がなされるようになったために、重臣たちは武后に気に入られようと汲々としている。

追従や保身、立身のために武后に莫大な金銀を贈る役人たちが引きもきらず、彼らはその費用を捻出するために汚職や不正経理に手を染めているのだった。

「しかも部下にまで費用の負担を押し付けますから、末端の役人まで公然と賄賂を取るようになったのです」

王華は鋼のように強い言葉で、外聞をはばかることを言ってのけた。

「都督の李順天どのも、我々にそれを求めておられるようです。こうした場合、どう対処すればいいのでしょうか」

「求めに応じる気がありますか」

「任務のためには、やむを得ないと思っています」

「それなら私が取り次ぎます。その手数料として金三十両をいただきます。李さまには銀五貫（約十九キログラム）を献上して下さい」

銀五貫とは持参した金銀の二割にあたる大金だった。

「失礼ですが、それだけ献金をすれば間違いなく取り次いでもらえるのでしょうか」

「保証はできませんが、ここは官営の旅館です。ここより確かで信用できるところは、他にはありません」

王華は切れ長の目に鋭い光を浮かべてきっぱりと言いきった。

官営の旅館はこうした仕事も請け負っているのか、それとも王華には特別な力があるのか……。

李順天都督との話は翌日には円満に進み、長安へ取り次ぎの使者を送ってもらえることになった。

揚州府から長安までは三千里。早馬を立てて一日二百里（約百九キロメートル）を走っても片道十五日、往復で一カ月かかる。

その間真人たちは旅館で知らせを待たなければならなかった。

すでに八月も下旬である。秋の涼しい風が吹き、船着場や運河のほとりに植えられた柳も黄色く色づき始めていた。

真人らは大明寺などの寺を訪ね歩いて教えを受けたり、市内に出て見物や買物をする所在ない日々を過ごしている。

それだけでは時間をもてあますので、日本から持参した本を読んだり、中国語の練習をしたり、時には王華を呼んで国内の事情を聞いたりした。

王華も次第に真人と打ち解け、

「もう手数料は不要ですよ。何でも聞いて下さい」

そう言って柿(かき)やあけびなどを手みやげに持ってくるようになった。

やせて骨張った顔をしているので初老のように思っていたが、薄く化粧をすると三十代の半ばくらいに見える。

ひどく苦労したことが、彼女を老(ふ)けさせているのだった。

「ひとつ気になっていることがあります」

ある日、真人は中国語で語りかけた。

王華は宮廷風の正統な言葉を使うので、話しているだけで語学の勉強になるのだった。

「何でしょうか」

「王華さんは王宮で働いていたことがあるのではないですか」

「父と母は働いていました。ですから言葉について厳しく仕付けられましたが、私は王宮にいたことはありません」

「それではもうひとつ。李順天都督のことですが」

「それはあまり触れたくない話ですね」

「政治のことではありません。実は塩城県の監察御史の李高文という方に親切にしていただいたのですが、お二人はどことなく似ておられる。姓も同じなので親戚(しんせき)かもしれないと思ったのですが」

「高文さまは都督の甥にあたります。お二人とも高宗陛下の一族なので、地方の高官に任じられたのです」

「それにしては都督は、高文どののことを良く思っておられないようですね」

「そんなことまで話されたのですか、都督は」

「私がそう感じたばかりです。高文どのは立派な方だったのに、どうしてだろうと」

「真人さまは本当に優れた方なのですね。外交官としても人間としても」

王華はそう言ってシミの浮いた頰をほんのりと赤らめた。

「どうしてでしょうか」

「静かで清らかなたたずまいをしておられるのに、何もかも見抜いておられる。確かにあのお二人は仲が悪いのです」

その理由は順天が武后に取り入って出世したのに対し、高文は宮廷批判につながりかねない進言をしたかどで左遷されたからだ。

今では二人の地位は大きく隔たっているが、本来なら家柄も良く能力もある高文の方が重用されるべきだという。

「高文さまは科挙にも合格なされた逸材です。順天さまも能力では勝てないと分かっているので、地位を奪われるのではないかと恐れておられます」

「今の皇帝に従う者と、その治政を正そうとする者が、両派に分かれて争っているということでしょうか」

「そうです。我が国にも良識のある者はいますから」

つまり王華もそちらの派に属しているということだろう。真人はそう思ったが口にはしなかった。

変化に乏しい日がつづくが、「遣唐日誌」は欠かさずにつけている。

年齢のせいか、それとも異国での暮らしがそうさせるのか、昨日のこともよく覚えていない時がある。やがてはすべてを忘れるのではないかという危機感を覚える昨今だけに、きちんと記録しておかなければ安心できなかった。

そうしたある日、真人は久々に真奈への私信を書こうと思い立った。

市内の寺を訪ねる予定が雨のために中止になり、一日ぽっかりと時間が空いたからである。

〈真奈への私信。八月二十四日。

真奈よ。先の第二信を記してから、いつの間にか半月もたってしまった。その間に私の乗った第一船は楚州塩城県の港に漂着し、唐の役人たちに会う機会を得た。

港を管理する沿海防護府の鄭信成という御仁は頼むに足るお方ではなかったが、県庁の監察御史である李高文どのは親切な方で、皇帝との面会の取り次ぎは揚州府でおこなっていると教え、そこに回航するための案内人までつけて下さった。

後で知ったことだが、高文どのは科挙に合格された英才で、宮廷に仕えておられたが、何かの理由で左遷されたとのことだ。

これにはこの国で初めて女帝となられた則天武后の治政に関わる問題があるようだが、詳しい事情が分らないので、これ以上深入りしないでおく。

我らは揚子江をさかのぼって揚州府に着き、李順天都督に皇帝と対面できるように計らってもらった。

それについてはいろいろ心痛むこともあったが、それも記さないでおく。今は揚州府の官営の旅館で皇帝との対面の許可を待っているところだ。

真奈よ。お前を幸せにしてやれる知らせがひとつある。この地で阿倍船人と再会することができたのだ。

嵐の海を渡る時に四艘の船は散り散りになり、我らは航路を間違えて塩城県に漂着した。ところが船人が操る四号船だけは正しい航路をたどり、無事に揚子江の港に入っていたのだ。

彼と再会した時は、なぜか本当の息子に会ったような気がして気持が楽になった。そしてこんな男を夫に選んでくれたお前に感謝し、我が娘ながら誇りに思ったよ。

船人は今同じ旅館に泊っている。なかなか顔を合わす機会もないが、きっとこの先も一行の中で重要な役割をはたし、我々の任務を助けてくれるだろう。

そうそう。懐しくてつい回り道をしてしまったが、このたびの任務について記しておかなければならない。

藤原不比等(ふじわらのふひと)さまから与えられた密命ともいうべき特別な任務。それは本朝での険しい勢力争いと、帝(みかど)の特別なお立場に関わるものなのだ〉

真人はそこまで書いて筆を置いた。

真奈の姿を思い浮かべながら文章を綴(つづ)るのは楽しいが、事が朝廷の問題に及ぶと急に心が重くなる。

私信ながらうかつなことは書けないと身構えたのだった。


皇帝の許可は無事に下りた。

百人まで長安城に入ることを許すと、李順天から知らせがあったのである。

真人は吉備麻呂や岡麻呂と相談し、一号船から五十五人、四号船から四十五人を選び、残りは開沙島で待つように命じた。

ここまで来て引き返させるのは気の毒だが、遣唐使の交通費や滞在費はすべて唐が負担するので、指示に従わざるを得なかった。

出発は九月二十日。

一行百人は四十隻の船をつらね、揚州府の役人に案内されて運河に乗り出した。

日本からの一行だと記した旗を立て、前後を三十人ばかりの軍兵に守られていた。

「国はよく治まっているように見えますが、それほど物騒なのでしょうか」

憶良は常に真人の側にいて、長旅の負担がかからないように気を使っていた。

「外国の使者が来ることは、皇帝の威光がまわりの国々に行き渡っていることの証明になる。それゆえ目立つようにして、下々の者に見せつけているのだろう」

唐では中国こそが世界の中心、中華だと考えている。それゆえ周辺諸国を北狄、南蛮、東夷、西戎と呼び、皇帝の威に服させて教化しようとしてきた。

使者を手厚くもてなし、費用をすべて負担するのは、その姿勢の現われだった。

やがて船は広大な湖のほとりにさしかかった。揚州府の北に広がる高郵湖で、海と見まがうばかりである。

大運河はこうした湖水の水利をうまく使って数千里の通行を可能にしたのだった。

湖のほとりをしばらく進むと、船を止めて待たされることになった。

何事だろうといぶかっていると、二十挺櫓の大型船に引かれた数百隻もの小船が、縦に長く連なってやってくる。

三里（約千六百メートル）ほどもある船の列は壮観だった。

「あれは塩船です。あのようにして遠くの町まで運びます」

案内の役人が教えてくれた。

その夜は運河の側の旅館に泊った。早目に夕食をすまして部屋に入ると、真人は精も根もつきはてて横になった。

長旅の疲れが出たのか、船に座っていただけなのに体が鉛のように重く感じられる。

「腰をおもみいたしましょう」

憶良が夜具を敷き、その上に横になるように言った。

「すまんな。頼む」

憶良は指圧の技術も身につけている。肩や腰のツボを押してもらうと、血のめぐりが良くなって心地よい眠気にさそわれた。

「それにしても則天武后という方は、大変な暴君のようでございますね」

「誰かに聞いたか」

「旅館にいた間に、王華さんから書物を貸してもらいました。武后の命令によって処刑された方が、獄中で記されたものだそうでございます」

その写本がいくつも作られ、ひそかに市中に出回っている。それによれば武后は武徳七年（六二四）の生まれで、今年で七十九歳になるという。

しかしいまだに女帝の位にいて、権力を独占している。しかも張という美貌（びぼう）の兄弟を愛人にし、彼らに政治の権をとらせている。

「唐では従来、王朝創業の中心を担（にな）った鮮卑系の官僚と貴族の門閥系官吏の均衡を保った政治が行われてきました。しかし武后はその慣例を無視し、科挙に合格した有能な人材を、身分や家柄に関わりなく登用したそうです。それは在野の才人に活躍の場を与える効果もありましたが、やがて武后に忠誠を誓った者だけが登用される弊害を生みました。そうして阿諛追従の徒だけが実権を握り、反対派を容赦なく弾圧するようになりました。張兄弟の悪口を言っただけで捕えられ、見せしめのように殺された者が何千人もいるそうです」

夢現の朦朧とした状態で憶良の話を聞きながら、真人は長安の寺にいた頃に聞いた噂を思い出していた。

武后は利州（四川省広元市）都督の武士彠の次女として生まれ、十四歳で太宗李世民の後宮に入った。

ところが太宗の不興を買って遠ざけられたために、手練手管を使って息子の李治に取り入った。

やがて太宗が死ぬと武后は出家させられたが、高宗となった李治の計らいで還俗し、後宮に入って寵愛を受けるようになった。

武后はこの時二十六歳。やがて高宗との間に娘をもうけるが、高宗にはすでに王皇后と蕭淑妃という妻妾がいた。

そこで辛抱強く機会をうかがい、娘の夭死を逆手に取って、王皇后と蕭淑妃が毒殺したと訴えた。

高宗はこの訴えを聞き入れ、二人を「陰謀下毒」の罪で投獄した。

その七日後、皇后に叙された武后は、獄中にあった二人を百叩きの杖刑（じょうけい）にした上で処刑した。

そして念願の皇后位についたのである。

永徽（えいき）六年（六五五）、真人が入唐して三年目のことで、寺では武后についての悪評が飛び交っていた。

その中には、二人の妻妾が投獄されていた間、夜な夜な獄卒たちの慰み物にされたとか、罪を自白させるために蛇責めにしたという凄惨（せいさん）なものもあった。

やがては天罰仏罰が下り、哀れな末路をたどるだろうと皆が噂していたが、武后はその後も高宗を意のままに操り、夫の死後には女帝となってこの国に君臨しているのである。

（そうか。あるいは……）

王華は王皇后の一族なのかもしれない。だからあれほど今の政治に対して批判的なのだろう。ふとそう思った。

外では一定の間隔で太鼓が打たれている。皇帝への献上品を警備している衛士が、盗難を防ぐために夜通し打ち鳴らしているのである。

この音がつづいている間は何事も起こっていない。仲間の衛士にそれを知らせる控え目な音が、夜の静けさをいっそう深くしていた。

第四章　龍門石窟

一

高郵湖から先は運河の幅が広くなった。湖から水を引き入れるので、運河を広くしても水が涸れる心配がない。それにこの先は唐の中央を流れる淮河とつながっているので、荷物の運搬量も俄然多くなる。

そこで幅十丈(約三十メートル)ほどの運河を通し、中央に分離帯をもうけて北行きと南行きの船を分けていた。

船に揺られながら、粟田真人は所在なくあたりの景色をながめていた。目の前には地平線までつづく広大な大地が広がっている。

運河は秋の青空を映してはるか彼方まで真っ直ぐにつづき、運河の側には二十里(約十一キロ)くらいの間隔で集落がある。

それは計画的に作られた村のようで、村の中心には大きな倉庫があった。

「あれは臨河倉鋪といいます。運河で運ぶ荷物を貯えておく倉庫です」

案内の役人が教えてくれた。

倉庫の側には官営の宿所もあるという。

「倉庫によって扉の色がちがうようですが、どうしてですか」

扉の色は緑、白、赤の三種に染め分けられている。それがなぜなのか、真人は気になった。

「色によって倉庫に入れてある品を示しています。緑は米、白は塩、赤は鉄です」

なるほど。それなら誰にもすぐ分る。そうした倉庫がうまく機能しているのは、国の経済がうまく回っている証拠だった。

「これは隋の頃から行なわれていることですが、ひとつ大きな欠点があります。盗賊の標的にされることです」

それを防ぐために、村には警備の兵を配している。しかし大きな盗賊団や国家の転覆を企てるような反乱には対処できないという。

経済の大動脈となった運河。それを守り流通を円滑に維持することが、国家を保てるかどうかの分水嶺になっているのだった。

その夜は安宜県の官営旅館に泊った。

楚州まではあと八十里（約四十四キロ）。明日の早朝に発ち、夕方には到着する予定だが、長安まではまだまだ遠い道程だった。

夕食を終えると、真人は再び憶良に腰と背中を揉んでもらった。

還暦を過ぎたこの体が、長旅に耐えられるかどうか自信がない。だから少しでも体力を温存しておきたかった。

「ご遠慮は無用です。真人さまは大切なお役目を荷っておられるのですから」

憶良は嬉々として腰や肩を揉みながら、揚州の旅館で読んだ本の話を始めた。

「あまり大きな声では言えないのですが、則天武后とは恐ろしいお方のようでございます」

「それも王華さんから借りた本に書かれていたのか」

「はい。この先長安でお目にかかり、難しい交渉をなされるのですから、お耳に入れておいた方がいいのではないかと思ったのですが、ご迷惑でしょうか」

「この国ではそうした形で政を批判する者は重罪に処される。役人に知れたらただでは済まぬぞ」

くれぐれも用心することだと戒めながらも、真人は何が書かれていたか気になった。

「しかし、他に聞こえなければ構うまい。聞かせてくれ」

「問題は張兄弟のことばかりではありません」

憶良は身を乗り出さんばかりにして語り出した。

武后は太宗李世民の側室として王宮に召し出されたが、太宗に遠ざけられると高宗李治に接近して皇后となった。そして高宗をさしおいて政治の実権を握り、寵臣や武氏一門を重用して独裁政治を行なうようになっていく。

これに対抗して高宗が武后の廃位を画策すると、先手を打って高宗の動きを封じ、計画に加わっていた者をことごとく粛清した。

これ以後武后は密告を奨励し、不正や陰謀を訴え出た者には莫大な褒美を与えるようになった。

また、こうした連中の中から律（刑法）に詳しい者たちを登用し、反対派と目した者たちの違反を摘発させ、些細な罪でも厳罰に処した。

彼らのことを酷吏という。

「このために良識ある者たちは沈黙を余儀なくされ、密告や摘発をする者ばかりが我物顔で王宮や市中を闊歩するようになりました。重用する者からの密告や摘発であれば、武后は理非を確かめることなく採用なされるので、佞臣や酷吏たちは気に入らぬ者や目障りな者を次々におとしいれて、我が世の春を謳歌しているそうでございます」

「それでよく政がつとまるものだな」

「それは武后さまが登用された姚崇、宋璟といった傑物がおられるからでございます。

武后さまも自分に従う人材の献策は取り上げ、大胆な改革を推し進めて大唐を繁栄へと導いてこられたようでございます」

「さようか。どこの国も難しい問題を抱えているものだな」

真人は次第に眠気に誘われながら、政治の難しさに思いを致していた。

朝廷内で対立があるのは日本も同じである。

遣唐使の派遣や唐と冊封関係を結ぶことについても激しく反対し、妨害に動いた皇族や権臣たちがいる。

それゆえ真人の使命は、いっそう困難なものになったのだった。

船は運河をゆっくりと進み、楚州（江蘇省淮安市）に向かっていく。

楚州は大運河の開通によって栄えるようになった町で、揚州、蘇州、杭州とならんで大運河上の四大都市と称されている。

運河は中国大陸の西から東に流れる淮河と交差し、水運の結節点となっている。淮河の河口では良質の塩を産するので、塩の流通の中心地にもなっていた。

楚州の中心は淮河の南にあったが、近くの湖からあふれ出た水であたりが水びたしになり、先へ進むことができなかった。

「どうした訳だ。雨も降っておらぬのに」

真人は空を見上げた。

頭上は青空が広がっているが、西の彼方は鉛色の厚い雲におおわれていた。

「上流で大雨が降っているそうでございます。明日か明後日（あさって）にはここでも雨が降ると申しております」

憶良が筆談で情報を仕入れてきた。

はるか上流の山間部で降った雨が、淮河を流れて洪沢湖（こうたくこ）に注ぎ込み、あふれ出して大地を水びたしにする。日本では想像しにくい現象だった。

仕方なく近くの旅館で水が引くのを待つことにした。

翌日の午後には空がにわかにかき曇り、夕方には雨になった。

走り雨のようなのでやがて去っていくだろうと思ったが、雨は二日も三日も同じ調子で降りつづき、水位が上がって旅館の庭先まで迫ってきた。

「このままでは浸水するかもしれぬ」

真人は万一に備えて一階の部屋に置いた荷物を二階に運ばせた。

宿の者たちは日本人が何を始めたのだろうと、怪訝（けげん）そうにながめている。

通事に浸水を心配していると伝えさせると、

「大丈夫だ。心配しなくていい」

一笑に付されたという。

雨は翌日も降りつづいたが、確かにそれ以上水位が上がることはなかった。

雨に足止めされたまま何も出来ることはない。真人は「遣唐日誌」を書いたり、『長城要諦(ようてい)』をながめたりしながら日を過ごしていたが、宿の者から近くに書肆(しょし)があると聞いて驚いた。

都ならともかく地方では珍しい。憶良が王華から借りたような本が手に入るなら読んでみたいと思った。

「先日話していた本の標題を覚えているか」

朝餉(あさげ)の後で憶良にたずねた。

「標題も著者の名もありませんでした。何しろ獄中で書かれた、人目をはばかる本でしたから」

「ならば似たようなものでも構わぬ。そなたの言う通り、私もこの国の現状をもっと詳しく知っておいた方がいいと思うのだ」

旅館で両替した銭を渡し、それらしい本を何冊か買ってくるように申し付けた。

「通事と従者を連れていけ。どこに監視の目が光っているか分らぬので、決して無理をしないようにな」

そう念を押して送り出し、真人は日誌に昨日のことを記した。

〈九月二十六日、終日雨。

楚州の南のはずれ、安楽館という名の官営旅館に着いて四日が過ぎたり。雨足は一向に衰えず、走り雨のごとき勢いで降りつづく。

黄土の大地をおおう水の勢いはますます盛んで、いつ治まるとも知れず。土地の広大さばかりか気象のあり方からも、この国の大きさを痛感させられる日々なりき。事は一代にして成らず、三代かかってようやく基礎をきずくことができる。唐の書物にそんな一節ありしが、この広大な自然を前にするとむべなるかなと思えたり。

昨日と変わることのない一日。夕方宿の者に書肆が近くにあると聞く。

楚州は交易、流通の拠点ゆえ人の往来も多く、書肆の品揃えも豊かとの由。気になる書物を捜させるべきかと思う〉

真人が則天武后や王宮のことをもっと知っておくべきだと思ったのは、憶良の話を聞いているうちに次第に不安になってきたからである。

遣唐執節使に任じられて以来、真人は出来る限り唐についての情報を集めた。朝廷の書庫にある本を読みあさったし、唐と私貿易をおこなっている摂津の商人を呼んで事情を聞いた。

唐には若い頃に留学僧として十年以上滞在していたので、だいたいのことは分るだろうと高をくくっていたが、その自信は唐に着いた途端に打ちくだかれた。

唐は則天武后という女帝に乗っ取られ、武周と名を変えていたのである。

そのことさえ知らなかったのだから、武后がどんな政治をおこない、どうやって国を保ってきたか知る由もなかった。

三十年以上も唐との国交が断絶していたとはいえ、この情報収集力のなさは致命的である。

これでは武后と国交回復の交渉にのぞんでも、東海の野蛮人とさげすまれるのが落ちだろう。

長安に近づくにつれてそんな不安が大きくなり、重圧も高まっているだけに、書肆があるなら本を買って少しでも学んでおきたいと思ったのだった。

激しく降りつづいていた雨は、正午頃には小降りになった。

雨足がみるみる弱まっていき、まるで天の水が尽きたようにぴたりと止んだ。

急変に驚いて空を見上げると、鉛色の雲は東へ流れていき、鮮やかな青空が広がっている。

目の前の大地は水におおわれたまま濁流となっているが、雨に洗われた空気が美しく澄んで、北方にある楚州府の城壁をながめることができた。

川岸や運河沿いに植えられたしだれ柳も、雨が上がった後の川風に吹かれて心地良さそうに揺れていた。

ちょうど昼餉の時間で、部下たちが旅館の食堂へ向から足音がする。大勢で何かを話す声も聞こえてくる。

いつもなら憶良が真人の分を部屋に持って来る頃だが、出かけたまま戻っていなかった。

宿の者の話では、書肆まで一里ほどしか離れていないというので、一刻（二時間）もあれば戻って来るだろうと思っていた。

それゆえ軽い気持で使いに出したのだが、出かけてからすでに二刻が過ぎている。いったいどうしたのかと、真人は苛立ちを抑えて待っていた。

（書肆の本に夢中になっているのか、それとも途中でどこかに立ち寄っているのか……）

憶良は誠実で生真面目な従者だが、夢中になるとつい他のことを忘れてしまう。その欠点に操られて帰りを忘れているにちがいなかった。

真人は昼餉を取らなかった。憶良が戻ったなら、「そなたの帰りが遅いので、あやうく飢え死にするところだった」と言って困らせてやろう。

そんな子供じみた意地の悪さにとらわれていたが、申の刻（午後四時）ちかくになってもまだ戻らなかった。

いくら憶良でも、ここまで気ままにするはずがない。何かあったのではないかという不安に駆られ、真人は宿の者と通事を呼んだ。

「書肆までは一里ほどだと言ったが、間違いないな」

年若い通事にたずねさせた。

「間違いないそうです。大通りを真っ直ぐ行った所なので、道に迷うことはないはずだと」

「憶良たちがまだ戻らぬ。この者と書肆に行って、どうしているか確かめてきてくれ」

通事と宿の者はすぐに出かけ、四半刻（三十分）ばかりで血相を変えて戻ってきた。

「た、大変です。憶良さまと他の二人は」

書肆で本を見ていたところ、楚州府の役人に連行されたと、通事が息も切れ切れに報告した。

「なぜだ。なぜ憶良が連行されねばならぬ」

「本を捜している時、警吏に何かたずねられたそうです。そこで言い争いになり、そのまま三人とも連れていかれたと、書肆の店主が言っておりました」

若い通事は額に玉の汗を浮かべている。急を知らせるために走り通してきたのだった。

真人はあわてて首脳陣を集め、対応を協議した。

一号船の知乗船事をつとめた鴨吉備麻呂、衛士長の紀黒麻呂、四号船の美努連岡麻呂（みののむらじおかまろ）ら六人が、沈痛な表情で卓を囲んだ。

「ともかく役所を訪ね、何の罪で捕われたのか明らかにするべきでございましょう」

吉備麻呂が皆の沈黙を破って口火を切った。

「しかし、どこに連れて行かれたかも分らぬ。案内の役人に頼んで、楚州府に掛け合ってもらった方がいいのではないか」

岡麻呂が異を唱えた。

「役人同士の話になれば互いに後に退けなくなり、かえって話がこじれる場合がありま す。ここは日本の使者であることを明らかにし、この国に慣れぬゆえに行き違いがあったと釈明するべきでしょう」

「私が書物を買いに行かせたために起こったことだ。私が釈明に行こう」

「いえ、それはお止め下さい」

吉備麻呂が即座に諫めた。

真人が出て行くのは最後の最後でなければ、事がこじれた時に打つ手がなくなる。

それに遣唐執節使が犯罪に関わっていたと見なされたなら、則天武后との対面も許可されなくなるというのである。

「ならばそれがしが参りましょう」

黒麻呂が名乗りを上げた。

遣唐使団の治安を維持するのも衛士長の役割なので、連行した警吏にどんな罪を犯したのかたずねてみようと、胆の据った静かな口調で申し出た。

真人は黒麻呂に任せ、若い通事と衛士五人を同行させることにした。

酉の刻（午後六時）には鼓楼の太鼓が打ち鳴らされ、四方の城門が閉まる。それと同時に通りの木戸も閉ざされる。

それまでに戻って来られるだろうかと案じながら待っていると、太鼓が鳴る寸前に黒麻呂たちが戻ってきた。

「憶良どのたち三人は、書肆の近くの楚州府の支所に投獄されております。罪状をたずねても当人との面会を求めても、取り調べがすむまでは応じられぬと突っぱねられました」

黒麻呂が憤懣やる方なげに報告した。

「支所とはどんな所だ」

「大きな辻においた番所のようでございます。そこに警吏を三人、下役を五人ほど置き、市中の監視をさせているのでございます」

これが則天武后が反対派を摘発するために国中にめぐらした監視網だろう。

憶良は書肆で人目をはばかる本を捜していたために、その網にかかったようだった。

二

その夜、真人は一睡もできなかった。

憶良の身を案じ、書肆に行かせた自分の軽率さを悔やみながら、嵐(あらし)の夜の船中でのようにまんじりともしなかった。

昼餉ばかりか夕餉もとっていなかったが、心配のあまり少しも空腹を感じない。緊張のせいか喉(のど)が渇くので白湯(さゆ)ばかり飲んでいた。

夜が明けるのを待ち、再び首脳陣を集めて対策を話し合った。

「それでは私が行って、解決の糸口をさぐって参りましょう」

世慣れた吉備麻呂が通事とともに出かけて行ったが、結果は同じだった。

「反対派を摘発すれば、抜擢(ばってき)されたり褒美がもらえるそうです。そのため警吏たちは、手柄を奪われまいとしているのだと聞きました」

支所の下働きの者がそう教え、釈放してもらいたければ金銀を積むしかないと言ったという。

「またしても汚職か」

真人は何とか無事に解決する方法はないかと、揚州から同行している案内の役人に相談してみた。

ところが役人には、揚州と楚州では管轄がちがうので口出しはできないと一蹴された。

「それにここだけの話ですが、そうした警吏たちは武后さま直属なのです。ですから楚州府でも口が出せないと思います」

憶良が話していた密告政治、反対派摘発の実態を突き付けられた形だが、このまま手をこまねいているわけにはいかない。

もし憶良が拷問にかけられ、獄中で記された書物を王華から貸してもらったと自白したなら、累は王華とその周辺にまで及ぶ。

しかも真人に命じられて同様の書物を捜しに来たと言ったなら、遣唐使の一行が反対派に通じていると見なされ、どんな不利益をこうむるか分らなかった。

「こうしてはおられぬ。ともかく楚州の刺史に会い、釈放の交渉をするしかあるまい」

真人は吉備麻呂に楚州府への根回しをするように申し付けたが、水びたしになった大地を渡ることは出来なかった。

「あと二、三日は、水が引かないそうでございます」

吉備麻呂が宿の者から聞き込んできた。

「そんなには待てぬ」

真人は憶良の身を案じて居ても立ってもいられなかったが、自然の猛威にはあらがいようがなかった。

　夕方になって思わぬ来客があった。

　塩城県にいる監察御史の李高文が、安楽館に訪ねて来たのである。

「朝廷から急な呼び出しがあり、長安に向かっています。こちらに日本からの使者がおられると聞き、ご挨拶にうかがいました」

　高文は前に会った時と同じ冠をつけ、緋色の官服に身を包んでいる。相変わらず陽気で溌剌として、思慮深そうな澄んだ目をしていた。

「ご丁寧に恐れ入ります。ここでもう五日も足止めされています」

「それが我が国の暮らしぶりです。焦らずに天の時を待って下さい」

「天の時といえば……」

　こうして会ったことが奇貨かもしれないと思い、真人は憶良の窮地をどうやって救ったらいいか高文に相談した。

　王華のことまで話すことはできないので、武王朝の現状を知りたいので書物を買い求めに行かせたと語った。

「そうですか。警吏が書肆まで見張るようになったとは」

　高文は世も末だと言いたげだった。

「私はこれから長安に行き、武后さまと国交回復の交渉をしなければなりません。その前にこの国と朝廷の現状を、少しでも知っておきたいと思ったのです。どうしたら憶良を釈放してもらえるか、お知恵を貸していただけないでしょうか」

「少々お待ち下さい」

高文は従者を呼び、楚州府の支所について何事かをたずねた。

従者は肩から下げた袋からぶ厚い名簿を取り出し、支所を統轄する者の名を告げた。

「そうか。それなら何とかなるな」

高文は筆と巻き紙を取り出して書状をしたため、支所まで届けるように従者に命じた。

「ご安心下さい。三人は今日にも釈放されるでしょう」

高文の言葉はすぐに現実になった。

一刻もしないうちに、憶良ら三人が従者とともに戻ってきたのである。

「憶良、大事ないか。怪我などしておらぬか」

「何ともありません。この通りでございます」

憶良は両腕を広げ、おどけたようにくるりと回ってみせた。

他の二人も出かけた時のままで、手荒く扱われた様子はなかった。

「ともかく、ゆっくり休め。体を洗って、服を着替えて、食事をして」

矢継ぎ早に言いながら、真人は急に空腹を覚えた。

昨日の昼から何も食べていない。ほっとした途端、体がそのことを訴え始めたのだった。

翌朝、真人は爽快な気分で目を覚ました。

心を塞いでいた心配から解放されたためだろう。体は元気一杯で気力がみなぎってい

る。珍らしいことに股間の一物が朝立ちしていた。

(ほう、何と)

真人は妙に愉快になって一物をつかんでみた。

還俗して妻をめとって、一人娘の真奈にも恵まれた。ところが妻は十年前に他界した

ので、それ以来閨のことからは遠ざかっている。

ところがまだこの勢いがあるのなら、妾の一人くらいは持てるかもしれなかった。

(体が慣れてきたらしい)

真人はそう思った。

唐に着いておよそ二カ月。命懸けの航海と異国に適応する困難を乗り越え、体がよう

やく落ち着きを取り戻したらしい。

六十三歳という歳の割には立ち直りが早いと、自分を誉めてやりたいほどだった。

顔を洗い身だしなみを整えた頃、憶良が朝餉を持ってきた。

「今朝は薬膳でございます」

土鍋のふたを開けると、湯気とともに薬草と粥の甘い匂いが広がった。

「一昨日以来、ご心配をおかけしました。お加減はいかがでございますか」

「一晩寝たらすっきりした。そちらはどうだ」

「私は大事ございません。真人さまや他の方々にご迷惑をかけ、心苦しく思っているばかりでございます」

「ならば聞かせてもらおうか。何があったかを」

真人は食事を終え、執節使として憶良と向き合った。

「おおせの通り書肆に行き、通事にも見てもらいながら目当ての書物を捜しました。すると遠くから様子をうかがっていた二人が、何の本を捜しているかと声をかけてきたのです」

これは警吏かもしれない。憶良はそう察し、さし障りのないことを言ってやり過ごそうとした。

ところが二人は、この本とこの本を手に取っていたが朝廷のことを調べようとしているのかと、二冊の書物を突きつけた。

唐の朝廷の儀礼を解説したものと、則天武后について記した一代記だった。

「そこで私は、こんな書物があるのかと思ってながめていただけだと言いました。すると二人は役所で詳しく聞かせてもらうと言って、我々三人を連行しようとしたのです」

「警吏に喰ってかかったために連行されたと、書肆の者は言ったそうだが」

「連行されそうになったので、我々は日本国の使者で安楽館に泊っている。怪しい者ではないと言っただけです。決して喰ってかかったわけではありません」

「取り調べはどうだった。怪我がなくて良かったが、厳しく訊問(じんもん)されたか」

「人屋（牢(ろう)）のような所に入れられただけで、何もされませんでした。訊問や拷問をするのは警吏たちの上司のようですが、あたりが水びたしになっていたために楚州府にいる上司と連絡が取れなかったようです」

大雨のために困窮したのは、真人たちばかりではなかったのである。

「上司が来て訊問を始めたなら、白状するまで責めにかけると言っていましたから、本当に危ういところでした」

「李高文どのに助けていただいた。それにしても、どうして釈放させることができたのだろうな」

「警吏たちは使いの方にさえ頭が上がらないようでした。高文さまは余程高位の方なのでしょう」

獄中で心細い思いをしたお陰で一首の歌が出来たと、憶良は手控えを取り出した。

「ご披露申し上げて、よろしいでしょうか」

「ああ、聞こう」

「では、ご無礼して」

　憶良らは今は罷らむ子泣くらむ
　　それその母も吾を待つらむぞ

　獄中で死を覚悟し、家族を思って作った歌だという。

切迫していながら、憶良らしいとぼけたところのある歌だった。

　午後になり、真人は憶良を連れて高文の宿にお礼に行った。

安楽館とは比較にならないほど立派な宿所で、高文が塩城県の監察御史という地位よりはるかに大物だということを示していた。

「昨日はご助力をいただき、ありがとうございました。お陰さまで山上憶良らが無事に戻ることができました」

　真人は礼物として美濃絁一反を差し出した。

　皇帝への献上品と同じ上質のものだった。

「ほう。これが噂の絁ですか」

　高文は手に取って布の感触を確かめたが、このようなお心遣いは無用だと押し返した。

「日本からのご使者が、いわれなき罪に落とされようとしていたのです。これを助けるのは、この国の官吏として当然です」

「お言葉は有難いのですが、助けていただいたのにお礼もしないようでは人の道にもとりますので」

「さすがに礼節の国のご使者ですね。それなら長安でお目にかかった時に、返礼をして下さい。あるいは王宮で顔を合わせることがあるかもしれませんから」

「朝廷の要職につかれるということでしょうか」

「それはまだ分りません。姚崇さまからの呼び出しなので、吉と出るか凶と出るか分らないのです」

高文は事もなげに言うが、姚崇とは則天武后から要職に任じられ、宋璟と共に政権を支える大立者だった。

翌日、大地をおおった水が引き、七日ぶりに運河が使えるようになった。

真人たちは長くつないだ船を、船引きたちに引いてもらって楚州の城内に入った。

周囲三里（約千六百メートル）ほどの南北に細長い城で、運河を縦横にめぐらし、運河沿いにしだれ柳の並木を配してある。

真人らは楚州府に挨拶をするために船を止めたが、高文の一行五十人ばかりはそのまま北に向かった。

「先を急ぎますので、ここで失礼します」

高文はそれだけしか言わなかったが、楚州府の刺史は武后派なのでそりが合わないようだった。

真人らも楚州府庁には表敬訪問だけして、先を急ぐことにした。

刺史は真人らが手みやげに持参した昆布や海松を大変喜び、是非とも食事を共にしようと誘ったが、洪水で旅程が遅れていることを理由に断わった。

楚州から先は通済渠。隋の煬帝が造らせた大運河が黄河までつづいている。そこから黄河ぞいの道をさかのぼり、支流の渭水にそって長安まで、およそ二千七百里（約一四七〇キロ）。

一日八十里（約四十四キロ）を進んだとしても一月以上かかる。日本から唐までとさして変わらない距離だった。

出発して八日後、思わぬ足止めに遭った。

この先の臨河倉鋪に収穫した米を運び込む船が集まっているので、運河を通れないという。

「これほど広い運河が通れないとは、何艘くらい集まっているのでしょうか」

真人がたずねると、案内の役人は、

「二千艘ばかりでしょうか」

事もなげに答えた。

あと二日で黄河に着くという場所で、あたり一帯が物資の集積地になっている。倉庫も一千棟ちかく建ち並んでいるという。

真人はぽっかりと空いた時間を利用して、真奈への私信を書くことにした。都にいる一人娘に文を書くことは、広大な異国で己に立ち返る縁(よすが)でもあった。

〈真奈への私信。十月十二日。

真奈よ。第三信を記してから一月半もたってしまったが、私は元気に旅をつづけ、遣唐執節使としての役目をはたすために武周(今は唐ではなく、こんな国名になっているのだ)の都へ向かっている。

則天武后という皇后が李氏の唐朝廷を乗っ取り、自ら女帝となって武周という国を建てた。

そのことを我々も塩城県に着いて初めて知らされ、大いに驚いたものだが、その弊害はこの国の政治や行政にまで及んでいる。

武后の朝廷を是とし、これに従って立身しようとする者と、御世(みよ)を改め李氏の朝廷に復するべきだと考える者が、水面下で激しい対立をくり返しているからだ。

武后は反対派を封じるために密告を奨励したり、ささいな罪で反対派を摘発し、拷問の末に罪に落とすような非道を公然と行なっている。

その被害は我々にも及ぶことになった。

楚州の南に滞在していた時、私は山上憶良に王朝に関する書物を買ってきてくれるように頼んだ。

この国ではそうした類いの本を著すことが、厳しく取り締まられていることは知っていたが、すでに公にされて書肆で売られているものなら構うまいと思ったのだ。

ところが憶良は書肆で警吏に連行され、獄舎で一夜を過ごすことになった。

幸い先に記した李高文どのが助けて下さったので事なきを得たが、取り調べにかけられていたなら無事には済まなかっただろう。

憶良も獄死を覚悟し、家族に遺す歌を詠んだと言っていたほどだ。

この先洛陽や長安に行ったなら、武后のこうした圧政のひずみがますます酷い形で現われるのではないかと、ひそかに懸念している。

こんな問題を抱えた武周の朝廷と国交回復の交渉をしなければならぬと思うと、荷が重過ぎると感じることも多い。

先に私は藤原不比等さまから密命を与えられたと書いたが、今ここでその内容について明記しておきたい。

実は今度の遣唐使の派遣については、朝廷内で激しい対立があった。

それは天智天皇派と天武天皇派の争いの故だと言えば、聡明な真奈なら察してくれるだろう。

百済と親しかった天智天皇は、四万の軍勢を派遣して百済の再興をはたそうとなされた。ところが白村江の戦いで唐に大敗し、撤退を余儀なくされた。

しかしその後も百済からの亡命者を数多く受け容れ、いつの日か百済の再興を成し遂げようとしておられた。

ところがそれから九年後、この方針を変えるべきだと考えられた大海人皇子が、壬申の乱によって弘文天皇（大友皇子）を滅ぼし、天武天皇となって朝廷の権限を握られた。

それ以来、唐との国交回復をめざし、不比等さまの英断によって今度の遣唐使派遣になったわけだが、天智派の中にはこれに強硬に反対する方々がおられる。

なぜなら唐と国交を回復して冊封国になったなら、百済を再興する夢は永遠に潰え、天智天皇のご遺志をはたすことができなくなるからだ。

しかも悲劇的なのは、今上の帝（文武天皇）は不比等さまの考えに同意しておられるのに、母君である阿閇皇女（後の元明天皇）は、ご自身の父君である天智天皇のご遺志に従うべきだと考えておられることだ。

お二人を中心とした朝廷内の対立は、不比等さまが遣唐使の派遣を強行されたことでいっそう激化し、今上のお命さえ狙われるほどの事態を引き起こした。

もし唐との交渉に失敗し、国交回復を成し遂げられなかったなら、天智派は一気に勢いづき、不比等さまもこの私も粛清されるだろう。そればかりか今上のお立場さえ危うくなるにちがいない。

それゆえ絶対に失敗することは許されないが、交渉の相手は則天武后という怪物のようなお方だというから、私は泣きたい気持だよ。

しかもこの交渉には、唐の皇帝と日本の天皇の関係をどう位置づけるかという、困難きわまりない問題まであるのだ〉

真人はそこで筆をおいた。

皇帝と天皇の関係。それをどう明記するかが、交渉の最大の問題になるだろう。なぜなら皇帝に服従しなければ冊封国と認めてもらうことはできないが、天皇のお立場としてはこれを是とすることはできないからである。

そのことを考えると胸ふたぐ思いがして、この先を書きつづける気力が急に失われたのだった。

三

黄河は黄色い海のようだった。

川幅は二里（約千九十メートル）ほどもあり、対岸がうっすらと見えるばかりである。ゆったりと流れているのでさざ波も立たず、水が帯になって音もなく流れ下っていく。

その川にそって延々とさかのぼり、十月十五日に洛陽郊外の宿駅に着いた。

そこで装束をととのえ、迎えの役人たちに先導されて洛陽城に入った。

則天武后はいつもはここの宮殿で政務をとっているが、昨年の十月から長安に移っている。

そこで真人らも長安に向かっていたのだが、急に洛陽に立ち寄るように命じられたのだった。

長安を西都、洛陽を東都と呼ぶ。

城の周囲はおよそ五十里（約二十七キロ）。人の背丈の三倍ほどの高さの城壁をめぐらし、十二の城門を開けている。

南の定鼎門（ていていもん）を入ると、幅三十丈（約九十メートル）ほどの大路が真っ直ぐにつづき、両側には街路樹と町並みがはるか彼方まで見渡せる。

馬車や徒歩の者たちが行き交い、荷を負ったラクダを連ねた隊商もいる。はるか西域から渡ってきた者たちで、装束や顔立ちが明らかに違っていた。

やがて天津橋を渡って端門（たんもん）をくぐり、鴻臚寺（こうろじ）に案内された。

ここが外国からの使者を迎えるための施設で、一里四方の敷地に屋根の高い壮麗な御殿が並んでいた。

真人らはその中の一棟に案内され、しばらく待たされた後で接待の役人と対面した。

「大周国へようこそお越し下されました。僕は皆さまのお世話をさせていただく沈美麗(しんみれい)と申します」

背が高く細い腰をした男が、流暢(りゅうちょう)な日本語で挨拶した。歳は三十半ばとおぼしいが、鮮やかな黄色の服を着てうっすらと化粧をしているのでずっと若く見える。

「遣唐執節使の粟田真人と申します。日本語がお上手ですね」

「この国には白村江の戦いで捕虜になった者が大勢おりました。そうした者たちは奴婢(ぬひ)として使役されましたが、中には能力や人柄を買われて朝廷に仕え、家族を持つことを許された者もいました。僕の父はその一人です」

「お父上はまだご存命ですか」

「残念ながら、昨年の冬に六十六で亡(な)くなりました。最後まで倭(わ)に帰りたいと言っていましたが、願いをかなえることは出来ませんでした」

「そうですか。お悔やみを申し上げます」

白村江の戦いに敗れたのは天智二年(六六三)だから、三十九年前である。美麗の父は二十八歳で出陣し、捕虜になった後にこの国で家族を持ち、三十八年を過ごしたのだ。

日本と唐の国交が断絶したままなので、帰国することも出来なかったのである。

「しかし父は、僕に倭語を教えてくれました。そのお陰でこうして接待役をつとめることができます」

「今は倭ではありません。国名を日本と改めました」

「そうですか。日出ずる国という意味ですね。僕の日本語、おかしくありませんか」

「いいえ。とても上手で、よく分ります」

真人はにこやかに答えた。

僕とは下僕の僕で、かなり昔に使われたへりくだった自称である。それさえ除けば、美麗の日本語はほぼ完璧だった。

「良かった。倭、いえ、日本の商人とは何度か会ったことがありますが、正式のご使者と会うのは初めてなので」

「わが国の商人が、洛陽を訪れているのですか」

「杭州や揚州までは来ています。那の津や坊の津の商人たちです。彼らは時々問題を起こすので、僕が行って通事をつとめるのです」

困ったものだ、あなたたちの国は。美麗はそう言いたげに眉をひそめ、しばらくこの館で過ごしていただくことになると言った。

「しばらくとは、どれくらいでしょうか」

「十日か半月、くらいでしょうか」

「そんなには待てません。我々は早く都へ行って、皇帝陛下に拝謁しなければならないのです」

「二号船と三号船の要人たちがこちらに向かっています。全員揃ってから長安に案内するように命じられておりますので」

従ってもらわなければ困ると言い、美麗は一礼して去っていった。

残された真人と首脳陣は当惑した顔を見合わせた。

日本語を話す者がいたことは意外だし、白村江の戦いで捕虜になった者たちが大勢いたというのも初耳である。

それより何より美麗の態度が親切なのか冷淡なのか、さっぱり分らないのだった。

「ともかく、二号船も三号船も無事だったようで何よりだ」

「そうですが、妙なお方ですね。普通はそのことを真っ先に伝えると思いますが」

鴨吉備麻呂が首をかしげた。

「そなたもそう思ったか」

真人はなぜかほっとした。

「眉を描き唇に朱をさしていましたからね。それに美麗という名は、女の名前ではないでしょうか」

「女ではあるまい。僕と言ったではないか」

「もしや、あれが宦官というものではないでしょうか」

美努連岡麻呂が声をひそめ、秘密めかして皆の顔を見回した。

宦官とは皇帝の後宮に仕えるために、去勢して男性としての機能を奪われた者のことである。

日本にはない未知の制度だった。

翌朝、真人は早々に文机に向かい、「遣唐日誌」を記した。

〈十月十五日、晴天、秋晴れ。

昨日一カ月ちかい船旅の末に洛陽に入る。唐の都にして古より枢要の地なり。そは黄河の水運と直結している故と身をもって知れり。

定鼎門から入城す。街の様子、人々の活気は華やかにて、四十九年前に留学僧として訪ねた時とは雲泥の差あり。

唐はこの間順調な発展を遂げ、まさに天下の中心、中華となりたるを知れり。今は昔、浦島太郎の思いを致せるなり。

鴻臚寺に入り、遣唐使としての接待を受ける。接待役は沈美麗という御仁だが、驚くべきことが二つあり。

ひとつは彼が白村江の戦いに出陣して捕虜となった日本人兵士の子であること。

いまひとつは宦官という唐王宮の異種たることとなり。

真偽のほど分明ならずとて揚州府から同行せし案内役にたずねたところ、まさに然り。しかも沈美麗は辣腕、酷薄で知られたる人とのこと。

日本人捕虜の子として生まれ、宦官になりたる人生はいかなるものであったかと、沈痛の思いを禁じ得ず。しばし国家の戦争責任について思いを致す。

白村江の戦いはいまだ終わらず。こたびの国交回復をもって初めてひとつの区切りたるべし。その重責を前にして、今浦島の感を抱くは、はなはだ心許なき次第なり〉

一気に筆を走らせてから、真人はふと考えた。美麗は日本に対してどんな感情を抱いているのだろう。父が故国の話をし、死の間際まで帰りたいと言っていたのなら、親近感を持っていてくれるかもしれない。

しかし一方では父を見捨てた日本、自分を宦官として生きざるを得ない境涯に追い込んだ父の祖国を恨んでいるのではないか。そんな複雑な感情が美麗にあんな態度を取らせたとすれば、余程注意深く接しなければならなかった。

その日の夕方、美麗が十四、五歳の少年を連れてやって来た。

整った顔立ちと鍛え上げた体付きをした美少年だった。

「明日巳(み)の刻(午前十時)から全員を宮城に案内します。出発の半刻前までに装束をととのえて待っていて下さい」

美麗が威丈高に中国語で命じた。

「これがその装束です」

美少年が四十人分の服を渡した。

腰に白い布を巻き、袖(そで)のついた肩掛けのような紺色の布を羽織り、頭を白い布でおおう。そして手首と足首に手甲(てっこう)、脚絆(きゃはん)のような布をつける妙な装束だった。

しかも履物を用いず裸足(はだし)で歩けという指示である。

「どうしてこんな装束をしなければならないのでしょうか」

真人は腹立ちを抑えて美麗にたずねた。

「これが職貢図(しょっこうず)に記された倭人の装束です。太初宮は皇帝がお住まいになる聖なる場所ですから、公式の装束をしていただかなければなりません」

「日本ではこのような装束をすることはありませんが」

「今は変わったかもしれませんが、わが国では倭人と言えばこの装束をすると決まっているのです」

職貢図とは皇帝に対して周辺国からの使者が貢物(みつぎもの)をする様子を記した絵図である。

おそらく「魏志倭人伝(ぎしわじんでん)」に記された倭からの使者がこんな装束をしていて、当時の職貢図に記されたのだろう。

それは卑弥呼(ひみこ)の頃のことで四百年以上も前だが、朝廷の儀礼書である職貢図に記されたからには、これに従わなければ倭からの使者とは認めないという。

(やれやれ、ここにも厄介な問題があるとは)

これはどう見ても、南方の海人(かいじん)の夏の装束である。あるいは薩摩の隼人(はやと)あたりが、倭の王の使者と偽って交易をしていたのかもしれなかった。

翌日、渡された服を着込んだ真人らは、四台の馬車に分乗して宮城に向かった。

定鼎門からつづく大路を真っ直ぐ北に向かうと、洛河が西から東に向かって流れ、中ほどに二つの島がある。

その島を結んだ朱色の橋を渡って端門をくぐると、白い小石を敷き詰めた広大な中庭が広がっていた。

正面にそびえているのが宮城の表門である応天門、西側が長楽門で東側が明徳門だった。

長楽門から入った一行は、天を見上げて息を呑(の)んだ。目の前に幅五百歩(約七百四十メートル)にも及ぶ基壇(きだん)があり、雲衝(つ)くような巨大な御殿が建っていた。

「あれはかつて万象神宮(ばんしょうしんきゅう)といいました。古代周の頃に、天子が政を行なわれていた明堂を再建したものです」

長楽門で待ち受けていた沈美麗が、胸を張って説明した。

万象神宮とは則天武后が名付けたもので、三層からなる建物の高さは二百九十四尺（約九十メートル）。第一層は正方形をして一年の四季を、十二角形の二層は十二支を、三層の円形の屋根は一年の二十四節気を表わしているという。

まさに皇帝が森羅万象をつかさどっていることを、視覚的に表わした建物だった。

「あそこには含元殿が建っていたと記憶していますが」

かつて唐にいた頃、真人は一度だけ宮城に入ることを許されたことがある。その時には基壇一杯に城壁のような含元殿が建っていたのだった。

「それは唐の頃の話です。陛下は周王朝の血脈を受け継いでおられますので、その頃の故実に倣って万象神宮を築かれました」

工事は垂拱四年（六八八）二月に始まり、十二月に完成した。

ところがその七年後、証聖元年（六九五）正月に火事で焼失した。

武后はただちに再建を命じ、翌年三月には前と同じ規模の建物を再建した。

「その時、建物の名を通天宮と改められました。天に通じ天命を受けるという意味を込めたものです」

今日案内できるのはここまでだと、美麗は門外に出るようにうながした。

通天宮を見て武后の偉大さが分れば用が足りる。そう言わんばかりだった。

二日後、再び美少年がやって来た。

「沈内侍(ないじ)さまからのお申し付けでございます。明朝開門と同時に武后さまのもとに案内する。人数は十人。執節使どのには武后さまに挨拶していただくゆえ、仕度を怠らぬようにとのことでございます」

美少年が気取った中国語で告げた。

「武后さまは長安の都におられると聞きましたが」

対面するとは長安まで出向くということだろうか。真人はそうたずねたかったが、美少年は物問う間も与えずに出て行った。

翌朝、真人は首脳陣と船長(ふなおさ)二人、それに黒麻呂の配下を合わせた十人で仕度をととのえていた。

玄関口に美麗はいない。美少年に急(せ)かされるまま二台の大型馬車に乗り込み、端門を出て南に向かった。

小さな明かり窓があるばかりの箱型の車両で、外の景色をながめることも出来ない。

定鼎門を出て一刻（二時間）ほど馬車に揺られ、川のほとりで下ろされた。

南から北に向かって真っ直ぐに流れる伊水(いすい)で、片側には小高い尾根が走っている。

「皆さま、どうぞこちらに」

美少年について細い坂道を登ると、岩肌の斜面に多くの石仏が刻まれていた。

岩をくり抜いて仏龕を作り、その中に石仏を彫り出している。一里ほどにわたってつづく石仏群の中には、高さ三丈（約九メートル）ばかりのものもあり、その精巧さや美しさは目を見張るばかりだった。

「これは北魏の時代、今から二百年ほど前に作られたものです。その様式は平城（大同市）の雲崗石窟にならったものです」

北方の鮮卑族が打ち立てた北魏王朝は、中華の支配原理を仏教に求めた。そうして勢力を拡大し、孝文帝の頃に都を洛陽に移した。そしてこの龍門の地に雲崗石窟に似た石窟を作り、仏教の聖地にしたという。

「凄い。何という雄大さでございましょうか」

憶良は大きな石仏の前を通るたびに、口をあんぐりと開けて見上げている。感動のあまり、歌を詠むことも忘れていた。

「龍門とは皇帝が入る門という意味だ。洛陽の真南にこれを造ったのは、皇帝が御仏とともにあることを示すためだろう」

真人はそう言いながらも、武后に会わせるとはどういう意味だろうかと考えていた。長安にいるはずの武后が、こんな町はずれまで足を運ぶとは思えなかった。

やがて山の中腹が広々と削られた広場に出た。洛陽の都を遠く見はるかす場所で、山肌をおおうように巨大で荘厳な寺院が建っている。

その寺の扉の前で、黄色の官服をまとい屈強の兵に守られた美麗が待ち受けていた。

「日本の皆さま、大奉先寺へようこそ」

たおやかな仕草で扉を開くと奥に石窟があり、巨大な石仏が彫り出されていた。

高さ六丈（約十八メートル）の盧舎那仏である。しかも目鼻立ちがくっきりとした西域風の優美な顔立ちをしていた。

「これは皇帝陛下のお顔をそのまま写したものです。陛下は弥勒菩薩が化生されたお方ですが、この盧舎那仏は前世でのご修行中の姿を現わしています」

弥勒菩薩は仏陀の死後五十六億七千万年後に現われて人類を救済すると信じられている仏である。武后はその生まれ変わりなので、女帝となってこの国を導く責務を担っている。

この巨大な盧舎那仏はそのことを衆生に知らしめるために、武后が三十年ちかく前にきずいたものだという。

美麗が武后に対面させると言ったのは、この石仏に参拝させるという意味だったのである。

「さて皆さん、この御仏の前で陛下がいかに偉大なお方であるか、お話し申し上げましょう」

美麗が挑発するような目を真人たちに向け、御前にひざまずくように命じた。

第五章　皇帝と天皇

一

粟田真人らは結跏趺坐した盧舎那仏の前にひざまずき、改めて頭上を見上げた。

高さ六丈（約十八メートル）の御仏が、崖のようにそびえ立っている。

山肌をおおうように作られた七層の寺の窓から光が射し込み、眉がくっきりとして切れ長の目をした高貴な顔を照らし出していた。

盧舎那仏は大日如来。サンスクリット語で「光明遍照」を意味する。

則天武后がこの仏を前世で修行中の自分だと位置付けたのは、武后の本名の武照にちなんでいるという。

「ああ、何という気高さ、美しさでございましょう。僕も何度か皇帝陛下にお目にかかったことがありますが、まさに御仏の化身、愚かな衆生を救うためにこの世に化生されたお方でございます」

沈美麗は感極まった声を上げると、黄色の官服の袖を広げ、五体投地でもするように床に身を投げ出した。

気味悪いほど大げさな身ぶりで、皇帝本人の前でもこうした服従ぶりをしているにちがいなかった。

「執節使どの、あなたは楚州で陛下についての本を求めておられたそうですね」

美麗は真人の正面に立ち、皇帝の名代のような尊大な態度をとった。

「この国の状況について記した本を買いたいと思い、従者を書肆に向かわせました」

「従者というのは、このぼんやり顔の詩人ですか」

美麗は山上憶良が書肆で捕えられ、一晩拘束されたことまで知っていた。

「憶良は有能な従者です。ぼんやりしていたわけではありません」

「危ういところでしたね。もし酷吏の手に渡されていたら、殺された上に犬の餌にされていたかもしれませんよ」

「そんなことが行なわれているのですか。この国では」

真人は美麗の態度が腹にすえかね、思わず険しい口調になった。

「陛下は禁じておられますが、そうした不心得者も中にはいます。ですから言葉づかいや行動には気をつけた方がいいですよ」

美麗は強者の優越を見せつけてから、武后の偉大さについて語り始めた。

「陛下が初めて太宗李世民さまの後宮に召されたのは、十四歳の時でした。その十二年後に太宗が崩御なされると、出家して喪に服されました。太宗のご冥福を祈って余生を過ごすと決意しておられましたが、光ある玉は闇の中で人目につかずにはいられません。第三代皇帝高宗さまに懇願され、還俗して皇后となられました。永徽六年（六五五）、陛下が三十二の砌でございます」

時に高宗は二十八歳。父の愛妾でもあった四つ年上の武后に頼りきり、政の指示まであおぐようになった。

それがきっかけとなって武后は天稟を開花させ、大胆な改革を次々に実行していった。

ひとつは政治改革。

それまで関隴集団と呼ばれる貴族階級が皇帝のまわりを取り囲み、政を意のままにしていた。

武后はこれを改めるために科挙に合格した有能な人材を登用し、家柄や縁故にとらわれない清新な人事制度を導入した。

ひとつは経済改革。

貴族と結びついて商いを独占していた大商人から既得権を奪い、市井の商人たちが幅広く商いに参入できるようにした。大運河の流通路を整備し、人や物の移動が円滑にできるようにしたのも、武后の経済改革の一環だった。

　ひとつは対外政策。

　貞観二十三年（六四九）に即位した高宗は、北方の突厥や西の吐蕃（チベット）は勢力下に収めたものの、東方の高句麗や百済に対して弱腰で、服従させることができなかった。

　そこで武后は、強化した政治、経済力を背景として、両国に対して強硬政策をとり、六六〇年には新羅と同盟して百済を亡ぼし、その八年後には高句麗を滅亡させた。

　白村江の戦いで倭の軍勢を壊滅させたのも、武后の手腕によるものだった。

「そのために陛下への信望は大いに高まり、このお方に皇帝として天下を統べていただきたいという庶民の声は、燎原の火のように広がっていったのです」

　話しているうちに気持が高ぶったのか、美麗の顔はほんのりと上気し、目は酔ったようにうるんでいた。

「そんな時、二つの奇跡が起きました。ひとつは洛水から宝図が出現したのです。執節使どの、宝図とは何かご存じですか」

「いいえ。浅学にして」

「天の意志を書き付けた瑞石です。我が国では天下が乱れる時、天がそれを防ぐために宝図を下してあるべき道をさし示すと信じられています。その宝図が洛水から浮かび上がり、『聖母臨人、永昌帝業』と記されていました」

聖母、人に臨み、永く帝業を昌んにす。つまり武后が皇帝になれば、天下が平穏に治まるという意味である。

垂拱四年（六八八）、武后が六十五歳の時だった。

これを知った庶民は各地から洛陽の都に集まり、武后に皇帝になってくれるように懇願した。

ところが儒教の影響もあり、中国では女性の社会的地位は低い。女性が皇帝になった例は一度もないので、武后も即位をためらっていた。

「ところがそんな時、天竺から来た高僧が女性を蔑視する教えは間違っていると、儒者たちを論破しました。その根拠となったのは、大雲経という経典の中の次の一節です」

美麗は大奉先寺の僧から経典を受け取り、日本語に訳して読んでみせた。

「汝は私の深い教えを聞き、今の弥勒たる姿を捨て、女に姿を変えて国の王となり、天下を治めるであろう――。陛下はこの教えを知り、ご自身が弥勒菩薩の生まれ変わりであると確信なされました。そこで天授元年（六九〇）九月九日に即位し、唐王朝を廃して武周という新しい国を築かれたのです」

憶良から聞いた話とはまったくちがう、輝やかしい一代記である。これが武后が国民に信じさせようとしている自身の物語にちがいなかった。

「それでは執節使どの、陛下へのご挨拶(あいさつ)をなされますよう」

美麗が迫った。

真人は通事を従え、用意の上奏文を広げた。

これは何かの試験なのだ。決してあなどってはならない。そう気持を引き締めていた。

「皇帝陛下に謹しんで申し上げます。私は日本の倭根子(やまとねこ)豊祖父天皇(とよおおじのすめらみこと)（文武天皇）の使者として参りました。粟田朝臣(あそみ)真人と申します。本日は陛下の御姿を写した盧舎那仏を拝する栄に浴し、厚く御礼申し上げます」

真人はそこで言葉を切り、通事が訳文を読み上げるのを待った。

「本朝は倭と名乗っていた三十九年前、百済の白村江において貴国と干戈(かんか)を交え、大敗いたしました。その後、問題を解決することもできないまま、三十三年もの間正式の使者を送ることもなく歳月を重ねて参りましたが、このたび天皇は貴国の許しを得て両国の関係を修復したいと切望しておられます。そのためには何が必要か、どうすれば両国の関係を親しみ深いものにすることができるのか、陛下のお考えをお聞かせ下さい。朝臣真人は執節使として貴国との交渉の全権をゆだねられておりますので、最善の知恵を絞り、陛下のご意向に従うつもりでございます」

真人はそこで再び言葉を切り、通事の訳文を待った。

実は上奏文にはここまでしか書いていない。だが美麗の反応によって相手の出方をさぐってみようと、即興で次の一文を付け加えた。

「わが国はかつて貴国と戦い、大敗するという過ちをおかしました。しかしそのことによって貴国と皇帝陛下の偉大さを知り、自国の愚かさと無力を痛感いたしました。そこで人心を一新し、国の名も日本と改め、貴国に学び、貴国と交わることによって新しい国をきずきたいと願っております。どうか蛮国の愁をお汲み取りいただき、ご慈悲の措置をたまわるようにお願い申し上げます」

通事が訳し終えてしばらくすると、盧舎那仏の後ろの通路から三人の僧が出てきた。手に石板を持ち、真人の言葉を逐一記録していたのである。

「これは西都におられる陛下のもとに届けておきます。今日はこれでお引き取りいただいて結構です」

美麗が扉を開けると、薄暗い寺の中に太陽の光が一度に射し込んで目がくらむほどだった。

「美麗どの、ひとつ教えていただけませんか」

真人は皆が出て行くのを待って声をかけた。

「何でしょうか」

「さっきの上奏文はいかがでしょう。何か不備はなかったでしょうか」

「それはあなたが、一番良くご存じではありませんか」

「それは……、どういうことでしょう」

「あなたは意図的に皇帝をあざむこうとなされた。何を隠し、どこを誤魔化そうとしたか、自分で分っておられるはずです」

「それは誤解です。そんな不誠実なことはしておりません」

真人はおだやかな表情のまま抗弁した。

「あなたは日本とわが国の関係を修復するために来られたのではないですか」

「ええ、その通りです」

「そのためには何が必要か、よく分っておられるはずです」

「……」

「それなのに肝心なところをあいまいにし、陛下にひれ伏すふりをして切り抜けようとしておられる。それでは百年前と同じではありませんか」

「百年前とは、何のことでしょうか」

「あなたの国の摂政が、隋に使者を送られた時のことです。使者は確か小野妹子といったはずです」

「わが国が送った遣隋使のことですね」

「そうです。その時の国書に、日出ずる処の天子、書を日没する処の天子に致すと記し、煬帝の逆鱗に触れた。あなたはその過ちを、意図的にくり返そうとしておられる。その欺瞞を見抜けぬほど、わが国の吏僚たちは無能ではありませんよ」

さすがに切れ者と評されるだけのことはある。美麗は真人の企みを的確に見抜いていた。

翌日から真人らは鴻臚寺で二号船、三号船の乗員の到着を待つことになった。一行が着くのがいつになるか、正確なことは分らない。ただ所在なく待っているのももったいないので、真人は鴻臚寺の役人に頼んで市内を案内してもらうことにした。十人が一組となり、見物したい場所ごとに分れて出かけていく。真人はそれを快く送り出したが、自分で出かけようとはしなかった。

美麗に言われたことが、手痛い刺になって胸にささっている。あの上奏文は本番を想定して書いたものだけに、底意をやすやすと見破られたことがこたえていた。

(やはり、通じぬか)

ならばどうすればいいのだろうと、宿所の窓から秋空をながめながら考えを巡らした。唐(武周)との国交を回復するにあたって最も大きな問題は、皇帝と天皇の関係をどう位置づけるかということだった。

唐は冊封体制によって四夷を従属させることで、東アジアの秩序を保っている。

天子（皇帝）は天命を受けて、自国のみならず周辺諸国を支配し教化しなければならないという中華思想があるからである。

ところが日本の朝廷としては、これをそのまま受け容れる訳にはいかなかった。

もし天皇が皇帝の臣下だと認めれば、天皇の絶対性が崩れ、国を統べる大義名分を失うことになる。

そこで日本としては、あくまで対等だという立場をとらざるを得ない。たとえ実質的には皇帝に臣従したとしても、日本国内では対等だという建前を崩すわけにはいかなかった。

聖徳太子が隋に「日出ずる処の天子」という国書を送ったのはそのためだが、煬帝はこれに激怒し、「蛮夷の書、無礼なる者有らば、復た以て聞する勿れ」と言って国交を結ぶことを拒否したのである。

この問題は真人の肩にも大きくのしかかっていた。

（この隘路を、何とかすり抜ける手立てはないものか）

内実は臣従でも構わない。ひたすら恭順の意を示し、白村江での過ちをわび、国交を結んでもらえるなら、この身をなげうってもいいと思っている。

だが武后から天皇あてに下される国書に、臣下につかわす言葉を入れることだけは、何としてでも阻止しなければならなかった。

日本にそれを持ち帰ったなら、唐との国交回復に反対する天智派の者たちが、帝の権威を汚したとか神道の神聖をおかしたと大騒ぎし、藤原不比等ばかりか今上の責任まで糾弾するだろう。

そうなれば朝廷は再び天智派に牛耳られ、国交回復の方針さえくつがえされるにちがいなかった。

（何とか、この隘路を……）

真人は空を見上げた。

秋の空は高く澄んで、蒼穹の彼方に吸い込まれそうである。鴻臚寺の庭に植えられた楓が紅葉し、大きな葉を地面に落としている。

真人はふと飛鳥の山々の紅葉を思い出し、望郷の念に駆られた。

今頃一人娘の真奈はどこで何をしているだろう。そう思うと胸が締めつけられるようだった。

「真人さま、どこかにお出かけにならないのですか」

憶良が様子を気遣って声をかけた。

「ああ、何やら気がふさいでならぬ」

「背中をお揉みしましょうか」

「今日は無用だ。体が辛いわけではない」

「それなら気散じに、酒でもいかがでしょうか」

憶良は何とか真人を元気づけようと喰い下がった。

「先日市中で買ってきた酒があります。そうだ、阿倍船人どのにも声をかけてみましょう」

やがて憶良は丸い器に入れた酒を下げ、船人を連れてやってきた。

船人は長安まで供を命じられたものの、船を下りたりすることがないので退屈をかこっていたという。

「さあ、飲みましょう。酒に対しては当(まさ)に歌うべし、人生幾何(いくばく)ぞ、たとえば朝露のごとし」

憶良は詩を口ずさみながら酒を碗(わん)に汲み分けた。

高粱(こうりゃん)から作った白酒(パイチュウ)で、酒精度が高いので日本人には強すぎる。そこで冷やした水で割ることにした。

「それは憶良の作か」

「いいえ。三国時代の英雄曹操(そうそう)の歌です。憂思忘れ難く、何を以て憂(うれ)いを解かん。わが祖国に、乾杯」

真人は用心深く口をつけたが、酒の強さが水でまぎれて案外飲みやすい。しかも酔いが燕(つばめ)のような速さで駆けめぐり、体が温かくなってきた。

「憶良さまは間の二行をはぶかれました。何か意図あってのことですか」

船人が盃を干してたずねた。

「これは驚いた。船人どのはこの詩をご存じですか」

「ええ。昔読んだことがあります」

船人は海で鍛えた芯の太い声で間の二行を詠じた。

「去りゆく日は苦だ多し、慨して当に以て慷すべし」

「さすがに真奈さまが見込まれたお方ですな。真人さまもさぞ鼻が高いことでございましょう」

「憶良、誤魔化してはならぬ。船人はなぜこの二行をはぶいたかとたずねておる」

まさに酒の効用で、真人の心は浮き立ってきた。

船人が側にいてくれるだけでこんなに安心できると、改めて真奈に感謝したくなった。

「早く乾杯したかったからです。他意はありません」

憶良は酔いにかこつけて弁解したが、この二行には曹操の鬱屈した思いが込められている。

慨して当に以て慷すべしとは、慷慨してわが身を嘆いても、心のうさを晴らすことはできないという意味である。

憶良は真人の気持をおもんぱかり、あえてこの二行をはぶいたのだった。

二

二号船、三号船の一行が着いたのは、十月二十三日だった。

二号船は遣唐大使の坂合部宿禰大分以下十人。三号船も副使巨勢朝臣邑治以下十名である。

大人数では移動に時間がかかるので、美麗が二十人に絞り込んで一刻も早く真人らに追いつくように命じたのだった。

「方々、よくご無事でいて下された。どうぞ、こちらで寛いで下され」

真人は一行を宿所の広間に招き入れた。

大柄で太っていた大分は、別人のようにやせ細っている。福耳で下ぶくれのおだやかな顔をしていた邑治の頬も、刀で削ぎ落とされたように険しくなっていた。

それが五島の青方港を出て以来の、一行の苦難を物語っている。久々の再会だというのに晴れやかな笑顔を見せないのは、心が疲れきっているからだった。

「三号船は杭州湾で海賊に襲われたと聞いたが」

真人がたずねた。

「舟山群島にたむろする海賊に襲われ、やっとの思いで逃げ延びました」

邑治が沈んだ声で答えた。

「明州沖で座礁し、船が大破したそうだな」

「海賊から逃げるのが精一杯で、嵐の海を風に吹かれるまま西へ向かいました。そのため進路の安全を確かめる余裕もなく、浅瀬の岩場に乗り上げてしまったのです」

「かなり犠牲者が出たようだが」

「海賊との戦いで十二人、船の大破によって八人が死にました。積み荷も運び出すことができず、船とともに沈みました。申し訳ないことでございます」

以前の知らせでは死者は十二名ということだったが、犠牲はそれより大きかったのである。

「責めておるのではない。そうした苦難に遭いながら、生き抜いたことを賞しているのだ」

真人は邑治の呵責を少しでも楽にしてやりたくて、一号船も塩城県に漂着し、多くの苦難に遭遇したと語った。

中でも痛恨事は、留学僧である宗観を死なせたことである。あの時の悲痛を思うと、邑治が耐えてきた辛さの程が察せられた。

「二号船はいかがでございましたか」

四号船の美努連岡麻呂が、大分に気を遣って話を向けた。

「我らはどうした訳か、山東半島の南の膠州湾に流れつきました。そこで捕われて、何やらという名の役所に連れていかれました」

大分は役所の名前が思い出せず、側にいた小柄な僧に答えるようにうながした。

「沿海防護府でございます」

僧は三十がらみで、秀でた眉と端正な顔をしていた。

「そうそう。その役所に監禁され、罪人のような扱いを受け申した」

「日本からの使者だと名乗られなかったのでございますか」

「もちろん名乗ったとも」

その時の屈辱を思い出したのか、大分は怒りに満ちた目を岡麻呂に向けた。

「名乗りはしたが、そこは青島という寒村で、まともな役人はいなかった。遣唐大使の任命書を示し、通事に事情を伝えさせても、取り合おうとしないのだ」

「それは我らも同じであった。塩城県の役人にはひどい扱いを受けたものだ」

真人は鄭信成の顔を思い出し、大分の怒りはもっともだと思った。

「防護府の長は上の役所に問い合わせていると言うばかりで、我々は十日も半月もほっておかれました。どうすればいいかも分らず途方にくれておりましたが、そんな時にこの弁正が」

大分は僧の名を告げ、無類の囲碁の上手だと付け加えた。

「防護府の長が大の囲碁好きだと知り、対局を申し入れたのです。するとその長はすっかり弁正が気に入り、毎日相手をさせるようになりました」

そうして対局の間に、自分は多くの配下を養っているので賄賂をもらわなければやっていけない、賄賂さえ渡してくれればすぐに手続きを始めると語ったのだった。

「そこで砂金ふた袋を渡したところ、たちまち手続きをして、執節使どの一行が都に向かっておられることまで教えてくれました。そこで我々は船で台州まで行き、台州の刺史の計らいで都に向かうことになりました」

「船と乗員は、台州の港か」

「そうです」

三号船の邑治たちとは大運河ぞいの宿で出会い、ここまで一緒に連れて来られたという。

真人はしばらく手足を伸ばしてゆっくり休むように言ったが、接待役の美麗はそれを許しはしなかった。

「皆さまが揃われたので、明朝西都に向かいます。一号船、四号船からも十人ずつを選び、仕度をしておいて下さい」

長安に入るのは四十人に限定する。残りの八十人はここで待つようにという指示だった。

一行は四台の馬車に分乗し、広々とした道を西に向かった。

東都洛陽から西都長安まではおよそ六百八十里（約三百七十キロ）。先に進むにつれてなだらかな山が間近に迫り、鶏鳴狗盗の故事で知られる函谷関に至った。

さらに西に向かい、関中平野の東部に設置された潼関を抜ける。

ここは長安（関中）に入るための重要な関で、曹操が関中を手に入れるために潼関の戦いを起こしたことでも知られている。

中国の歴史を物語る故事に満ちた要路だった。

真人らが長安に着いたのは十一月の初めだった。

長安の周辺には周（紀元前一〇四六年〜）の頃から都がおかれていた。

それ以後歴代王朝の多くがそれにならったが、隋朝を立てた楊堅（煬帝の父）によって大興城がきずかれ、唐代の長安城に引き継がれた。

長安城の規模は東西六千六百歩（約九・七キロ）、南北五千五百七十五歩（約八・二キロ）の横長の長方形である。

まわりを高さ三間（約五・四メートル）の城壁で囲み、北の中央に王城を配している。

東西南の三方には三つずつ城門を開け、南北には幅百歩（約百四十七メートル）の大路を十一本配している。

これらの大通りによって碁盤の目のように区切られた土地に坊があり、まわりを塀に囲まれている。

その広さは東西六百五十歩（約九百五十六メートル）、南北三百二十五歩（約四百七十八メートル）が標準で、夜になると坊の門が閉ざされて外出ができなくなる。

長安の人口は百万人と言われているが、それでも南の三分の一ほどは人家がまばらにしかないという。

この広大な都に、真人らは東の春明門から入った。

馬車に乗ったまま東市を南に見て、朱雀門（すざくもん）までたどり着く。

この道が北の王城と南の市街を分ける境で、右を見れば壮麗な宮殿が、左を見れば塀に囲まれた坊が並んでいる。

幅四十七歩（約七十メートル）の広々とした街路には、大型の馬車や一人乗りの馬車、荷馬車や荷車などが行き交っている。ラクダの背に荷物を乗せて東西の市に向かう西域から来た隊商もいるし、道端に荷物を並べて商っている振り売りもいる。

その華やかさ賑（にぎ）やかさは息を呑（の）むばかりで、真人らは唖然（あぜん）として窓の外の景色をながめるばかりだった。

一行は朱雀門の前で馬車を下り、王城に足を踏み入れた。

ここから太極宮の入口である承天門までは千二百二十歩（約千八百メートル）もあり、

真っ直ぐな大路がつづいている。

承天門のさらに奥まで行ってみたいという誘惑にかられる景色だが、真人らが案内されたのは朱雀門を入ってすぐ左側にある鴻臚寺だった。

王城の造りは洛陽城とほぼ同じで、外国の使者を迎える鴻臚寺は城門のすぐ側にある。これは中華を治める皇帝がもっとも位が高く、周辺の四夷は教化すべき蛮族だということを、視覚的に現わしたものだった。

真人らは蛮族の使者として鴻臚寺に入れられ、何事も唐側の申し付けに従わなければならない立場におかれたのだった。

「長い旅、ご苦労でした。今日、明日はゆっくりとお休み下さい」

後の世話はこの二人がすると、美麗は二人の年若い宦官を紹介した。

小柄で丸顔の方を雀、背の高い方を燕と呼んでくれればいいと、名前も教えないぞんざいさだった。

「僕に用事がある時は、この二人に申し付けて下さい。倭語は話せませんが、役には立ちます」

いつの間にか倭という呼び方にもどしている。

倭という字には従うという意味があり、初めて中国に来た使者が「貴国の従僕である」という意味で使ったものと思われる。

美麗はその字を使うことで、日本も四夷のひとつだと思い知らせようとしているのだった。

「我々は皇帝にお目にかかり、天皇(すめらみこと)の国書をお渡ししなければなりません。いつ頃それをお許しいただけるのでしょうか」

真人は何も気付かないふりをしてたずねた。

「それは皇帝陛下のご予定と、あなた方の心掛け次第です」

「心掛けとは、どういう意味ですか」

「陛下は天命を受けて天下を治めておられるばかりではありません。衆生を救うために弥勒菩薩が化生された貴いお方です。大奉先寺でのような無礼な上奏文を奏されるようでは、対面を許すことなどできません」

美麗の厳しい言葉に、大分や邑治、岡麻呂らが表情を険しくして耳をそばだてた。

「それならばどんな上奏文であればいいのか、ご指南いただけますか」

「それは追い追い相談いたしましょう。ともかくゆっくり休み、都見物でもして下さい。雀と燕が案内するでしょう」

美麗は化粧をした顔にあでやかな笑みを浮かべて去っていった。

「執節使どの、無礼なとはどういうことでしょうか」

大分は憤(いきどお)りを隠そうともしなかった。

「そのことについて、皆に相談しなければならぬことがある。明日の朝餉(あさげ)の後、私の部屋に集まってもらいたい」

こうなったからには、すべてを打ち明けて皆の考えを聞くしかない。真人はそう決意していた。

翌朝目を覚ますと、体の節々が痛んだ。

体中の関節がゆるんで、引き抜かれそうな鈍痛である。六日の間馬車に揺られていたために起こった、これまで経験したことがない痛みだった。

真人は寝台に横になっていたが、このまま起き上がれないような不安に襲われた。立って歩こうとしたら、足が萎(な)えてくずおれるのではないかという気がした。

あお向けになったまま深い呼吸をくり返し、両手で肩口や二の腕、首筋や腰回りをさすった。

これまで筋力の衰えを感じたことはあまりない。速く走ったり力仕事をするのは無理だとしても、日常生活を送るのに不便を感じたことはなかった。

だが老いは確実に忍び寄ってきている。そのことを思い知らされ、自分に裏切られたような失望を覚えた。

外はまだ薄暗く、鳥の鳴き声も聞こえない。こんなに早く目が覚めるのも、老いのせいに他ならなかった。

真人は念入りに体をさすったり、憶良に教えてもらったツボを押したりしながら時間を過ごし、明るくなるのを待って「遣唐日誌」を記した。

〈十一月一日、曇り。

洛陽から馬車に乗せられ、潼関を通って長安に着く。六百八十里、六日の行程なり。

春明門から入城し鴻臚寺を宿所とする。三十七年ぶりに訪れた長安は、別世界の観あり。

王城の造りは壮大で華やか。街路は馬車、荷車、徒歩の人々であふれんばかりで、活気に満ちて繁栄を極めたり。

西域の隊商はラクダを連ねて通り、南蛮の王侯は象の背に乗せた輿(こし)の上であたりを睥睨(へいげい)しながら行き過ぎおりけり。

大唐はまさに四夷をことごとく従わせ、天下の中心となれり。それを成し遂げたるは、まさに則天武后の力量によるものなり。

鴻臚寺に着くなり、沈美麗の辛辣(しんらつ)なる忠言あり。大奉先寺でのような上奏文では、武后に取り次ぐことはできぬとのこと。

新たな上奏文を求められることは必定ゆえ、皆にこのことを図り方針を定めんと

す〉

その会合が、予定通り朝食の後で開かれた。

参加したのは一号船の鴨吉備麻呂以下、大分、邑治、岡麻呂ら各船の責任者たちである。

それに書記を務める憶良が隣室に控え、皆の意見を書き留めることにした。

「昨日の大分どののご不審はもっともである。その理由については外聞をはばかるので内密にしてきたが、それではこの先適切な対応ができぬおそれがある。そこで方々に事情を明かし、知恵を貸していただくことにいたした」

真人は執節使の威厳を保ちながら、問題は唐の皇帝と日本の天皇の位置付けにあると語った。

「ご存じのように、我々の目的は唐との国交を回復し、今後の往来ができるようにすることにある。そのためには皇帝陛下の許しを得て、他の諸国と同じように唐の冊封国になる以外に方法はない」

だが冊封国になるとは、天皇が皇帝の臣下になるということだ。

このことについては朝廷の中でも強硬に反対する方々がおられ、話し合いによって解決する余地はまったくない。

しかし、唐との国交を断ったままでは、日本は外交的に孤立するばかりでなく、唐の優れた文化、文明を導入することができず、ますます世界の趨勢に遅れていく。

「そこで藤原不比等さまは、こたびの遣唐使を派遣するに当たって、私に密命をさずけられた。唐には臣下の礼を取り、国内にはそれを知られないようにせよ。そうおおせなのだ」

この言葉に対する四人の反応はそれぞれだった。

吉備麻呂は事の重大さに驚きながらも、真人の胸中を思いやって痛ましげな表情を浮かべている。

誇り高い大分は侮辱されたような仏頂面をしているし、邑治は事の本質が呑み込めないような曖昧な笑みを浮かべている。

岡麻呂は腕組みをして目をつむり、歯を喰い縛っていた。

「執節使どのにおたずね申す。それは今上のお許しを得てのことでしょうか」

大分が重々しく口を開いた。

「帝のお立場としては、表立ってお許しになるわけにはいくまい。しかし唐との国交を回復することが、天武天皇以来の悲願であることはよく承知しておられる」

不比等の進言を容れて遣唐使の派遣をお許しになったことが、帝のご意志を表わしている。真人はそう受け止めていた。

「不比等さまのお申し付けを、どうやって実現されるおつもりでしょうか」

吉備麻呂がたずねた。

「皇帝陛下のご機嫌を取り、この問題を棚上げにしたまま冊封国にしてもらおうとした。それゆえ大奉先寺で読んだ上奏文を用意したが、美麗どのに無礼だと一蹴された」

「ならば、次の手は」

「不比等さまのおおせられた通りだ。皇帝には臣下の礼を取り、日本では対等の関係だと言い張るしかあるまい」

そのためには皇帝に日本の事情を納得してもらい、それらしい国書を下してもらわなければならないが、どうしたらそんなことができるか見当もつかなかった。

三

真人が口を閉ざすと、皆が不本意な顔をして黙り込んだ。

この先の困難を思って途方にくれている者もいれば、今まで黙っていた真人に怒りと不信を覚えている者もいた。

「ひとつおたずねしても、よろしいでしょうか」

邑治が遠慮がちに申し出た。

「聖徳太子が小野妹子を隋に送られた時、妹子は煬帝の国書を持ち帰ることができませんでした。帰途の途中に百済の者に奪われたと報告していますが、あれは執節使さまがおおせられたように、帝が煬帝の臣下であると記されていたために朝廷で披露することができず、百済で奪われたことにしたのでございましょうか」

「奪われたのかもしれぬし、あるいは日出ずる処の天子という文言に激怒した煬帝が、国書を下さなかったのかもしれぬ」

「いずれにしても、聖徳太子でさえこの問題を解決することができなかったということでございますね」

「そんな馬鹿な話があるものでございましょうか」

歯を喰い縛って涙をこらえていた岡麻呂が、たまりかねて口を開いた。

「聖徳太子ほどのお方が、そんな姑息な手を使われるとは思えませぬ。そもそも帝が皇帝の臣下にならなければ国交も結べないなどと、いったい誰が決めたのでしょうか」

「それが隋や唐の皇帝の考え方だ。国交を結びたければ、形だけでもそれに従うしか方法はない」

「そのために妹子は国書を奪われたと嘘をつき、執節使さまは今また同じ詐術を用いようとなされている。これが新生日本の姿だとすれば、あまりに無念ではありませんか」

「美努連どの、それは言い過ぎでございましょう」

吉備麻呂が真人を庇った。

「こうした場では忌憚のない意見を述べよと、執節使さまは常々おおせられておる。今こそそれに従わねばならぬ時じゃ」

「詐術など使わずとも、唐の皇帝がそうした特例を認める条件を示せばいいのです。方法がない訳ではございません」

吉備麻呂は引き下がろうとしなかった。

「あるのか。そうした条件が」

「今はこれといった考えはありません。そうした方法もあると申し上げたのです」

吉備麻呂は決まり悪げに頭を下げたが、あるいはそれが隘路を抜ける方法かもしれないと真人は思った。

これまではどうすれば皇帝の逆鱗に触れることなく問題を解決できるかとばかり考えていたが、これは国と国との交渉である。正面から堂々と特例を認めさせる方法もあるのではないか。そう考えると目の前が開けた気がしたが、吉備麻呂と同じく具体的な方策は何も思い浮かばなかった。

「ならばいっそ、国交回復など断念したらいかがですか」

大分は落ちくぼんだ目に激しい憤りをにじませていた。

「美努連が申す通り、帝が皇帝の臣下でなければならぬとは、隋や唐が勝手に決めたことでございます。なぜわが国がそれに従わなければならぬのでございましょうか」

「大分どの、今さら何をおおせられる」

今の言葉は取り消していただきたいと、吉備麻呂が再び真人の楯になろうとした。

「今さらと言うなら、執節使どのが今までこのことを伏せておられたことこそ問題にするべきであろう。そうではございませぬか」

大分が真人に詰め寄った。

一行の中では大分は真人に次ぐ地位にあり、朝廷の要人との親交も深い。その発言には大きな影響力があった。

「それについては詫びを申す。しかし不比等さまのご意向もあり、なるべく伏せておきたかったのだ」

「事情は分らぬでもありませぬ。しかし唐には臣従すると言い、国に戻れば対等であると言うのは、明らかに不正でありましょう。そんな前例を作れば、今後に計り知れない禍根を残すことになります。それくらいなら国交回復など断念し、独自の国造りをしていけばいいのです」

「忘れたか、大分どの」

真人は鋭く大分を制した。

「唐との国交を回復するように命じられて、我らは海を渡ってきたのだ」

「交渉が失敗することもありましょう。自国の民をあざむくより、失敗の責任を取って潔く身を引くのが、官吏としての道義にかなっていると存じます」

「これまではそうした意見が強かった。白村江の敗戦以来三十九年もの間、唐との関係を復することができなかったのはそのためだ。しかしそれでは、わが国の国造りは遅れていくばかりだ。国は貧しく兵は弱く、やがては百済や高句麗のように滅ぼされるかもしれぬ。それだけは何としてでも避けねばならぬと、不比等さまはこの私に全権をゆだねて唐との交渉をお任せになった。私もそうすることが正しいと信じたからこそ、この役を引き受けておる。我らは戦人と同じだ。たとえ問題があったとしても、使命を果たすために全力を尽くさなければならぬ」

それに従えぬ者は、役目を解いて帰国してもらう。真人は執節使の権限によってそう宣言した。

前途は多難である。ここで一行の足並みが乱れでもしたら、嵐の海で船がバラバラになるようなものだった。

翌朝、朝食後に燕と雀が迎えに来た。

「今日は大明宮に案内します。皆さま、倭人の装束に着替えて下さい」

言われるままに、腰に白い布を巻き、袖のついた肩掛けのような布を羽織り、頭を白い布でおおう。

洛陽で宮城を訪れた時はそれほど寒くなかったが、十一月の長安はすでに冬で枯葉が北風に吹き散らされている。裸足(はだし)の足元や腰のあたりから寒さがせり上がってきた。

「真人さま、寒くはありませんか」

憶良が気遣った。

「室内では何とか耐えられるが、外に出たら我慢できまい」

「常の服を重ね着させてくれと、申し入れたらどうでしょうか」

「それと履物もはけるように、宦官どのに頼んでくれ」

これでは皆が風邪をひいてしまう。憶良は通事に頼んで、上着と履物を許可するように申し入れた。

燕と雀は当惑した顔で何かを話し合っていたが、美麗に相談してくると言って立ち去った。

戻ってきたのは半刻(はんとき)（一時間）ほどしてからである。

「美麗さまがご慈悲をもって、特別に許可して下さるそうでございます。ただし」

皇族や宰相と行き合った時には、上着は脱いでもらうという条件つきだった。

頭を白布でおおい常の服を羽織った一行は、太極宮の東側の大路を北上して大明宮に向かった。

もともと唐王朝の宮殿は太極宮だったが、低湿地なので住居としては適していない。そこで北側の龍首山に大明宮を造営し、皇帝の住まいとしたのである。

大明宮は東西千八十歩（約一・六キロメートル）、南北千八百歩（約二・六キロメートル）の長方形で、南半分に建ち並ぶ宮殿が政治の場、北半分に並ぶのが皇帝が生活の場としている宮殿だった。

一番西側の興安門から大明宮に入ると、白い小石を敷きつめた広大な中庭がある。純白の小石を一面に敷きつめるのは美観のためばかりではなく、小石を踏む音で不審者の侵入を察知するためだった。

中庭には幅一丈ほどの排水用の水路が流れている。水路にかかる下馬橋を渡って皇城の中に入った。

正面に城壁のような横長の基壇があり、その上に巨大な御殿が折り重なって建っている。

皇帝が儀礼を行なう時に出御する含元殿である。その両側には役人たちが詰めるための朝堂がある。含元殿の背後には宣政殿、紫宸殿（ししんでん）が一直線に連なっていた。

「ここで朝賀の儀や閲兵式が行なわれます。一万人は軽く入ります」

ずんぐりとした体付きの雀が説明した。

「我々も朝賀の儀に加えていただけるのでしょうか」

「それは皆さまのこれからの行ないにかかっています。諸蛮（しょばん）の中には、二年も三年も待たされる使者があります」

「大使さま、そろそろ」

燕が門外に出るようにうながした。

今日案内できるのはここまでだという。

興安門を出て鴻臚寺に戻る途中、前方から二十騎ほどの一団が跑足（だくあし）でやってきた。騎乗しているのは髪を高く結い上げ、胸の開いた華やかな服をまとった女たちだった。大路の幅は百歩もあるが、真人たちの正面からやってくるので、間近ですれ違うことになった。

「すぐに上着を脱いで下さい。皇族のお通りです」

燕があわてて命じた時には、女たちは軽やかな足取りですぐ近くまで迫っていた。これでは間に合わない。あたふたしては見苦しいばかりだと思い直した燕は、一列に並んで拱手（きょうしゅ）せよと言った。

左手で右手の拳（こぶし）を包み、その腕を上げて頭を入れる。服従を意味する最敬礼だった。

真人らは燕に教えられた通りに拱手し、うずくまるようにして皇族の通過を待った。

するとすぐ前で馬が足を止める音がして、高く澄んだ涼やかな声が降ってきた。

「これはどこの国の者たちですか」

「お答え申し上げます。倭から来た使者でございます」

　燕が緊張に裏返った声で応じた。

「美麗が言っていた者たちですね」

「さようでございます。一昨日都に着きましたので、大明宮に参拝させたところでございます」

「大使はどなたですか」

「お答え申し上げます。粟田朝臣という者でございます」

　雀がここぞとばかりに真人の側に歩み寄り、この者ですと身振りで示した。

　真人は拱手したまま地面を見つめ、会話を聞き取ろうと全身を耳にしていた。

「粟田朝臣とやら、頭を上げなさい」

　思いがけない声がかかったが、応じていいものかどうか分らない。

　しばらくそのままの姿勢でいると、雀が腕に手を当てて頭を上げてもいいと伝えた。

　真人は姿勢を正し、鞍上（あんじょう）の人を見た。

　息を呑むほどの美しさである。

　しかも龍門石窟で見た盧舎那仏の顔とそっくりだった。

（もしや、このお方が……）

　則天武后かと思ったが、そんなはずはない。武后は八十歳ちかいというが、目の前の麗人は四十歳をいくらか過ぎたばかりのはずだった。

「わが武周へようこそ。倭とは東海の彼方にあると聞いたが」

そう言って親しげにほほ笑んだ。

粒のそろった真っ白な歯が、ひときわ印象的だった。

「お答え申し上げます。昔は倭と申しましたが、今は日本と名を改めました」

真人は燕や雀に倣い、丁寧な答え方をした。

「夷人とは思えぬ上手な発音だが、わが国の生まれか」

「五十年ほど前に、留学僧として長安で暮らしたことがあります。言葉はその時に覚えました」

「まあ、五十年前に」

これは驚いたとばかりに、麗人は左右の従者と何事かをささやき合った。

「とてもそんな歳には見えぬ。若々しくて顔立ちも良い」

「ありがとうございます。もしお言葉の通りだとすれば、長安の都を訪ねていた頃の思い出が、私を若返らせてくれているのでしょう」

「使者ならどこかで会う機会があるかもしれぬ。役目がうまくいくように励むことだ」

もう一度にこやかにほほ笑みかけ、麗人は鐙を蹴って馬を進めた。

日本では見たこともない大きな馬で、尻が張り四肢の筋肉がたくましかった。

「あれは、どなたでしょうか」

真人は狐につままれた思いで雀にたずねた。

「太平公主さまです。陛下のご皇女でございます」

だから武后の姿を写したという盧舎那仏に似ているのだ。真人はそう思いながら、大明宮に向かっていく騎馬の一団を見送った。

これが真人と太平公主李令月との初めての出会いだった。

第六章　冬至の祭祀

一

太平公主と会った日の翌朝、粟田真人(あわたのまひと)は御仏(みほとけ)の慈悲に包まれたような温かい気持で目を覚ました。

何か幸せな夢を見ていたようだが、内容までは覚えていない。

娘の真奈が幼い頃に初めて晴着を着て、はにかみながらも嬉(うれ)しそうにしている姿を、遠くでながめていた日のこと。あるいは十三歳で遣唐使に選ばれ、寺の師匠から贈られた真新しい僧衣を枕元(まくらもと)に置いて眠った時のことだったろうか。

おぼろげな記憶しかないものの、湯のように温かいものに心が満たされ、これから新しい未来が始まると感じていたことだけは記憶に残っていた。

真人は窓の戸を開けた。

夜はようやく明け初めたばかりで、ひんやりとした清新な空気に満たされている。まわりに植えられた木々の梢では、小鳥たちがせわしない鳴き声を上げながら餌をついばんでいた。

真人は両腕を大きく突き上げ、深呼吸をした。

体が軽く、心も弾んでいる。前途は多難でも立ち向かっていこうという気力に満ちていた。

卓の上には青磁の水差しがある。

それに入れた冷たい水を飲み、「遣唐日誌」を記した。

〈十一月三日、快晴。

空の奥まで突き抜ける冬の青空だった。黄土高原からの砂塵が舞うことの多い長安では、めったに見ることのできない空だと、接待役の燕が語る。

もう一人の接待役は雀。沈美麗が定めた異名だが、燕雀いずくんぞ鴻鵠の志を知らんや、という史記の言葉に由来するものの如し。

美麗の人を寄せつけぬ虚勢と部下を見下した慢心が感じられる命名で、いささか滑稽の感を禁じ得ぬものなり。

燕雀両氏に案内されて大明宮を訪ねる。皇帝の王宮ゆえ正式の装束をせよとのことで、頭にも腰にも白布を巻いた異装をさせられる。

これが職貢図に記された倭人の装束だと、有無を言わせず着用を命じられる。

大明宮には、若き日に留学僧として長安に滞在していた頃、何度か訪ねたことありしも昔日の姿にあらず。

横幅五百歩（約七百三十五メートル）にも及ぶ基壇も、その上にそびえる含元殿も一新され、威容と華やかさは筆舌に尽し難く、唐を廃して武周を興した武后の意気込みと、武后治下の大周国の力の大きさを示すものなり。

神殿の如きこの建物に参拝させるのが燕雀両氏の目論みにして、立ち入りを許されたのは大明宮の入口までなり。

帰りの路上にて騎馬の女人の一行と行き合い、道端にて拱手の礼を取らされる。

一行はそのまま行き過ぎると思いしが、馬を止め声をかけられし方あり。武后の皇女、太平公主李令月という方なり。

その美貌、聡明な話しぶり、気さくな人柄に瞠目す。自尊の気風強く、我が国には稀有な部類の女性なり〉

馬上から語りかけてきた太平公主の姿を思い出しながら、真人はそう記した。

彼女の顔立ちは龍門石窟の盧舎那仏と驚くほどよく似ている。気高く叡知に満ち、童女のような可愛らしさを備えている。

（どこかで会う機会があるかもしれぬとおおせられたが……）

あの涼やかな声を思い出しただけで、心ときめくほどである。

あるいは明け方の夢に現われたのはあの皇女かもしれなかった。

ところが今は、そんな甘い夢にひたっている場合ではない。いつ皇帝と対面できるか分らないし、上奏文の問題も残っている。

頼みの綱は沈美麗だけだが、燕雀の二人に役目を押し付けたまま、会いに来ようともしないので、敵なのか身方なのかまったく読めなかった。

午後になって山上憶良が来客があると伝えた。

「あの燕というご仁です。お目にかかりますか」

「何のご用だ」

「直接申し上げたいとおおせです」

憶良は不服そうである。何か不愉快なやり取りがあったようだった。

「会おう。すぐに通してくれ」

燕は冠をつけ、襟の立った黄色の官服を着ていた。すらりと伸びた体にまとった服を、腰の革帯で締めている。

昨日とはうって変わった正装で、細長い顔に緊張感をただよわせていた。

「申し上げます。明後日、大雁塔にご案内いたします。正午に迎えに参りますので、出発のご用意をお願いいたします」

「全員でしょうか」

真人は通事にそうたずねさせた。

「大使さまのご判断に任せます。全員でも、そうでなくても構いません」

妙に丁寧な態度である。

どうしたのだろうといぶかりながら、真人は全員で行くと返答した。

「承知しました。さるお方が、大雁塔で会いたいとおおせでございます。そのことをお含みおき下さいますよう」

「どなたでしょうか」

「申し上げられません。ご命令ですので」

燕はこれ以上の質問を封じるように足早に立ち去った。

二日後の正午、四十人が分乗した四台の馬車は朱雀大路を南に向かった。

燕は御者と共に迎えに来たが、大雁塔に着くまでは窓を開けてはならないと言う。

何か見せたくないものがあるのだろうかといぶかったが、申し付けに背くわけにもいかず、真人らは薄暗い馬車の中で身をひそめていた。

馬車はゴロゴロと車輪の音をたてて進むが、揺れることはほとんどなかった。

「版築の技術が優れているのでしょう。それに長安は黄土なので、頑丈に突き固めることができるのだと思います」

藤原京ではこうはいかないと、鴨吉備麻呂が感嘆の声を上げた。

版築とは土を突き固めて、道路や壁にする技法のことである。

「なるほど、確かにそうだな」

真人も言われて初めてそのことに気がついた。

「飛鳥は雨が多いので、道路の土がえぐられます。それゆえどうしてもでこぼこができるのでございます」

技術の差ばかりではないと、憶良が日本の職人たちを擁護した。

「ところで一昨日は燕に腹を立てていたようだが、何かあったのか」

「何もありません。ただ、人を見下したような態度を取るので、むっとしたばかりです」

「私には妙に丁寧な物腰だったが、どうした訳だろうな」

「あんな風に正装をすると、皇帝の威光を背負っている気になるのでしょう。だから上にへつらい下には威張るのではないでしょうか」

美麗どのがまさにそうだと、憶良はおぞましそうに肩をすくめた。

馬車は路上を滑るように南に向かっていく。半刻(はんとき)(一時間)ばかりして話の種も尽きた頃、大きな寺の門前で止まった。

「大慈恩寺に着きました。さあ、どうぞ」

燕が先に立って表門をくぐった。

目の前に巨大な塔がそびえていた。七階建ての仏舎利塔で、高さは優に二十丈（約六十メートル）を越えている。

地下から天に向かって涌き出したような勢いがあり、しかも均整のとれた何とも言えない美しさである。

馬車の窓を閉めさせたのは、この塔を見た時の驚きを高めようとしてのことらしい。

「これが大雁塔です。三蔵法師が天竺から持ち帰られた経典や仏像を保管するために、皇帝陛下の夫であられた高宗が建立されたものです」

今から五十年ほど前のことだと言われ、真人は留学僧として唐に来た前年に完成していたことを思い出した。

あれは唐暦で永徽四年（六五三）のことだから、玄奘三蔵が天竺から帰国して八年後のことである。

それに則天武后が高宗の後宮に入ったのも、この頃のことだった。

「その頃の大雁塔は版築で作り、表面だけを磚（煉瓦）でおおっていました。しかしこれでは風雪にさらされ壁が崩れてしまいます。そこで陛下は建立から五十年の節目に、すべて磚で作り替えるようにお命じになったのです」

燕は通事が聞き取りやすいように気遣いながら話している。

これも大明宮に行った時とは明らかにちがっていた。

「それでは中に入り、塔の六階まで登ってみましょう。大使さま、お御足は大丈夫ですか」

「大丈夫ですが、中には経典や仏像が納められているのではないですか」

「大部分は地下の部屋に納められています。今は七層目に、仏舎利といくつかの経典が納められているばかりです」

「梯子もなさそうじゃが、どうやって登るのじゃ」

坂合部宿禰大分が威丈高にたずねた。

燕を嫌っているようで、相手を見下した横柄な態度である。

それを鋭く感じ取ったのか、燕はちらりと冷ややかな目を向けただけで返事もしなかった。

大分の疑問の答えは、塔の中にあった。

建物の内側に階段があり、螺旋状に回りながら上につづいている。これで最上階まで行けるというから驚きだった。

「陛下はわずか二年でこの塔を建て直され、誰もが登れるようにせよとおおせになりました。一人でも多くの者が、御仏の世界に触れるようにとのご慈悲ゆえでございます」

燕に先導されて、真人らは階段を登り始めた。

塔の中央には芯柱(しんばしら)がわりの煉瓦積みの柱が通っている。

その柱に葛(かずら)が巻きつくように巡らされた階段は、上に行くほど少しずつ狭くなり、傾斜も急になった。

各階ごとに四方に窓を開けてあり、眼下に広がる長安の様子をうかがうことができる。

そのために階を登るごとに地上を離れて天空の高みに登っていることが分り、まるで鳥になったような気分だった。

後に唐の詩人岑参(しんじん)は、その感動を次のように謡(うた)っている。

〈登臨(とうりん)、世界を出(い)で、磴道(とうどう)、虚空(こくう)を盤(めぐ)る〉

塔に登れば世界から抜け出したようで、階段を行けば大空を旋回しているようだという意味である。

三百段ちかい階段はさすがに難物で、上に登るほど息が切れ足は重くなってきた。

「真人さま、大丈夫でございますか」

憶良が後ろから腰を押した。

情ないとは思うものの、そうしてもらうとずいぶん楽になった。

「さあ、皆さん。天上界に着きました。どうぞ四方をご覧下さい」

六階に着くと燕が得意気に告げた。

まず北の窓から王宮を拝した。眼下に幅百歩（約百四十七メートル）の大路が真っ直ぐに伸び、皇城の城壁につづいている。

道の両側には塀に囲まれた坊があり、二階建ての家が整然と並んでいる。松の大木が街路樹として植えられ、冬でも変わらぬ青々とした葉を茂らせて並木をなしているが、広大なながめの中では作り物のように小さく見える。

城壁の向こうには、宮殿の屋根が陽をあびて美しく輝いている。波打つような甍の重なりの背後には、渭水にそって連なる山々が東へと走っていた。

（ああ、何と……）

真人は感動のあまり声もなかった。

唐（武周）という国の、そして人間の叡知の素晴しさを目の当たりにし、疲れも忘れて眼下の景色に見入っていた。

「それでは大使さま、上にご案内いたします」

燕がそう言うと、大分が階段に向かいかけた。

「すみません。これから上には大使さま以外の方はご遠慮願います」

「大使はわしだが」

大分が心外そうに吐き捨てた。

大分は遣唐大使、真人は執節使（しっせつし）である。

「それなら訂正します。執節使さまと通事の方だけがお上がり下さい」

「なぜわしは上がれぬのだ」

「この上の階には、皇族や宰相など特別な方しか入ることはできません。今日招かれているのは執節使さまだけでございます」

燕は階段の側（そば）に立ち、真人に上がるようにうながした。

皇族とはいったい誰だろう。どうして自分を招くのか。真人は事情が呑（の）み込めないまま、七階に上がった。

階段の正面においた椅子（いす）に、太平公主が座っていた。

高く結い上げた髪に、白い羽根飾りをつけている。服は先日と同じ胸が大きく開いた乗馬服だった。

（あ、あなたは……）

喉（のど）までせり上がった驚きの声を、真人はすんでのところで呑み下した。

側には二人の侍女と、濃いひげをたくわえた五十がらみの恰幅（かっぷく）のいい男が従っていた。

「粟田朝臣、よく来てくれた」

公主が涼やかな笑みを浮かべた。

長安の町から吹き上げてくる風に、髪の羽根飾りがかすかに揺れていた。

「驚きました。お招きいただいたのが公主さまとは、思ってもいませんでした」

「身が伝えるなと申し付けたのじゃ。そなたがどんな顔をするか見たくてな」

「それは……」

真人は知恵をめぐらして気の利いた返事をしようとしたが、あまりに意外で習い覚えた言葉が出て来なかった。

「どうじゃ。大雁塔の眺めは」

「まさに天に昇った心地でございます。長安の都と武周国の大きさをまざまざと感じました」

「身が母上に塔を造り直すように進言した。千年も二千年も残る頑丈なものにして、仏法に対する武周の信仰がどれほど深いか示さねばならぬ」

「このように美しい形になされたのも、公主さまのご叡慮でしょうか」

「身が図面を描いたが、造り上げたのは皆の力じゃ。都ばかりか国中の者たちが磚を寄進してくれた。ところで」

これなる者は杜嗣先という。祭祀や外交をつかさどる礼部侍郎の職にあると、側に控えた男を紹介した。

「杜嗣先と申します。本日は公主さまのお引き合わせによって、お目にかかることができました。光栄の至りでございます」

嗣先が拱手し、太った体を窮屈そうにかがめた。

「粟田朝臣真人と申します。日本から使者として参りました。どうかよろしくお願いいたします」

真人も拱手を返した。

「わが国に来られるのは二度目だそうですね」

「四十九年前に留学僧として入唐しました。ちょうどその頃、大雁塔が完成していたことを思い出しておりました」

「それは凄い。四十九年前といえば、私が生まれた年ですよ。それにしてはお若い」

公主さまのおおせの通りだと、嗣先が目を見張った。

「これから嗣先を取次ぎに任じる。何事も相談するがよい」

「ありがとうございます。杜嗣先さま、よろしくお願い申し上げます」

真人は再び拱手し、深々と頭を下げた。

「こちらこそよろしく。お役目をとどこおりなく果たされるよう、微力ながら協力させていただきます」

「わが国の天皇は、白村江の戦役以来とどこおっている貴国との関係を修復し、国交を結びたいと願っておられます」

真人は通事にそう伝えさせた。

一言一句間違えることがないよう、慎重を期したのだった。

「それゆえ皇帝陛下にお目にかかり、天皇の国書をご披露申し上げなければなりません。そのためにはどうしたらいいか、ご指南いただきとうございます」

「今月は冬至の祭祀があり、来年元旦（がんたん）には朝賀の儀があります。真人どのにはそれに参列していただきます」

「その時に陛下にお目にかかれるのでしょうか」

「何事にも手順というものがあります。冬至や朝賀に参列していただき、礼の手順をひとつひとつ踏むことで、陛下にお目にかかる資格を身につけているとお考え下さい」

事はそれほど簡単ではない。だが公主と嗣先が身方になってくれるのなら、これほど心強いことはなかった。

二

鴻臚寺（こうろじ）にもどると、真人はさっそく首脳陣を集めて大雁塔でのことを伝えた。

参加したのは各船の責任者と書記役の憶良の五人で、太平公主と杜嗣先という高官が協力してくれると聞くと、皆が一様に安堵（あんど）の息をついた。

「しかし何ゆえ、皇女ともあろうお方がそのような計らいをして下さるのであろうか」

大分は七階に上げてもらえなかった不満を引きずったままだった。

「それは分らぬ。三日前にすれ違った時に声をかけていただいたゆえ、我が国に好意を持って下されたのかもしれぬ」

「理由はお聞きになりませんでしたか」

「そんな不躾なことをできるはずがあるまい」

「何か特別な目論みがあってのことかもしれませぬ。手放しで喜ぶわけには参りませぬぞ」

「手放しで喜んでいるわけではない。だからこうして皆に諮っているのだ」

「礼部侍郎とは、どのような役目なのでございましょうか」

鴨吉備麻呂が二人の間に割って入った。

「礼部とは祭祀や外交、科挙などを取り仕切る役所のことだ。その頭（長官）を尚書という。侍郎はそれに次ぐ位だというから、助というところだろう」

真人は唐の官位制を学んでいる。それでも分らないところは、燕や雀に確かめていた。

「外交も担当しておられるなら、取次ぎ役として適任ということですね」

「太平公主の信任も厚いようで、冬至の祭祀を取り仕切られるそうだ。その祭祀に参列するように命じられた」

「冬至といえば今月の二十五日。あと半月ほどしかありませんね」

「それまでに仕来り（しきたり）や作法を指導してもらわねばならぬ。それから念のために申し添えるが、前回皆に諮ったことは決して他言しないようにしてもらいたい」

皇帝と天皇の位置づけという大きな問題を抱えていることを、真人は皆に打ち明けた。意志の統一をはかるためだが、状況が好転するきざしが見えた今となっては、時期尚早だったかもしれないと案じていたのだった。

十一月十五日。冬至の祭祀まであと十日と迫った日に、真人らは長安の南郊に案内された。

どこに行くかも知らされないまま馬車に乗せられ、大路を南に向かっていく。窓を開けることは許されているので、車内に吹き込む風を受けながら市街の景色をながめることができた。

それにしても百歩の道幅の何と広いことだろう。

しかも道の両側は坊の土塀で整然と区画されている。大雁塔からながめた松の並木も大きく枝を広げ、道行く人々を雨や日射し（ひざ）から守る役目をはたしていた。

（いつの日か我が国も……）

これだけの都を造れるだろうか。真人はそう考え、それを実現するために我々はここにいると気を引き締めた。

明徳門からしばらく南に下った所で、馬車から下ろされた。

広々とした敷地のまわりに桐の植え込みがあり、中をのぞくことはできなかった。

「この先は私語は禁じられています。咳やくしゃみもご遠慮下さい」

門をくぐる時、燕がひときわ険しい表情をした。

美しく掃き清められた真っ直ぐな道の先に、こんもりと盛り上がった円壇があり、その上に通天宮によく似た形の三層の建物が建っていた。

その前に朱の漆で塗った門があり、先への立ち入りが禁じられている。

「皆さん、拱手をして下さい」

燕に命じられるままその姿勢を取っていると、扉が音もなく開いて冠をかぶった沈美麗が出てきた。

「ここが天壇、皇帝陛下が天を祭られる聖なる場所です」

冬至の祭祀もここで行なわれると言い、顔を上げることを許さないまま門扉を閉ざした。

「当日は陛下が壇上の祈年殿に入られ、天上の神を祭られます。まわりの円壇には文武百官が従い、地上には領民や四夷の中から選ばれた者が参列します。倭の使者も」

美麗はそう言いかけ、わざとらしく日本と言い直した。

「日本の使者も、今回は格別のご慈悲をもって参列を許されました。しかし参列にあっては、蛮国では想像もできないほど精妙な作法と仕来りがあります。それを違えることは神や陛下を冒瀆するのと同じですから、一挙手一投足にいたるまで、我らの指示に従っていただきたい」

長々と訓示を垂れるが、真人らは私語を許されていないので、黙って聞いているしかなかった。

沈黙の行から解放されたのは、美麗に見送られて表門を出てからだった。

「美麗どのは四夷の中から選ばれた者とおおせられたが、いったい何ヵ国くらいの使者が参列するのでしょうか」

真人は燕にたずねた。

「通常は北狄、東夷、南蛮、西戎の中から一ヵ国が選ばれるようですが、我々には詳しいことは分りません」

燕はそう言い、美麗さまならご存じだろうと付け加えた。

四夷の参列を許すのは、皇帝が外国まで支配していることを天に示すためである。ここにも皇帝は絶対で周辺諸国は従属しなければならないという、唐王朝の思想が明確に現われていた。

翌日から冬至の準備にかかった。

装束は職貢図に記されたものを着て、上着と履物の使用が許されることになった。

冬至の祭祀の手順を頭に叩き込み、指示された時に指定の場所にすみやかに移動できるように、中庭で予行演習もさせられた。

「皆さんに粗相があれば、私たちの責任になります。よろしくお願いいたします」

燕と雀はひとつひとつの動きを細かく指示するが、日本にはまだそうした習慣は根付いていない。皆がそろって対応するのは至難の業だった。

二日目の午後、真人は美麗に呼び出された。

燕に案内されるまま応接室に行くと、美麗は化粧の粗が目立つ暗い表情で椅子に座っていた。

真人が部屋に入っても、声もかけず座れとも言わなかった。

「何かご用でしょうか」

しばしの沈黙の後で真人が声をかけると、黄色く濁った切れ長の目を向け、

「進んでいますか。冬至の準備は」

冷ややかにたずねた。

「ええ、燕雀のお二人に厳しく教えられています」

「大変でしょう。倭のような蛮国から来た方々に、わが国の礼法を理解するのは」

「日本でも天皇のもとで祭礼が行なわれていますから、それほど大変ではありません」

真人は日本の名誉のためにも、そう言わずにはいられなかった。

「聞いていますよ。真っ直ぐに並ぶこともできず、同じ間隔で立つこともできない。まるで豚の群のようだと」

「そんな間違った報告をしたのは、どなたでしょうか」

「そんなことは問題ではない。ともかく僕は、あなた方には祭祀に参加する資格がないと判断しました。もう準備をしていただかなくて結構です」

「待って下さい。我々は礼部侍郎の杜さまに、祭祀に参加するように命じられています」

「下っ端にそんなことを言われる筋合いはない。そう言いたいようですね」

美麗が唇の端をひん曲げて皮肉な笑みを浮かべた。

「ところが現場での判断は、僕に任されています。僕が駄目だと言えば、侍郎だろうが尚書だろうが何も言えないのです」

「では、どうしたら参加させていただけるのでしょうか」

これ以上美麗の不興を買うまいと、真人は下手に出た。

「だから言っているでしょう。資格がないと」

「その理由を教えていただけないでしょうか」

「知りたければ、あなたの部下の豚野郎に聞いて下さい。名前は燕が知っています」

美麗が横を向いたままひらひらと手を振った。用が済んだから出て行けという意味だった。

部下の名は坂合部大分だという。真人はさっそく大分を呼び、何があったのかたずねた。

「さあ、心当たりはありませんが」

大分は張りが戻った太った頬に、あいまいな笑みを浮かべた。

「美麗どのは冬至の祭祀に参加させないと言っておられる。どんな小さなことでもいいから思い出してもらいたい」

真人は喉元までせり上がった怒りを懸命に呑み下した。

「そんなことを言われても。そもそも美麗という御仁とは、この間廻廊ですれ違ったばかりですから」

「その時、何か言葉を交わしたのではないか」

「いいえ。向こうが燕雀を従えて廻廊の真ん中を歩いてくるので、脇に寄って道をゆずっただけです」

「正面から行き合い、どちらがゆずるか張り合うようなことはなかったか」

「こちらは日本の大使です。腹立たしく思いましたが、争うことなく道をゆずりました」

大分はそう言った途端に、何かに思い当たったらしい。あっという顔をして目をそらした。

「どうした。その時、何かあったようだな」

「い、いや、まさか……」

「まさか、どうした」

「し、舌打ちをしました。あまりに横柄な態度ゆえ、腹にすえかねて」

「それだけか」

「腹の中でののしっておりました。半陰陽の化物がと」

「まさか、そんな侮言を口にしたのではあるまいな」

真人は衝撃のあまり目まいがした。

去勢した宦官にとって、これほど許し難い侮辱はないはずだった。

「言っていないと思いますが、あるいは」

言霊となって口をついたかもしれない。向こうには日本の言葉は分らないという油断もあったと、大分は次第にしどろもどろになった。

真人は、すぐに大分を連れて謝罪に行ったが、美麗はすでに役所にはいなかった。

翌日謝罪の品を持って執務室をたずねたが、固く扉を閉ざしたまま追い返された。

「もはや取り返しはつかぬ。王宮を侮辱した罪で大分を処刑するか、早々に帰国するかのどちらかだ」

警固の者は美麗の言葉を伝えると、手にした棒で脅しつけて追い出したのだった。

思いもよらぬ事態である。

真人はさっそく首脳陣を集め、このことを告げて対応を話し合った。

一号船の鴨吉備麻呂、三号船の巨勢朝臣邑治、四号船の美努連岡麻呂（みののむらじおかまろ）。三人とも沈痛な表情で黙り込んでいる。

太平公主や杜嗣先の支援が得られると安心した矢先だけに、衝撃はいっそう大きかった。

「わしの首をさし出して済むのなら、そうしていただきたい」

大分が憤然と申し出た。

「わしは執節使どのの方針を聞いた時から、今度の使命について疑問を持っておった。天皇が皇帝の臣下となるような約束など、断じてするべきではない。そう信じているからだ」

方々もそうは思われぬか。大分はそう言いたげに皆を見回した。

「しかし、使命をはたさねばならぬというおおせももっともである。それゆえ従うことにしたが、心中でくすぶる不満は抑えきれず、ついあのような失言になってしもうた。その責任は取らせていただく。任務の遂行のために、このわしを差し出してもらいたい」

「それは出来ぬ」

真人は言下に切り捨てた。

「向こうが処刑すると言うのなら、応じればいいではありませんか。情をかけていただかなくて結構です」

「分らぬか。美麗は王宮を侮辱した罪で、と申しておる。大使たるそなたがそのような罪で処刑されたなら、我々が皇帝への対面を許してもらえるはずがあるまい」

首を差し出すか否かはもはや問題ではない。美麗の意図は日本をはずすことだと、真人ははっきりと見抜いていた。

「王宮を侮辱などしておりませぬ。ただ美麗の横柄な態度に我慢がならなかったばかりです」

「宦官は王宮の制度だ。それを半陰陽の化物などと呼ぶことは、王宮を侮辱するのと同じだ。そう言われれば反論はできぬ」

真人は大分に謹慎を命じ、会議の場から退出させた。

こんな調子で物を言われたら、問題を紛糾させるばかりだった。

「太平公主のような上位の方にお願いして、美麗を封じてもらうことはできませぬか」

岡麻呂は大分に同情し、美麗にも非があると言った。

「それは難しい。現場の責任者の判断を理由もなく覆すことは、上位の者にもできぬのだ。律令制とそれを施行するための官僚制は、この国を支える車の両輪ゆえ、ひときわ厳重に運営されている」

だから美麗を説得するか失脚させる以外に、この窮地を脱する方法はないのだった。

冬至まであと六日と迫った日、燕が前触れも取次ぎもなく訪ねてきた。

すらりとした体を僧衣で包み、頭には布を巻いている。鴻臚寺の従僕のような出で立ちで、人目をさけてすばやく部屋にもぐり込んできた。

「大変失礼ですが、内密にお話ししたいことがありますので」

「分りました。どうぞ、お座り下さい」

真人は燕に椅子を勧め、二人だけで話すことにした。

「美麗さまのことです。あのように難題を吹きかけておられるのは、大分さまの侮辱のせいだけではありません」

「他に理由があると」

「美麗さまは新羅と通じておられます」

燕は真人に分るよう、嚙んで含めるように話した。

「それはどういうことでしょう」

「冬至の祭祀には、四夷から一ヵ国ずつ選ばれます。東夷からはこれまで新羅が選ばれていましたが、今年は日本が参列することになりました」

「それを覆すように、新羅が美麗に頼んだということですか」

為新羅諂便宜。

新羅の為に便宜を諂ったのかと、真人は紙に書きつけて念を押した。

「そう、そうです。美麗さまは莫大な賄賂を受け取って、日本を追い落とす機会を狙っておられました。大分さまの侮辱を、その理由にされただけです」

「燕どのは、我々を……」

「私の名前は胡陽大と申します。これからはそう呼んで下さい」

「分りました。胡どのは我々を助けるために、このことを知らせて下さったんですね」

「そうです」

「それなら、どうすればいいのでしょう。もし新羅から賄賂を受け取ったという証拠があれば、美麗の責任を問うことができると思いますが」

事の成否を分けるのはここだと、真人はきわめて慎重な言い回しをした。

「私が証拠を手に入れてきます。執節使さまはそれを杜嗣先さまに渡し、美麗に不正があると訴えて下さい」

「しかし、どうやってこんなものを手に入れたのかと問われるでしょう」

「その時は胡から相談を受け、自分が届けることにしたと言って下さい。そして今後は、日本の使者の接待役は胡陽大にするように進言して下さい。執節使さまは太平公主さまに目をかけられておられますから、杜さまはきっと応じられるはずです」

陽大の狙いは美麗を失脚させ、その地位に取って代わることである。真人はそれを知りながら応じることにした。

「分りました。その証拠はいつ持って来てくれますか」

「明日、いや明後日（あさって）までには届けます」

「胡どのは我々にとって天の助けです。よろしくお願いします」

約束を確実にしようと、真人は陽大の僧衣の袖（そで）に砂金の袋を押し込んだ。

陽大は一瞬ためらったが、真人は肩を抱いて親愛の情を示し、断わられないようにしたのだった。

三

陽大は約束通り二日後に証拠の品を持ってきた。

美麗が新羅の大使に渡した金百両（約三・七五キロ）の受領書の控えで、冬至の祭祀のために拝領したと記してある。

新羅が祭祀に参列した後でこの控えが公（おおやけ）になっても問題はないだろうが、日本が参列することになっている今の段階で金を受け取っているのだから明らかに不正である。

美麗もそれが分っているので、受け取りの日付は記していなかった。

「美麗さまが捕われるまでは、絶対に内密にして下さい。私が控えを盗み出したと分れば、殺されますから」

陽大はそう言って逃げるように姿を消した。

美麗の悪事を証明する動かぬ証拠だが、これを杜嗣先に告発する手立てが難しい。伝（つて）もなく会いに行っては、陽大と組んで陰謀を企（たくら）んでいると取られかねなかった。

（さて、どうしたものか……）

真人は考え込んだ。

事は秘密を要するので、部下たちに相談することはできない。かといって嗣先と引き合わせてくれそうな朝廷の要人に知り合いはいなかった。

冬至まであと四日。早くしなければと焦（あせ）りながら思い巡らしていると、淮河（わいが）のほとりの安楽館にいた時に、李高文と会ったことが頭に浮かんだ。

高文には塩城県で世話になったが、あの時にも警吏に捕えられた憶良を助けるために尽力してくれた。

そのお礼に絁（あしぎぬ）二反を渡そうとすると、

「日本からのご使者が、いわれなき罪に落とされようとしていたのです。これを助けるのは、この国の官吏として当然です」

そう言って受け取らなかった高潔の士である。

これから長安に行って則天武后の側近である姚崇（ようすう）と会うと言っていたので、今頃朝廷の要職についているかもしれなかった。

真人はさっそく姚崇が所管する兵部（へいぶ）に使いを送り、高文のことを問い合わせた。すると高文は西の市の役所にいることが分った。

西の市は長安の東西にある市のひとつで、西域からシルクロードを通ってやって来る隊商が持ち込む品々を大量に扱っている。

その人気は絶大で、東の市の何倍もの売上げがあって唐の財政を支えているほどだが、西域の商人たちは言葉巧みに市場の役人たちに取り入るので汚職が絶えない。姚崇はこれを根絶するために塩城県から高文を呼び戻し、西の市を所管する役所の長官に抜擢（ばってき）したという。

真人はさっそく高文にあてた書状をしたため、憶良に持たせて西の市につかわした。警固のために衛士長の紀朝臣黒麻呂ら五人にも同行してもらった。

高文は翌日の辰（たつ）の刻（午前八時）にやって来た。

「お久しぶりです。お困りと聞き、出仕前に立ち寄りました」

相変わらず活気に満ち、人を引きつけずにはおかないおおらかさがある。

要職についたというのに偉ぶった様子など微塵もなかった。

「お忙しいのにすみません。実は冬至の祭祀のことで窮地におちいっております」

真人は状況をありのままに語り、陽大から受け取った受領書の控えを差し出した。

「これが事実なら許し難いことですが、その胡という宦官は信用できるのでしょうか」

「どういうことでしょうか」

「宦官たちの出世争いは激しく、上司を追い落として取って代わろうとする者が大勢います。この控えは確かに役所で使う文書ですが、偽造したものかもしれません」

「ご懸念はもっともですが、沈美麗の署名は本人のものだと思います」

真人は美麗の署名のある別の書状を高文に示した。

筆跡は明らかに同じだった。

「それに冬至まであと三日しかありません。美麗の奸計のために参列できなければ、我々は国交回復を断念して日本に帰らざるを得なくなります」

「すべてを賭けますか。この受領書に」

高文が念を押した。

すべてという言葉に、朝廷の勢力争いの厳しさがにじんでいた。

「それ以外に、打開の道はありません」

「分りました。それならこれから礼部に向かいましょう。つい三日前に、祭祀の費用について杜どのと打ち合わせたばかりです」

高文の馬車に乗って、尚書省にある礼部の役所を訪ねた。

表門では警固の兵が人の出入りを厳しく監視していたが、御者が高文の名を告げただけで簡単に通してくれた。

嗣先は満面の笑みを浮かべて二人を迎え、

「これは驚いた。君と日本の大使どのが連れ立って来るとは、いったいどういう風の吹き回しかね」

そう言って甲の厚い手を差し伸べた。

高文は両手でそれをしっかりと握り返した。

「塩城県にいた頃からの奇しきご縁です。今日は杜閣下に引き合わせて欲しいと頼まれ、こうしてご案内いたしました」

「あなたとは空の上でお目にかかりましたね」

嗣先が真人にも手を差し伸べた。

「その折には、ありがとうございました。事前に何も聞いていなかったので、太平公主さまがおられるとは思ってもいませんでした」

真人も両手で嗣先の好意を受け止めた。

「あのお方はいたずら好きなのです。しかし、気に入った方にしかあんなことはなされません」

「あの折、杜さまは冬至の祭祀への参列をお許し下されました。ところが接待役の沈美麗どのから、いきなり参列は許さないと告げられたのです」

真人は挨拶（あいさつ）もそこそこに本題に入り、美麗が新羅から賄賂を受け取り、日本の参列を妨害していたことを語った。

「これがその証拠となる受領書です。美麗どのの部下の胡陽大という方から受け取りました」

嗣先は受領書の控えを手に取り、苦虫を嚙んだような顔でしばらくながめた。

「その陽大という宦官は、美麗の後釜（あとがま）を狙ってこんな告発をしたわけですね」

「この受領書を渡すかわりに、日本の接待役に取り立てるように杜さまにお願いしてほしいと頼まれました。その下心が不純なものだとは分っていましたが、このまま手をこまねいていては祭祀への参列ができなくなります」

「そこで盗泉の水を飲まれたわけだ」

「私一人の判断でそうしました。そうしなければ貴国との国交を回復する使命がはたせない状況におちいっていますので」

真人は問題が起これば一人で責任を背負う覚悟だった。

「分りました。どんな方法であれ、不正は摘発されるべきです。これから取り調べにかかりますが、これが事実であれば美麗の首が飛びます。返り血をあびる覚悟をしておかなければなりませんよ」

嗣先はそう釘(くぎ)を刺し、側近を呼んで調査にかかるように命じた。

真人は鴻臚寺にもどって結果を待った。

嗣先はすぐにも美麗を捕えて尋問を始めるだろう。その知らせは今日のうちにも陽大がもたらすはずだと考えていたが、夕方になっても知らせはなかった。

どうしたのだろう。冬至まであと三日しかないのにと焦りはつのるが、嗣先に問い合わせることはできなかった。

（まず周辺を当たり、証拠を固めてから捕えるつもりかもしれぬ）

あれこれ思い巡らしているうちに、考えは悪い方へ悪い方へと傾いていった。

そもそも陽大を信用できると、どうして思ったのだろう。

あの受領書の控えが本物だという証拠はどこにもない。美麗が真人にとどめの一撃を加えるために、陽大に偽(にせ)の受領書を持たせたとも考えられるではないか……。

自分はその罠(わな)にはまったのではないかと思うとぞっとした。

高文が「この受領書にすべてを賭けるか」と念を押したのも、そんな危険があることを知り抜いていたからかもしれない。

それに返り血をあびるという嗣先の言葉も気になっていた。

あれはいったいどういう意味だろう。美麗の不正を暴こうとすれば、こちらの不正も暴かれるということだろうか。

何らかの理由で状況が逆転し、陽大が受領書の控えを盗み出した罪が問われることになったらどうだろう。

真人は陽大をそそのかしたとして、同罪になりかねないのである。

（しかも砂金まで渡したのだから……）

真人の胸はずきりと痛んだ。

これは贈賄だと決めつけられても、一言の弁明もできないのである。それより何より、不正や汚職をあれほど憎んできた自分が、自ら手を汚したことが耐えられなかった。

誰かに相談できるなら、気も晴れるだろう。じりじりと追い詰められていく苦しみから逃れることができたかもしれない。

だが独断でやったことだけに、誰かと苦しみを分かち合うこともできなかった。

闇の中に一人取り残されたような孤独に苦しんでいるうちに、真人は真奈に文を書こうと思い立った。

たとえ文の中でも、胸中を吐露すれば楽になる気がした。

〈真奈への私信。十一月二十二日。

真奈よ。飛鳥でも秋が深まり、大和三山も美しい紅葉に染っている頃だろうか。前の便りを記してから、またしても一月半ちかくがたってしまったが、私は無事に長安の都に入り、他の団員三十九名とともに鴻臚寺で過ごしている。

二号船、三号船の者たちとも合流できたが、長安に入ることを許されたのは各船十名だけだったのだ。

四号船の船長をつとめる阿倍船人も長安にいて、先日は山上憶良と三人で酒を酌み交わした。

その時船人が曹操の詩の一節をそらんじたのには驚いたよ。船のことにしか関心がないと思っていたが、漢詩の素養もそなえているとは大したものだ。

会う機会はなかなかないが、船人が側にいてくれると思うだけで妙に落ち着くことができる。

それはお前につながる存在だからかもしれないね。

ところで長安での状況は切迫しつつある。

私は先日朝廷の要人と会い、冬至の祭祀に参列するように命じられた。これは皇帝に対面するためには欠かせない儀礼だというので、大いに期待してその日を待っていた。

ところが接待役の沈美麗というご仁が、祭祀には参列させないと言う。どうやら新羅の大使が我々の参列を妨害するために、美麗を買収したようなのだ。

そのことを知った私は、美麗を失脚させる他にこの窮地を脱する方法はないと思った。そこで胡陽大という美麗の部下に、収賄の証拠を持って来るように頼んだのだ。

使命をはたすためには、やむを得ないことだったと思う。ただ悔やまれるのは、その時陽大に砂金を渡したことだ。

約束を確実にするために咄嗟（とっさ）にしたことだが、今にして思えば贈賄と同じ行ないだったと反省している。

そしてこのことが後に問題になるのではないかと、内心恐れおののいているのだ。

ともあれ陽大から受け取った収賄の証拠（それは仮に出された受領書だが）を、朝廷の要人に渡して美麗の罪を摘発してくれるように依頼した。

その結果が吉と出るか凶と出るか。冬至の祭祀に参列することができるかどうか。息を殺して結果を待っているところだ。

その重圧に押し潰（つぶ）されそうになり、お前とのつながりに心の安らぎを求めようと、こうして筆を取っている。

弱い父だと笑うかもしれないが、お陰でずいぶん気持が楽になったよ。

私は執節使の務めをかならず果たす。そして日唐国交回復という成果を得て帰国し、お前のもとに帰るつもりだ〉

第七章　砂金の袋

一

翌朝、粟田真人は二度寝した。

明け方に急な尿意を覚えて目を覚まし、あわてて厠に行って用を足したが、あたりはまだ漆黒の闇である。

いったい何刻だろう。いつもは体の感覚でだいたいの時刻は分るが、今朝は見当さえつかなかった。

そこで仕方なくもう一度眠ることにしたが、二度寝は難物である。

朝餉に遅れるような不様なことをするわけにはいかないと気を張っていると、眠っているのか起きているのか判然としない状態がつづく。そして急に引きずり込まれるように眠りに落ち、しまったとばかりに飛び起きる。

睡眠不足では仕事に差し支えるので、もう少し眠っておこうと気ばかり焦るが、同じことのくり返しになる。

どうやら沈美麗を失脚させるために胡陽大に砂金の袋を渡したことが、自分で思っていた以上に心の重荷になり、神経を圧迫しているようだった。

これではかえって逆効果だと、真人は意を決して夜具から出た。部屋はきつく冷え込んでいて、あたりは寝静まっている。

長安の冬の冷え込みの厳しさは留学僧として滞在していた頃に経験していたが、この骨を刺すような冷え方は尋常ではない。昔より長安の冬が厳しくなったのか、それとも年老いた身に厳しく感じられるだけなのか……。

真人は夜着を肩にかけ、寝台の上に結跏趺坐して朝を待つことにした。二十年ちかく僧籍にあったので、座禅には通じている。

呼吸をととのえ神経を丹田に集中し、心を空にして御仏と同化する。

四念処。人の身は不浄であり、一切は苦であり、諸行は無常で、諸法は無我（実体がない）という御仏の教えを心に納め、その教えからも解き放たれていく。

すると心は天空の高みに飛翔し、宇宙を司る真理である梵の中に溶け込んで、涅槃の境地に達することができる。

多くの僧たちはその境地を求めて深山幽谷にこもり、面壁九年の修行を積んでいる。

そしてその境地に達した者だけが、菩薩（ぼさつ）となって衆生（しゅじょう）を救うことができる。

「無常は迅速である。怠ることなく修行の完成をめざせ」

御仏は入滅の間際（まぎわ）にそう遺言されたと『涅槃経』に記されている。

だが修行を完成させ、御仏と同じ境地に達することができた者など、入滅以来千年以上がたった今でも数えるほどしかいないだろう。

だがそれでも座禅を組んで教えの原点に立ち帰れば、自分が直面しているさまざまの問題が、欲と執着から起こっていることが認識されて、今の立場を相対的にとらえることができるようになる。

真人はそのことを経験的に知っているので、窮地に追い込まれたり怒りに身悶（みもだ）えするようなことがあった時には、座禅を組んで心の仕切り直しをするのだった。

没我の境地にたゆたっていると、寺の中庭で小鳥が鳴き始めた。いつの間にか夜が明けたのである。

座禅によって心は洗い清められ、体は生気を取りもどしていた。

真人はふと思い立って表に出た。

中庭から外をながめると、多くの建物が甍（いらか）を並べ、高い城壁に守られている様が一望できる。

寒さの中に立ち尽くし、皆が起きて動き始めるのを感じながらしばらく待つと、東の空から太陽が姿を現わした。

百万都市長安の住人が上げる煙や湯気や熱気が陽炎（かげろう）のように立ち昇る中を、輪郭がにじんだ太陽がまばゆい光を放ちながらゆらめくように昇っていく。

真人は思わず手を合わせた。

あの方向には祖国日本がある。天皇（すめらみこと）が藤原不比等以下の百官を従え、新しい国を築くために奮闘しておられる。

（みんなが健やかでありますように。執節使の役目を無事にはたし、日本に帰れますように）

真人は心の中で祈った。

命が惜しいとは思わない。ただ日唐国交回復を成し遂げ、祖国の役に立つことだけを願っていた。

朝餉は乳粥（ちちがゆ）だった。

米を牛の乳で柔らかく煮たもので、仏陀（ぶつだ）が苦行の末に山を下りた時、スジャータという娘が乳粥を与えて命を救ったという。

「昨日からひどく疲れておられるご様子なので、食べやすいものにしてもらいました。滋養も豊かだそうでございます」

山上憶良がいつものように甲斐甲斐しく世話をした。

「そんな風に見えるか。このわしは」

「昨日もあまり食が進みませんでしたし、時折苦しげな溜息をついておられます」

「そうか。それほど疲れたわけでもないが」

自分でも気付かぬうちに、心の重荷に打ち沈んでいたようである。憶良はそれを案じ、厨房に頼んで乳粥にしてもらったのだった。

「何か気がかりがあられるなら、この憶良に話して下されませ。先程日の出を拝されていたお姿も、打ち沈んで見えました。どこか具合でもお悪いのでしょうか」

「この通り何ともない。ただ、日の昇る方向に祖国があると思い、望郷の念に駆られていたのだ」

「そうですね。那の津(博多)を出てまだ五ヵ月しかたっていないのに、もう二年も三年もたった心地がいたします」

「うまくいけば、来年の春には日本に向かえよう」

「本当ですか」

「ああ、冬至の祭祀と正月の朝賀に参列することができれば、則天武后と対面させてもらえる。その時に天皇の奉書を渡し、日唐の国交を回復していただくように奏請する。それを許可する武后の国書をいただけば、後は国に帰るばかりだ」

そのためには乗り越えなければならない壁がいくつもある。現に真人は美麗の件で足をすくわれかねない不安を抱えていたが、あえて楽観的に構えて自分を鼓舞していた。

朝餉の後、真人は「遣唐日誌」を書こうと机に向かった。

胡陽大から美麗が不正をしているという訴えがあり、李高文に仲介を頼んで杜嗣先に計らいを頼んだ。

それは公にできないことだが、今回の任務の成否に関わることである。

それゆえ事実を正確に伝えるためにも、これから遣唐使として交渉に当たる後進のためにも書き残しておく必要があったが、なかなか筆を執る気になれなかった。

お茶でも飲んで気分を変えようとした時、憶良が来客を告げた。

「燕がお目にかかりたいと言っております。何やら大層な装いをして、供まで連れておりますが」

憶良はまだ陽大のことを燕雀の一人としか認識していなかった。

「会おう。すぐに通してくれ」

もしやと思った真人の勘は的中した。

陽大は黄色の官服を着て冠をつけ、二人の供を従えている。それは燕雀を連れた美麗とまったく同じで、顔には美しく化粧をしていた。

「胡陽大でございます。本日より日本のご使者の接待役に任じられました」

陽大は拱手して恭しく挨拶した。

「それはおめでとう。前任の方はどうなされましたか」

従者たちの手前、真人はそ知らぬふりをした。

「沈美麗は不正の行いが発覚して解任されました。それで私が職務を引き継ぐことになったのです」

陽大はさっそく冬至の祭祀の打ち合わせにかかり、明日からの予定を従者に告げさせた。

一人は丑、もう一人は寅という名で、丑は日本語を話すことができた。

「明日の夜、皇帝陛下は天壇の側にある斎宮に移られます。その行幸を沿道で拝し、明後日の卯の刻（午前六時）に祭場に入っていただきます。我らが寅の刻（午前四時）に迎えに参りますので、装束をととのえてお待ち下さい」

用件がすむと、真人は陽大だけを引き止めて茶を振舞った。

むろん美麗のいきさつを聞くためで、憶良さえ同席させなかった。

「どうやら、うまくいったようですね」

「執節使さまのお陰です。昨日の午後、杜嗣先さまの配下が美麗を捕え、牢獄に入れて取り調べを始めております」

「杜さまは首が飛ぶと言っておられたが」

「聖なる祭祀を収賄によって汚したのですから、生きて牢獄を出ることはできないでしょう」

陽大は紅を塗った唇をゆがめて薄く笑った。

心の内を隠しきれないといった笑い方に、いかに美麗の失脚を喜んでいるかが端なくも表われていた。

「取り調べは、どんな風に行なわれるのでしょうか」

「牢獄の警吏が責め具を用いて白状させます。新羅から賄賂を受け取ったのは事実ですし、自筆の受領書まであるのですから、しらを切り通すことはできません。ご心配は無用です」

「取り調べに際して、陽大どのの工作が問題になることはないでしょうか」

「それは、どういうことでしょうか」

「受領書を盗み出して、私に告発するように頼んだことです」

今さらとは思うものの、真人は確かめずにはいられなかった。

盗泉の水を飲んだという嗣先の言葉が、喉に刺さった小骨のように気になっていた。

「それは正義のための告発ですから、問題になることはありません。皇帝陛下も官僚の不正や腐敗を撲滅するために、告発を奨励しておられますから」

「こちらが返り血をあびることはないのですね」

「正義の告発をした者が、どうして返り血をあびるのですか」

陽大は真人の心配ぶりに苛立ち、切れ長の目を吊り上げて唇を突き出した。その表情はどことなく燕に似ていた。

「それならいいのです。何しろ不慣れなもので、大周国の政治の仕組みも良く分っていないものですから」

「胡陽大にお任せ下さい。決して悪いようにはしませんから、大船に乗った気持でいてもらっていいですよ」

陽大は急に大物ぶった態度で胸を叩いた。

真人には気になっていることがもうひとつある。あの時渡した砂金は祭祀のお祝いという名目にしてもらいたかった。

しかし、今の時点でこれ以上陽大の機嫌を損ねるのは得策ではないので、それを頼むのは次の機会にしたのだった。

翌日の夜、真人らは承天門通りに出て皇帝の行幸を待った。

承天門通りは太極宮の承天門から皇城の朱雀門までつづく幅百歩（約百四十七メートル）、長さ千二百歩（約千七百七十メートル）の道である。

皇帝は輿に乗って南に向かい、天壇の近くの斎宮にこもって潔斎をされる。

それを見送るために、広々とした道の両側には一万人ちかい廷臣や女官、僧侶などが、警固の兵士の指示に従って整然と並んでいた。

その一画、朱雀門の近くの東側に、真人ら鴻臚寺を宿所としている者たちが並んでいた。

右隣には新羅や契丹の使者らしい者たち、左隣には亀茲や天竺など西域人とおぼしき者たちがいるが、かがり火の明かりだけでは確と見分けることはできなかった。

ともかく寒い。

冬の夜の冷え込みは厳しく、息をすれば鼻の奥が痛く、鼻水をたらせば凍りつく。だが、一年のうちでもっとも重要な祭祀なのだから文句は言えない。

上着を体に巻きつけて体を寄せ合い、いつ出て来るか分らない行列を待つしかないのだった。

冬至は太陽が南回帰線上にあり、昼がもっとも短く、夜がもっとも長くなる日である。

そこで中国の周代にはこの日を一年の始まりと考え、天を祭る盛大な祭祀をおこなった。

一年の始まりには天命も改まる。

そこで天下を治める権限を天から与えられた皇帝は、盛大かつ厳粛に天を祭る祭祀をおこない、引きつづき天命を受けた者であることを天と地上の民に示した。

やがて漢代になると正月一日が一年の始まりとされるようになったが、冬至の祭祀だけは以前の通りつづけられた。

　まして則天武后は武周国を名乗り、周王朝の直系だと称しているだけに、冬至の祭祀にはひときわ力を入れているのだった。

　耐えがたく寒い。

　最初の四半刻(しはんとき)は室内の温みが体に残っていたからまだ良かったが、半刻近くなると骨まで凍るほどの寒さに体が震え、歯の根が合わなくなった。

　版築で作った道の冷え込みが厳しく、まるで氷の上に立っているように足許(あしもと)から冷気がはい上がってくる。真人は両足をぴたりと合わせ、上着の裾(すそ)をしっかりと巻きつけて寒さをしのごうとしたが、さして効果はなかった。

「真人さま、大事ございませんか」

　憶良が気遣い、片膝(かたひざ)立ちになって太股(ふともも)やふくらはぎをさすってくれる。

　すると血の巡りが良くなって少しは人心地がついたが、警固の兵に列を乱すなと厳しく注意される。

　ぴたりと体を寄せ合って風をよける以外に、防ぎようがないのだった。

　やがて太鼓の音とともに承天門が開き、先触れの兵二十人が出てきた。

　十人ずつ前後に横隊を組み、何かを撒(ま)きながら進んでくる。

　遠目には撒く仕草をしているだけのように見えたが、近付くにつれてキラキラと輝く粉だと分り、目の前を通り過ぎる頃には砂金だと見て取ることができた。

皇帝が通る道を砂金で清めていたのである。それがかがり火に照らされ、火の粉のように輝いているのだった。

次に楽師の一団が笙や篳篥を演奏しながら歩き、その後ろを二十八の星座、五つの惑星、五大名山を表わす幟旗をかかげた旗手たちがつづく。

その後ろには官服に身を包んだ官僚や大臣たちが、位階の低い者を先に立てて列をなしている。

その数は二千人を優にこえ、両側には松明を手にした者たちが一列に並んで従っている。

次に現われたのは騎馬隊である。

皇帝直属の親衛隊が五百騎ばかり轡を並べて整然と進み、その後ろに髪を高く結い上げ華やかな衣装をまとった女たちが五十人ばかり、笛をかなでながらやって来た。

最後尾にいる女に見覚えがある。

大雁塔で親しく言葉を交わした太平公主。名を李令月という麗わしの女性が、他の女官たちと同じように手綱を取ることもなく、笛をかなでながら馬を進めていた。

その背後に祭りの山車のように大きくて華やかな輿がつづいている。

まわりを金の龍の刺繍をした薄絹でおおい、百人ばかりの屈強の廷臣に担がれた輿に乗っているのは、言わずと知れた則天武后である。

薄絹の内側には明りが灯(とも)され、かしずいている四人の侍女の姿が影絵のように浮かび上がっている。

その中心に武后が座っているはずだが、外からはうかがうことができなかった。

武后の輿は朱雀門を出てしずしずと南に向かっていく。闇の中を進む行列はどこか儚(はか)なげで、夢の中の光景のようにも野辺送りの列のようにも見える。

それが遠ざかるにつれて沿道の者たちの熱狂もさめ、かがり火だけとなった薄闇の中を身を切るような冷たい風が吹き抜けていった。

二

鴻臚寺の部屋にもどった時には子(ね)の刻（午前零時）を過ぎていた。

真人は冷えきった体を夜着に包んでうずくまったが、足先は凍りついたようで感覚を失っている。

これではとても眠ることはできないので、憶良に湯を運ばせ、足をつけて温めることにした。

「まったく、とんだ災難でございましたね」

憶良は湯につけた真人の足をもみほぐした。

「憶良は大丈夫か」

「真人さまほどではございません。ご安心下されませ」

「若いから丈夫なのだろう。うらやましいことだ」

湯で温まった足先に急に血が流れ込んだからだろう。爪先がじんじんと痺れ、むず痒さが全身に広がった。

「寅の刻まではあと一刻半ほどですが、どうされますか」

「少しでも眠っておきたいが、起きられるかどうか」

「それならここで宿直をいたしましょう。時刻になったら起こしますので、安心してお休み下さい」

憶良の好意に甘えて真人は横になった。少しでも体力を回復しておかなければ、祭祀の最中に倒れかねなかった。

翌朝も冷え込みが厳しかった。

長安は内陸部に位置している上に空気が乾燥しているので、寒さの質が日本に比べて容赦がなかった。

真人は足にも胴にも布を巻いて寒さに備え、その上から職貢図に記された倭人の装束を着込んだ。上着も目立たないように重ね着し、頭を白い布で包んだ。

寅の刻に丑と寅が馬車四台を連ねて迎えに来た。

これに十人ずつ乗り込み、朱雀門を出て天壇に向かった。

寒さを防ぐために体を寄せ合い、誰もが黙り込んでいる。昨夜の疲れが抜けずに、うとうととしている者もいる。

真人も疲れと眠気を引きずりながら、陽大はなぜ二人の従者を丑寅と名付けたのだろうと考えていた。

時刻の丑寅なのか方角なのか。それとも牛と虎を意味しているのか……。

どうでもいいことなのに妙に気にかかる。それは陽大の存在を不気味に感じているからかもしれなかった。

天壇には予定通り卯の刻に着いた。

まわりをぐるりと兵が取り囲み、かがり火を赤々と焚いて警固に当たっている。冬の夜は明けておらず、他の参列者はまだ来ていなかった。

天壇の門の前で胡陽大が待ち受けていた。

全員を二列に整列させると、松明をかざして装束に乱れがないことを確かめた。

「それではこれから祭場に入ります。日本は東夷の代表ですから、天壇の東側に立ってもらいます」

西戎、南蛮、北狄の代表は西、南、北に配され、その間には長安や洛陽から選ばれた者たちが入って祭祀に加わる栄に浴すると、陽大は恩恵をほどこしてやると言わんばかりの口ぶりだった。

「夜が明けるまでにはまだ間があります。馬車の中で待たせてもらえないでしょうか」

真人の体調を案じ、鴨吉備麻呂がたずねた。

「なぜでしょうか」

陽大が心外そうに問い返した。

「皇帝陛下は日の出を拝するために天壇に登られると聞きました。それまでには一刻近くありますので」

「それで」

「この寒さです。一刻も立ちつくして待つのは堪えますので」

「あなたは祭祀より、自分の体のほうが大事だと言うのですか」

「そうではありません。ただ、こんなに早くから整列しても意味がないだろうと思ったのです」

「執節使どの、これはあなたの指金ですか」

陽大は吊り上がった目に不審の色を浮かべた。

「ちがいます。鴨朝臣は自分の考えを言っただけです」

「それならあなたから言いきかせて下さい。祭祀の間は私語をつつしみ、黙って我々の指示に従うように」

一行は陽大の指示通りに天壇の東側に二列に並んだ。

天壇（円丘壇）とその上に建つ祈年殿が黒い影となってそびえているばかりで、まわりには誰もいなかった。

ところが程なく、他の三方の使者たちが入場してきた。

北は東突厥（とっけつ）。製鉄技術に優れた遊牧民族である。

西は吐蕃（とばん）。ラサに都をおくチベット高原の遊牧民族。

南は安南。唐が安南都護府を置いて支配している東南アジアの国である。

つづいて長安や洛陽の貴族や裕福な商人たちが入ってきた。

貴族にとって皇帝の祭祀に招かれることは家の名誉であり、商人にとっては朝廷出入りの資格を得るための場である。

そのために多額の献金をして、招待してもらえるように働きかけをするのだった。

天壇のまわりがこうした人々で埋め尽くされた後、登壇する者たちがおごそかに通路を進んできた。

初めは中級の官僚や将官などが下段に、次に宰相や大臣たちが中段に、そして皇族たちが上段の定められた位置についた。

皇族の中には則天武后の息子の中宗李顕（ちゅうそうりけん）や相王李旦（りたん）もいる。二人は父高宗の死後、相次いで皇帝の座についたが、武后によって失脚させられていた。

しばらく公の場に姿を見せていなかったが、近年再び皇位継承者として遇されるようになったのは、武后が七十九歳になったために武周朝を引き継ぐ者を用意する必要に迫られたからだという。

中宗には娘の安楽公主が従い、相王には三男の李隆基(後の玄宗皇帝)が従っていた。

皇族の最後に入場したのは太平公主で、祈年殿の入り口のもっとも重要な位置についた。

これは母親である則天武后に信頼され、側近として隠然たる勢力を持っているからだった。

最後は荘厳な音楽がかなでられる中、龍の刺繡をした藍色の長い服をまとった皇帝武后が、階段を登って祈年殿に入るのが通例である。

ところが武后は藍色の布におおわれた輿に乗り、誰にも姿を見せることなく祈年殿に入った。

そうして東の空から太陽が昇るのを待って、中に積み上げられた柴に火をつける。

立ち昇る煙によって天の神とつながり、祭壇に香や絹布、玉の円盤をそなえて天下泰平と五穀豊穣を祈る。

夜明け前から一刻ちかくも立ち尽くしていた真人らは、そうした祭祀の一部始終を見て取り、最後は祈年殿から立ち昇る煙の行方を追って天空に目をやった。

空は青く澄みわたっている。

屋根に開けた窓から真っ直ぐに立ち昇る煙を見ていると、皇帝が天の神とつながっていることがまざまざと感じられ、鳥肌が立つような感動に全身が包まれた。

冷えきっていた体が急に温かくなり、棒のようになっていた足の疲れもいつの間にか消えている。

それがこの祭祀が成就した証のように思えて、天の神と皇帝の力の偉大さに改めて敬服したのだった。

鴻臚寺にもどってひと休みしていると、胡陽大が丑寅を従えて訪ねて来た。

「寒い中での参列、お疲れさまでした。お体は大丈夫ですか」

陽大も大役をはたしてほっとしているようで、打ち解けた態度でねぎらった。

「大丈夫です。皇帝陛下が柴を焚かれる煙が立ち昇るのを見ると、疲れが吹き飛ぶようでした」

「それは皆が感じることとです。太古の昔から冬至の日に天地が改まり、新しい一年が始まると考えられてきました。陛下はその始まりに当たって、天下の平安を祈られるのです。それによって臣下や領民も新しく生まれ変わり、生き抜く力を与えられます」

「年が改まるとはそういうことですね。それをまざまざと感じ取ることができました」

「待ち時間が長過ぎると不満を言う者もいましたが、四夷の中では東夷の代表が一番に入るのが習わしなのです。何しろ陽が昇る方角ですから」

「それは失礼をしました。皆にもそのように伝えておきます」

「大変だったでしょうが、努力は報われるものですよ。日本の使者の態度はひときわ立派であったと、陛下からご下賜の品をいただきました」

陽大は丑寅が捧げ持った二つの小箱を卓の上に置いた。

細長い箱には参列の労をねぎらう書状が、四角い箱には五枚重ねの金盃が入っていた。

「おかげで接待役をつとめた私の面目も立ちました。今日はこの盃で祝いの酒宴をもよおして下さい」

「そうさせていただきます。あなた方も一緒にどうですか」

「我々はまだ仕事があるので失礼します。これで大きな山をひとつ越えることができましたね」

「ありがとうございます。これも陽大どのにご尽力いただいたお陰です」

「次は新年の朝賀の儀です。これを乗りきれば、陛下にお目通りを許され、無事に役目をはたすことができるでしょう。我々は一心同体なのですから、何でも遠慮なく相談して下さい」

陽大は真人の手を握り締め、今後ともよろしくと言って去っていった。

言葉にも態度にも不自然なところはない。それでも何か裏があるのではないかと勘ぐってしまうのは、賄賂の砂金を渡した負い目があるからだった。

（あれは祭祀の祝いという名目にしてもらわねばならぬ）

それもできるだけ早いうちにと思うものの、それを切り出すきっかけをつかみかねていた。

真人はやる方ない溜息をひとつつき、皇帝から下賜された書状に目を通した。

祭祀に参列したことを賞する通り一遍の内容で、他の三ヵ国にも同じものが渡されているはずである。しかし日本に帰って朝廷で披露すれば、長安での働きを伝える何よりの証拠になるのだから、あだやおろそかにはできない。

じっくりとながめているうちに、真人は何となく妙だと思いはじめた。

皇帝の書状とは何かがちがう気がする。

（この玉璽に間違いはないはずだが……）

そう思うものの、何かが引っかかる。

その理由が自分でも分からず、もやもやとした不可解さだけが残った。

午後から慰労の酒宴を開いた。日本風に言えば直会である。

皇帝から下賜された書状と金盃を正面の卓上に飾り、皆で参列の成果を噛みしめながら祝いの酒を酌み交わすことにした。

開始にあたって、真人は執節使として挨拶をするように求められた。

「皆のお陰で、こうして皇帝陛下よりお誉めをたまわることができた。これは日本と武周国との国交を結ぶ上で大きな成果である」

真人はそこで言葉を切り、皆の顔を見渡した。

誰もが晴れがましい生気に満ちた表情をしている。

「このまま順調に事が運べば、来年の春頃には任務を果たし、日本に向かって船を出せるだろう。それまで苦労も多いだろうが、祖国と天皇のために力を尽くしてもらいたい」

真人は酒宴の邪魔にならないように早目に挨拶を切り上げたが、坂合部宿禰大分がひと言述べたいと申し出た。

「このたびはわしの失策によって皆に迷惑をかけた。中でも執節使どのには多大なるご心労をおかけしたと思う。ここに心から謝罪し、任務のために新たな気持で尽力することを誓う。今後ともよろしくお願いいたす」

大分も祭祀の荘厳さに心を打たれ、新たな気持で出直すことを誓ったのだった。

以後は無礼講の酒宴になった。誰もが身分や立場の垣根を越え、仲間として打ち解けて酒を酌み交わしている。

その中で話題になったのは、則天武后の姿を拝することができなかったことだった。

「天壇には歩いて登られると聞いておりましたので、お姿を拝することができると思っておりました」

そうすれば家族や同僚に土産話ができたのに。そう残念がる者がいた。

「陛下は七十九歳になられるそうじゃ。足腰が弱っておられるのであろう」

「ここ数年は公の場に姿を見せられることも少ないという。昨年末に洛陽から長安に移られたのは、ご静養のためらしいぞ」

どこで聞き込んで来たのか、そんな風に応じる者もいた。

真人はこの機会に皆の席を回り、それぞれの意見に耳を傾けることにした。今後の結束を保つためにも、どんな思いでいるのか知っておきたかった。

「近頃美麗どのを見かけませぬが、どうかなされたのでございましょうか」

そうたずねたのは、水夫頭をつとめる屈強の男だった。

「役目を変ったと聞いたが、気になることでもあるか」

「いえ、何度か声をかけていただきましたので、どうなされたかと」

「何かたずねられたか」

真人はふと、不吉な予感を覚えた。

「生まれはどこかとか、家族はいるのかとか、たわいもないことでございます」

水夫頭が言うと、わしもわしもと言い出す者が五、六人いた。しかも皆、美麗に好意を持っているようである。

「あのお方の父上は筑紫の出で、船乗りだったそうでございます」

だから我らが懐しいのだろうと言う者がいた。

真人には決して見せなかった、美麗の俘虜の子としての一面だった。

十二月になって雪が降った。

夕方から降り始めた雪は夜通し降りつづき、翌朝には長安の都を白一色に染め上げた。

真人らは許可を得て皇城の含光門に登った。

碁盤の目状に築かれた道路と町が、雪におおわれてくっきりと見える。先日登った大雁塔は他を圧してそびえ立ち、仏塔や七重の塔なども計ったように規則的に配されている。

真人は町の大きさと美しさに圧倒され、寒さも忘れて立ち尽くした。

いつの日か日本にも、こうした都を築きたい。その道筋をつけるために我々はこの地に来たのだと、己の使命を改めて心に刻んだ。

寺にもどると胡陽大が待ち受けていた。

「いかがでしたか。門の上からのながめは」

「長安と武周国の偉大さを改めて感じました。我が国はまだまだです」

「ご案内したいところがあります。明日お付き合い下さいますか」

「全員でしょうか」

「できれば二、三人のほうがいいです。折入ってお話ししたいこともありますので」

ひとつ決着をつけたいことがある。陽大はそう言いたげだった。

真人は憶良と阿倍船人を連れて行くことにした。

船人と話す機会を作りたいし、腕も立ち度胸もあるので警固役も果たしてくれるはずだった。

翌日の正午過ぎに、陽大は小型の馬車で迎えに来た。

二頭立てで御者が一人。箱型の車は二人ずつ向き合って座れるように作られていた。

「これから西の市の先の金光門まで行きます。金光門の側に拝火教徒たちが住む一画があり、祭りがおこなわれているのです」

中国語で話す陽大の言葉を、真人は日本語にして憶良や船人に伝えてやった。

「拝火教徒というのは、西域に住む者たちのことですか」

憶良が不安そうにたずねた。

「そうです。天山北路や天山南路をこえて長安にやって来た者たちです。その多くは西の市で商売をしています」

馬車は雪におおわれた道を真っ直ぐ西に向かっていく。

日頃は西の市へ向かう者たちや、そうした客を目当てにした露店などでにぎわう所だが、雪のために人通りもまばらである。

西の市も休みのようで、北側の門が二つとも閉っていた。

ところがその前を通り過ぎ、居徳坊と群賢坊の間の道に入ると様子は一変した。一尺ばかり積った雪はすべて取り払われ、坊内には露店が列をなしている。

小麦や豆や薬草を売る店もあるし、煙を上げて羊の肉を焼いている店や、小麦をこねて饅頭(まんじゅう)を作っている店もある。

道には美しく着飾った大人たちや、嬉(うれ)しそうに駆け回る子供たちがあふれている。

いずれもウイグルやキルギス方面から来て長安に住みついた者たちで、鼻が高く彫りの深い顔をして、大きな目が美しく澄んでいる。

雪のように白い肌をしているのは、西域のさらに向こうの大秦(たいしん)(東ローマ)から来た者たちだという。

「サデという拝火教の火祭りなのです。彼らは火を礼拝するため拝火教と呼ばれています」

陽大は馬車を道の脇(わき)に止めさせ、ここからは歩いていくと言った。

道に下りれば、ごったがえす人混みに巻き込まれそうになる。

中国人、西域人、大秦人など、人種も見た目もちがう者たちと肩や腕を触れながら歩いていると、まるで職貢図の中に迷い込んだようだ。

露店からただよってくる羊を焼く煙には、香辛料の匂いも混じっていて食欲をそそる。大鍋に湯をわかし、細く切った麺をゆでている店もあり、椀を持った子供たちが列をなして順番を待っていた。

「あれは祭日の施しです。子供たちにとって何よりの楽しみです」

陽大もどうやらそういう子供時代を過ごしたことがあるようだった。

先に進むと人混みはさらに激しくなり、押し合いへし合いして歩かなければならなくなった。

はぐれたら二度と会うことはできまいと、身の危険を感じるほどだった。

「真人さま、私の帯につかまり、後ろを歩いて下さい」

船人が先頭に立って楯になった。

憶良は真人の後ろに立って、背中を守る構えを取った。

「この先に拝火教の寺院があります。そこに拝礼に行く者たちの列です」

丸い屋根の大きな寺に近づくにつれて、語尾を長く伸ばした甲高い声が聞こえるようになった。

神への祈りの言葉である。その声は高く低く抑揚をつけながら、天上にまで届きそうだった。

寺の正面を過ぎてようやく人混みを抜けると、もうひとつの寺があった。

こちらは塔のような細長い建物の上に十字の柱を立てている。

集まっているのは、白い肌をして質素な服をまとった者たちだった。

「あれは波斯（はし）寺と言います。経教の寺で、西域から来た者たちが信仰しています」

経教とはキリスト教ネストリウス派のことで、後に波斯寺は大秦寺、経教は景教と改められた。

ローマ帝国では異端として迫害されたネストリウス派の信者たちが、遠く長安まで逃れて信仰と布教の拠点にしたのである。

景教は唐において隆盛をきわめ、後に「大秦景教流行中国碑」が建てられたほどだった。

「さあ着きました。あれが金光門です」

陽大が正面にそびえる楼門を指差し、先に立って城壁の階段を登った。

高さ二間半（約四・五メートル）ほどの城壁の上に立つと、はるか向こうまでつづく純白の大地をながめることができた。

金光門を起点とした道は真っ直ぐに西に走り、遠ざかるにつれて雪景色の大地と見分けがつかなくなっている。

「これが大秦までつづく交易路の始まりです。私のふるさとの蘭州もその途中にあります」

陽大ははるか彼方を懐しげにながめ、懐から革の袋を取り出した。

いつぞや真人が渡した砂金の袋だった。

第八章　大明宮

一

「この砂金を渡したことを、執節使さまはずっと気に病んでおられたようですね」

胡陽大は革袋を右の掌に乗せ、重さを計るように二、三度腕を上下させた。

中身は金二十両（約七百五十グラム）。長安で家族四人が一年暮らせる額だった。

「おおせの通りです。陽大どのの力を借りたくて咄嗟にしたことですが、今では後悔しています」

「そのことを言い出しかねて、身を揉んでおられたようだ」

「冬至の祝いという形で処理していただきたかったのです。そうすれば賄賂を贈った罪に問われずにすみますから」

粟田真人はすべてを正直に認めた。

供をしてきた山上憶良は、真人が苦しんでいた訳を知って痛ましげな顔をしている。

阿倍船人は眉ひとつ動かさなかったが、万一の時には陽大の口を封じようと、さりげなく腰刀の位置をさぐっていた。

「ご安心下さい。私と執節使さまは、同じ水を飲んだ仲ではありませんか。ここにご案内したのも、そのことを知っていただくためなのです」

陽大ははるか彼方をながめやり、蘭州はここから千二百里（約六百五十キロ）の彼方にあり、黄河のほとりにある町は金城と呼ばれていると言った。

「金城とは漢の武帝がつけた名前です。西の守りの要という意味もありますが、まわりの山では実際に金がとれるのです。私はその町で育ちました。こんな話に興味がありますか」

「ええ、お聞かせ下さい」

「それならここに座って下さい。少し長い話になりますから」

陽大は真人たちを城壁の防塁の陰の長椅子に座らせた。

「私の父は西域から流れてきた鉱夫で、金の採掘の仕事をしていました。金城で漢人の母と結ばれ、私を頭として五人の子供を持ちました」

陽大の父は製鉄に長けた突厥族の出身で、鉱脈の発見や製錬の技術に通じていた。そのために金の鉱山でも責任ある地位につき、収入も多かった。

家は地域でも有数の金持ちで、子供の頃から何不自由のない生活をしていた。ところが十歳の頃、鉱山で大きな事故が起こり、父の部下二十数人が生き埋めになって死んだ。父はそのことに責任と無常を感じ、鉱夫を辞めて仏僧となった。出家して寺にこもり、死んだ者たちの成仏（じょうぶつ）をひたすら祈ったのである。

「それだけならまだ良かったのですが、父は次第に仏道の修行にのめり込むようになり、炳霊寺（へいれいじ）という深山幽谷にある寺にすべての財産を寄進し、寺の石窟（せっくつ）にこもって荒行を始めたのです」

炳霊寺には高さ二十丈（約六十メートル）ちかい断崖（だんがい）があり、その中腹の石窟が仏僧たちの行場（ぎょうば）になっている。そこにこもって修行に打ち込み、俗界との縁を断ったのである。

残された家族は財産も収入も失い、極貧の生活を強いられるようになった。

裕福な家庭で育った母は収入を得る手立てを知らず、弟と妹はまだ幼い。

そこで陽大が方々に賃仕事に出たが、その稼ぎだけではとても家計を支えることはできなかった。

そんな時、母が父の同僚だった男の家に住み込みで働くようになった。兄妹（きょうだい）五人もその家の小屋に住まわせてもらえたので、暮らしはようやく安定したが、一年ほどたった頃、陽大は許し難い事実を知った。

母は父の同僚だった男の側女（そばめ）になっていたのである。召し使いとして働くというのは口実で、初めから側女として家に入り込んだのだった。

陽大はこの事実に打ちのめされ、母をなじった末に家を飛び出した。そうして父の知り合いを頼って転々としているうちに、宦官として宮廷に仕える道があることを知った。

「名門貴族の子弟か、科挙に合格した秀才でなければ、宮廷に仕えることはできません。しかし去勢をすることで、その狭き門を通り抜けることができるなら、私はそれに応じようと思いました。そして宮廷で出世を遂げ、この国を動かすほどの高官になって、金城の者たちを見返してやると決意したのです」

陽大はふるさと蘭州までつづく雪原をながめたまま淡々と語った。

金城の者たちとは母や父の同僚、そのことで陽大を辱しめた者たちばかりではあるまい。家を捨て炳霊寺に逃げ込んだ父を、あの石窟から引きずり出して現実の辛酸をなめさせてやりたいという暗い情念が、心の奥底に潜んでいたのだろう。

真人は痛ましさを覚えながら、陽大の怒りと屈辱に満ちた長広舌を聞いていた。

「ですから私に必要なのは、出世をするための能力と人脈、それに信用です。皇帝陛下や重臣の方々の信用を得るには、清廉潔白でなければなりません。この贈り物も、初めから受け取るつもりはありませんでした」

「それならどうして、すぐに返して下さらなかったのですか」

「執節使さまと同じです。これを突き返したなら、敵だと思って遠ざけられるかもしれません。それが怖くてなかなか言いだせなかった。しかし執節使さまは、そんなお方ではないでしょう」

「もちろんです」

「そのことが良く分りました。どうぞ、これはお返しいたします」

差し出された革の袋を、真人は安堵（あんど）とともに受け取った。

すると陽大はその手を追いかけるように両手で握り締めた。

「太平公主さまは執節使さまをことのほかお気に入りです。これからお声がかかった時には、どうか胡陽大に取り次ぎをお命じ下さい。決して悪いようにはいたしません。全身全霊で執節使さまのために働きます」

陽大は真人の手を拝むようにして頼み込んだ。

太平公主の前に出て目に止まる機会を得るのは、それほど価値あることだった。

帰りは金光門街の雑踏をさけて馬車までもどり、鴻臚寺に向かった。

西の市の北側の門はやはり閉っている。雪におおわれて白く輝く道を、車輪の音もしめやかに馬車は進んでいく。

真人は砂金の袋を膝（ひざ）に乗せたまま、椅子に座っていた。憶良が預かると言ったが、陽大の厚意を思えば自分で持っていなければ申し訳ない気がした。

宦官とは家畜の去勢に倣(なら)って始まった制度だという。

宮廷に仕えるための近道とはいえ、去勢を受け男としての機能を捨てた生き方を選ぶには、よほどの決意と覚悟が必要だったはずである。

それでもなおその道を選んだ者たちの心情について、真人はこれまで一度も真剣に考えたことがなかった。

沈美麗と長らく接してきたのに、踏み込んだ話をすることを避けてきたのは、心のどこかに敬遠したいという気持があったからだった。

広々とした大路は真(ま)っ直(す)ぐにつづき、東の城門が見えないほどである。両側の坊に建つ家の屋根も雪をかぶり、ひっそりとたたずんでいる。

しばらく進むと、人通りのまばらな大路の一角に人だかりがしていた。旗を立てた露店の前に、三十人ばかりが寒そうに背中を丸めて列を作っていた。

「あれは道教の占い師です」

陽大がそう教えた。

道教の盛んなこの国では、陰陽五行説にもとづいた占いが信じられている。人々は病人が医師に診察してもらうように道士に運勢を見てもらうのである。

「見て下さい。みんないい身形(みなり)をしているでしょう。金持ちほど、この先どうなるか心配します。貧しい者はそんなことを考える余裕さえないのです」

陽大は皮肉な目で持てる者の不安を見やったが、真人が目を引かれたのは露店の旗だった。

白地に墨で「𡆠𠥱堂」と記されている。これは日月堂という意味で、𡆠は日を、𠥱は月を表わしている。

𡆠も𠥱も、武周朝が成立したことを知らしめるために則天武后が作った文字で、そうした文字が使われていることを、真人はこの国に来てから知ったのだった。

(もしや……)

冬至の祭祀(さいし)の後で皇帝から下された書状に違和感を覚えた原因は、ここにあるのではないか。真人はそう思い当たった。

鴻臚寺にもどると、さっそく書状を確かめた。

間違いない。天地を祭るのが冬至の習わしだと記した一行も、君臣一致して国の平安を守るという一行も、普通の漢字で記されている。

武后の方針に従うなら、天は𠀑、地は埊、君は𠁈、臣は𢘑、国は圀という字を用いるべきである。

それなのになぜ使っていないのか。武后が方針を変えたのか、それとも方針が否定されたのか。

あるいは四夷(しい)あての書状だから略式にしたのか、則天文字に通じていない下級の者が担当したか。

理由はいろいろ考えられるが、真人は武后に何かあったのだと感じた。

根拠はない。だが冬至の祭祀で武后が姿を隠したままだったことが気になっていたので、それが一番妥当だと思われた。

（何しろ七十九歳になられるのだから）

自分の身と引き比べても、何かあっても不思議ではないと思えた。

翌日、真人は杜嗣先から呼び出され、尚書省にある礼部の役所を訪ねた。

「執節使どの、急にお呼び立てして申し訳ありません」

髭（ひげ）をたくわえた顔にこぼれんばかりの笑みを浮かべて、嗣先は手を差し伸べた。

「杜さまのお陰で、冬至の祭祀に参列させていただくことができました。感謝申し上げます」

真人は嗣先の手を両手で握り締めた。

「祭祀はいかがでございましたか」

「厳（おごそ）かで華やかで、身を清められる心地がいたしました」

「冬至をもって一年の始まりとするという考えは、いまだに我らの体にしみついております」

皇帝陛下はこの日に天命を受けられるが、それは臣下も領民も同じだ。嗣先はそう言って真人に座るようにうながした。

「陛下はお健やかであられましょうか」

真人はそれとなくたずねてみた。

「お元気ですよ。どうしてですか」

嗣先が急に真顔になった。

「祭祀の時に、お姿を拝することができなかったものですから」

「お姿を拝することが出来るのは、ごく一部の者ですよ。ところで急に来ていただいたのは、例の宦官のことで、頼みたいことがあるからです」

嗣先は話の向きを強引に変えた。

「沈美麗(しんみれい)ですか」

「そう。その宦官を取り調べているのですが、強情に口を閉ざしたままなのです。ところが昨日、執節使どのと会わせてくれるならすべてを白状すると言ったそうです」

「なぜ、私と……」

「それは分りません。証拠は明白ですからこのまま処刑することもできます。しかし、この件に新羅が関わっているという証言が得られれば、我々としても有難いのです」

新羅は白村江(はくすきのえ)の戦いでは唐と同盟したものの、百済と高句麗が亡(ほろ)びた後に朝鮮半島全域を支配下に治めようと、唐（武周朝）に対して敵対的な行動を取るようになった。

それを牽制するためにも、新羅の弱みを握っておきたいという。

「分りました。杜さまにはこの件でご尽力いただきましたので」

「有難い。決して悪いようにはしませんから」

「ただし、三日の猶予を下さい。部下たちにいきさつを話し、後の対処ができるようにしておきたいのです」

あるいは美麗は、陽大に砂金を渡した事実を知っていて、こちらを告発するつもりかもしれない。真人はそんな疑念にとらわれ、背筋が粟立つような不安を覚えていた。

翌朝早く目を覚まし、机に向かって「遣唐日誌」を記した。

〈十二月五日、曇天。

三日前に雪が降って以来、冷たい曇りの日がつづく。積もった雪は解ける気配はなく、朝夕の厳しき底冷えを招来しつづけたり。

午後になって杜嗣先氏からの呼び出しがあり、尚書省に参向せり。

前の接待役である沈美麗を収賄の疑いで取り調べ中だが、美麗が小職との対面を望んでいると告げられたり。

何の用件かは分らざりしも、嗣先氏は新羅が美麗に賄賂を贈った事実をつきとめ、今後の対新羅外交を優位に進める材料にしたいとの思惑を持っておられるとの由なり。

近頃の天気のように陰鬱なる成り行きなりしが、これを断わっては今後の嗣先氏との関係に齟齬をきたす恐れなきにしもあらず。三日の猶予をもらって承諾す。

事件の発端は新羅にあり。冬至の祭祀に日本が招かれることを阻止し、従来通り自国の参列を勝ち取るために、接待役である美麗に金百両を贈りたり。

それが美麗の部下たる胡陽大の告発によって発覚し、美麗は捕えられ、接待役には陽大が昇進せしものなり。

そのことに我らは関与せざりしも、獄中の美麗が小職との対面と引き替えにすべてを白状すると申告せしゆえ、嗣先氏もかようの依頼をなされたり。

その席上、ひとつ気がかりなことあり。陛下は健やかであられましょうかとたずねると、嗣先氏はにわかに表情を険しくし、そのことに触れるのを避けるように話をそらされたり。

このことと皇帝の書状に則天文字が使われていなかったことを考え合わせると、陛下の身に何事か起こったのではないかという疑念を抱くは妥当ならんか。

初めは晴天に浮かんだちぎれ雲のごとき疑いなるも、今や勢いを増し、その正否を確かめずにはおられぬ心持ちになりしものなり。

嗣先氏の申し入れについては、今日のうちにも陽大や部下たちに報告し、この後

の事態に備える手立てを話し合うつもりなり〉

真人はかすかに胸の痛みを覚えながら書き終えた。

この日誌は帰国した時に、報告書に添えて朝廷に提出しなければならない。だから陽大に美麗を失脚させるように頼んだことや、砂金の袋を渡したことは書けないのである。

それは使節団の名誉と功績を守るためばかりでなく、日唐国交回復に反対している勢力に付け入る隙(すき)を与えないためにも必要なことである。

だがその事実を隠すことは嘘(うそ)をつくのと同じだという自責の念は、日誌を書き進めるにつれて大きくなっていく。

(砂金は返してもらったのだから……)

贈賄ではないと思うものの、真人の心はいっこうに晴れなかった。

朝餉(あさげ)の後、陽大を呼んで相談した。

共犯者の彼が、今や他の誰よりも話し易(やす)い相手になっていた。

「ご安心下さい。砂金のことは誰にも話していないし、誰にも知られていませんから」

「それならどうして、美麗は私との対面を望んだのでしょうか」

「減刑を嘆願するように、頼むつもりかもしれません」

「そんなことができるのですか？」

「美麗の奸計(かんけい)によって被害をこうむったのは、あなた方日本の使者です。被害者が減刑を望めば、配慮されることもあります」

「もし頼まれたなら、どう対処すればいいのでしょうか」

真人にはこの国の慣習は分らない。情ないとは思うものの、陽大の指示をあおぐしかなかった。

「礼部に知り合いがいます。美麗がどんな状況におかれているのか、確かめてみましょう」

陽大を見送ってから、真人は部屋に首脳陣を集めた。

大使の坂合部宿禰大分、副使の巨勢朝臣邑治、大位の美努連岡麻呂、中位の鴨朝臣吉備麻呂。それに書記の山上憶良である。

真人は美麗と対面することになったいきさつを語り、いくつかの問題があることを打ち明けた。

「ひとつは美麗の罪の余波を受けて、こちらの責任を追及されるおそれがあること。もうひとつは日本と新羅との外交問題となり、新羅との関係がさらに悪化するおそれがあることだ」

「お言葉ですが、どうして我らの責任が追及されるのでしょうか」

こちらは被害者ではないかと、岡麻呂が怪訝な顔でたずねた。

「皆には黙っていたが、美麗の罪を告発したのは私だ。胡陽大から美麗の収賄の事実を告げられ、李高文どのを通じて杜嗣先さまにこのことを訴えた。美麗がこのまま接待役の地位にいては、冬至の祭祀に参列できない窮地に追い込まれるゆえ、非常の措置を取らざるを得なかったのだ」

「わしのせいじゃ。わしがあのような失言をしたために、執節使どのにたいへんな迷惑をかけてしもうた」

大分が辞を低くしてわびた。

「大分どののせいではない。美麗は新羅から賄賂を受け取り、日本を祭祀からはずす口実をさがしていただけだ」

「しかし、それならどうして責任を問われるのでしょうか」

岡麻呂が重ねてたずねた。

「私が美麗の罪を告発した時、杜さまは盗泉の水を飲んだとおおせられた。私が収賄の証拠として差し出した受領書は、陽大が美麗の部屋から盗み出したものだからだ」

真人は砂金を渡したことと以外はすべてを話した。

最大の懸念が消え去ったことで、ためらいなく皆と問題を共有することができるようになっていた。

「その行為が、この国の律令でどう判断されるか分らない。不正な手段で機密を入手したことが問題となり、私も収監されるかもしれぬ」

「杜さまは告発を受けて美麗を捕えられたのでございましょう。執節使さまの行ないに問題があるなら、初めからそんなことはなされないはずです」

吉備麻呂の考えは筋道立っていた。

「私もそう思っている。だが時の状勢によっていかようにも変わるのが政というものだ」

だから万一そうした事態になっても、慌てることなく対応してもらいたい。真人は皆の顔を見やって覚悟をうながした。

二

真人は猶予をもらった三日の間に、美麗とのいきさつを詳細に記した陳弁書を書き上げることにした。

もし収監されたなら、どんな扱いを受けるか分らない。こちらの言い分などまったく聞かず、拷問にかけて自白を迫られることもありえる。

そうした場合に備えて陳弁書を作り、大分らに後事を託すつもりだった。

ところが四日目の朝、陽大が思いがけない知らせをもたらした。

「杜さまから知らせがありました。今日の美麗との対面は中止する。明日の巳の刻（午前十時）に清思殿に参殿するようにとのお達しでございます」

「清思殿とは」

「大明宮の中にある皇帝の常の御殿でございます」

「すると皇帝陛下にお目通りがかなうのでしょうか」

「それは分りません。参殿せよとお達しがあったばかりで、供は側近と通事の二人にせよとのことです」

巳の刻の半刻前に迎えに来るので、落度なく仕度をしていただきたい。陽大は自分も共に参殿できる機会を得て、声が震えるほど興奮していた。

「献上物はどうしましょうか。天皇から託された品々がありますが」

「正式の対面ではないので、持参する必要はないでしょう。ただ、執節使さまからの進物という形で、相応の品を用意しておいたほうがいいと思います」

相応と言われても、真人が自由にできるのは砂金か絁の反物、都の絵師に御仏を描かせた絹布画しかなかった。

砂金はあまりにあからさまだし、仏画の水準はこの国の絵師に遠く及ばない。仕方がないので上総産の絁三反を持参することにした。

翌朝、職貢図に描かれた倭人の装束をまとい、厚手の上着を着込んだ真人は、山上憶良と通事を連れて迎えの馬車に乗り込んだ。

十人は乗れる二頭立ての馬車で、車体や車輪に金や銀の装飾がほどこされていた。

大路を北に向かい大明宮が近くなると、陽大が車の窓を閉めるように言った。

「先日、皆さまには興安門から大明宮に入り、含元殿を拝していただきました。あれは皇帝陛下が政務をお取りになる公の場で、宮殿区と呼ばれています」

しかし清思殿は陛下が日々の生活を営まれる御殿で、大明宮の北半分に位置していた。

「ここは園林区と呼ばれ、外国からの賓客をもてなす麟徳殿もあります。ここに行くのに宮殿区を通っては、警備上の問題も多いので、表から直接園林区に入る通路がもうけられているのです」

ところがその通路が皆に知られては、反乱が起こった場合に皇帝や皇族が危険にさらされる。

だから通路を通る時は、皇帝が差し回した馬車に乗り、窓を閉めるように定められているのだった。

「これを麟徳車両と呼びます。私も乗るのは初めてです。こんな光栄に浴することができるのも、執節使さまのお陰です」

賓客を迎えるための秘密の通路には、大路よりさらに精巧な版築がほどこされているらしい。馬車は揺れもせず、車輪はかすかな音さえたてなかった。

馬車は検問のために二度停車させられた後、右に左に曲がった後でようやく止まった。

「さあ、着きました。清思殿です」

陽大が先に下りて案内した。

まわりを高い塀に囲まれた、広々とした中庭である。正面には二階建ての高楼があり、大理石で作られた玄関で杜嗣先が待ち受けていた。

「執節使どのは本当に運のいいお方だ。きっと観音さまのご加護があるのでしょう」

「ここは皇帝陛下の御殿でしょうか」

「いいえ。太平公主さまの御殿です。あなたにとっては天后と呼ぶべきお方かもしれませんよ」

大理石に赤や青の宝石を埋め込んで飾り立てた石段を登ると、卓や椅子を配した大広間があった。

広間の片側には暖炉があり、炭が赤々と燃えている。その熱で部屋は充分に温まり、上着を着ていると暑いほどである。

窓の戸板は閉めきってあるが、戸板にはめた半透明の板から日の光が差し込み、広間は東雲(しののめ)の頃のように薄明るく照らされていた。

あれは雲母(うんも)を薄くはがしたものだろうか。真人はそう思ったが、あれほど大きな雲母を均等に加工できるとは思えなかった。

「あれは瑠璃（ガラス）です。大秦（東ローマ）から贈られたものです」

嗣先が教えてくれた。

ガラスの器が作られるようになったのは、紀元前十五、六世紀。エジプトやメソポタミアにおいてだという。

その技術は古代ローマに伝わり、紀元前一世紀には板ガラスが作られるようになった。

それがシルクロードの交易によって長安にもたらされ、ガラスをはめ込んだ窓によって採光が可能になったのである。

「どうです。戸を開けて外を見てみますか」

「いいのですか」

「構いません。公主さまもそのつもりでここに招かれたのですから」

ためらう真人に代って嗣先が戸を引き開けた。

眼下に広々とした池があった。水が薄青色に見えるのは、そんな色の磚（煉瓦）を底に敷き詰めているからだろう。

池の真ん中には島があり、冬なお色あせぬ木々の緑におおわれている。

池の名は太液池、島は蓬莱島という。

池のまわりには屋根付きの朱塗りの廻廊がめぐらしてあり、南側の船着場には龍の姿を模した船が二艘つないであった。

「これは……」

真人はあまりの美しさに息を呑んだ。

池ばかりではない。池の西側にはおよそ三千坪の広さの麟徳殿が、前殿、中殿、後殿に分かれて建っている。

いずれも黒い釉薬を塗った瓦葺きで、景雲閣と呼ばれる中殿はひときわ高く天にそびえていた。

やがて鈴の音がして、侍女を従えた太平公主が入ってきた。

胸が大きく開いた薄紅色の衣を着て、つややかな紺色の上物を羽織っている。

総髪にした頭の後ろに、龍がとぐろを巻く形に髪を結い、真珠と朱玉のついた簪を挿していた。

総髪にしているので、細面の顔と色の白さがひときわ引き立っている。それを充分に意識して、眉と唇に濃いめの化粧をしているのだろう。

「どうじゃ。眼下の眺めは」

公主は柔らかそうな椅子に腰を下ろし、ゆったりと足を組んだ。

「驚きました。神仙境もかくやと思われます」

「今日は日本のことについてたずねたくて来てもらった。茶など喫してくつろぐがよい」

侍女が合図をすると、五人の召使いが公主の前に手早く卓と椅子を並べた。

真人は公主の正面に座り、憶良と通事が左右に控えた。

嗣先はどうしたものか一瞬迷ったようだが、卓の横の席についた。

「日本は古くから女帝が治める国と聞いたが、まことか」

「はるか昔には卑弥呼という女王が魏の国に使者を送り、親魏倭王に封じられました。それ以後、天皇と称するようになり、四十二代を閲します。そのうち四名が女性でございます」

「女帝が治める国なのに、四十二代のうちたった四人しかいないとは妙ではないか」

「昔は戦も多く、陣頭に立って戦う必要があったために、男の天皇が多かったものと思われます。しかし国が治まり、聖徳太子が隋に使者を送られて以後は、十人の天皇のうち四人が女性でございます」

真人は公主の意に添おうと、そのことを強調した。

「そなたは四十九年前に、留学僧として長安を訪ねたと申したな」

「その通りでございます」

「それから十年後に、倭国は唐と戦火を交じえた。それは何故じゃ」

公主は知恵の輝きに満ちた黒い瞳を、真人に真っ直ぐに向けた。

「当時わが国は百済と同盟を結び、新羅と対抗していました。新羅は百済を亡ぼそうと画策し、唐の力を借りて百済に攻め込みました。わが国は百済を守るために兵を送りましたが、唐と敵対したわけではありません」

この先は通訳するように、真人は通事にうながした。

これは政治的な訊問である。一言一句、正確に伝えて誤解が生じないようにしなければならなかった。

「しかし、白村江で戦ったではないか」

「あれは唐の水軍が攻めてきたゆえ、防衛せざるを得なかったのでございます」

「唐との戦争を望んでいたわけではないのだな」

「そうです。日本は新羅と戦っていましたが、唐が参戦するとは思ってもいなかったのです」

その証拠に白村江の戦いが起こった時も、日本からの留学僧や留学生がたくさん長安にいた。それは唐との戦争が始まるとは思っていなかったからだ。真人はそう語った。

「そなたたちが遣わされたのは、わが王朝との国交を回復し好を通じるためだと聞いた」

「おおせの通りでございます」

「それには二つのことが必要じゃ。ひとつは二度と敵対しないと誓うこと。もうひとつはわが国の冊封国となるにふさわしい国を造ること」

「そのことはすでに手がけております。白村江の戦いを起こした天智天皇派は壬申の乱で敗北し、貴国との和平をめざす天武天皇派が政の主導権を握りました。それ以後、日本は唐に倣った国造りをめざし、藤原京を造営し、律令制度の導入をめざしております。また、仏教を基本とした政や、朝権の正統性を明らかにするための国史の編纂を進めているところでございます」

そうした状況については、我々が帰国する際に答礼使を同行させ、つぶさに確かめていただきたい。真人は胸を張り、ひるむことなく力説した。

「これは驚いた。そなたは物静かな官吏だと思っていたが、意外な熱弁ぶりだな」

「ご気分を害したのであればお詫び申し上げます。しかし、わが国の命運を託されておりますので」

「よいよい。身もそうした熱意は嫌いではない。それだけの覚悟があるからこそ、冬至の祭祀では立派な参列ができたのであろう」

公主が目配せをすると、召使いが茶を運んできた。

鶴のような細長い首をした銀の器に、さらに細い注ぎ口がついている。茶碗もすべて銀製のものだった。

「あの折には褒賞の品までいただき、かたじけのうございました」

「陛下がお姿を隠しておられたゆえ、ご容体を案じていたと聞いたが」

公主は嗣先から、真人のことについて逐一報告を受けているようだった。

「冷え込みが厳しかったので、お風邪でも召されたのではないかと、気になったのでございます」

「陛下はお健やかじゃ。朝賀に参列した時に、お姿を拝することができるであろう。のう、杜侍郎」

「さようでございます。執節使どのにもとどこおりなく参列していただけるよう望んでおります」

嗣先は愛想良く答えたが、その言葉にはすべては真人の出方次第だと言いたげな刺があった。

「ところで三十七年ぶりに訪ねた長安はどうじゃ。変わったところも多いであろう」

公主は足を組み直してにこりと笑った。

今までの厳しさとは打って変わった、童女のような笑顔だった。

「別の町に来た心地がいたします。まさに歳月人を待たずだと、痛感しております」

「何が一番変わった」

「活気でございましょう。建物も街路も美しく整備され、人々が生き生きと暮らしているように見受けました」

「そなたは留学僧だったのであろう。何ゆえ還俗して官吏になったのじゃ」

「お仕えしていた方が若くして他界されました。その折、還俗して国のために尽くすように命じられたのでございます」

真人は藤原鎌足の嫡男定恵とともに長安にやってきた。

ところが入唐十年後に白村江の戦いが起こったために、逃げるように帰国の途につき、天智天皇四年(六六五)に百済を経て日本にたどり着いた。

定恵は長年の苦難に体をこわし、その年の十二月に二十三歳の若さで他界した。そして臨終の際に真人を呼び、時が来たなら弟不比等の力になってくれと遺言したのである。

真人が六十三歳という高齢で再び唐に渡る決意をしたのは、定恵の遺命が常に頭にあったからだった。

「さようか。そなたも戦争に翻弄された者の一人であったのだな」

「それゆえ何としてでも、両国の和平を成し遂げたいと願っております」

「国には家族はいるか」

「還俗して妻を娶り、娘を一人さずかりました。妻はすでに他界し、娘ばかりが私の帰りを待っております」

「娘はいくつになる」

「十八でございます」

「さぞ聡明な娘であろう。一度会ってみたいものじゃ」

公主は侍女を呼び、お客のために食事を用意するように命じた。

公主は則天武后の名代をつとめる朝廷一の実力者である。予定にない昼食会を行なうなど、きわめて異例のことだった。


年の瀬も迫った十二月二十日、真人は胡陽大が用意した馬車で尚書省の礼部に向かった。

予定より半月遅れて、美麗と対面することになったのだった。

「杜嗣先さまは何度か美麗を訊問されたようですが、あの日以来会っておられません」

陽大が礼部の知り合いから得た情報を伝えた。

あの日とは、真人が太平公主に招かれた日のことだった。

「何らかの疑いを持っておられたのかもしれませんが、公主さまが庇って下されたのだと思います」

「庇う？」

「ええ、あれだけ懇意にして下されば、うかつに手出しは出来ません。執節使さまは誰の目にも分るほど、特別な待遇を受けられたのですよ」

礼部の頑丈そうな建物の一室に、真人は一人で案内された。

部屋は鉄の格子で仕切ってあり、二つの椅子が向き合う位置に置いてあった。

しばらく待つと、後ろ手に縛られた美麗が獄吏に引き立てられて入ってきた。

顔にあざがあるのは、訊問の際に殴られたからだろう。やつれて青ざめているが、化粧をしている時よりずっと誠実そうに見えた。

「四半刻（三十分）だ。隣で話を聞いているからな」

獄吏は美麗をおどしつけ、真人をひとにらみして出て行った。

「ずいぶん酷い目にあったようだな」

「痛いのは生きている証拠です。もうじきそれも終わりですが」

美麗は腫れた唇をゆがめ、自嘲の笑みを浮かべた。

「新羅と通じていたとは残念だが、お前に恨みはない」

「私もあなたに恨みはありません。すべて身から出た錆ですから」

「なぜあんなことをした。お前は日本人の血を引いていると聞いたので、信頼していたが」

隣りの部屋で会話が記録されている場合に備え、真人は慎重に言葉を選んだ。

「身から出た錆だと言ったでしょう。博打で大きな借金があって、金が必要だったのです」

「それならどうして、私に会いたいと言ったのだ」

「頼みがあるからです。この美麗の、いや、日本のために兵士として戦った父の、頼みを聞いていただけませんか」

「頼みとは、どのような」

「この守り袋の中に、父の遺骨が入っています。これを父の故郷に住む親族に渡していただきたいのです」

美麗は格子の間から腕を差し出し、小さな守り袋を渡そうとした。

真人は一瞬ためらった。

何かの罠かもしれないし、引き受ければ武周の律に背くおそれもあった。

「お願いします。父は亡くなる時、たとえ骨になっても故郷に帰りたいと涙を流して訴えたのです」

「しかし、親族の消息も分るまい」

「父は大伴部博名といいます。筑後国上陽咩郡（福岡県八女市）の出身で、十二年前に帰国した大伴部博麻の弟です」

「博麻といえば、奴隷に身を売ったというあの御仁か」

「身を売ったのは伯父だけではありません。父や従者ら五人が身を売り、仲間四人の帰国の資金を作ったのです」

そのことなら真人も知っていた。

大伴部博麻は白村江の戦いに出征し、唐の捕虜となった。

そして唐の官戸として使役されていたが、それから七年後に唐が日本を攻めるために出陣の仕度をしていることを突き止めた。

これを日本に伝えるために仲間四人を帰国させることにしたが、そのためには道中の資金が必要である。

そこで博麻は身を売って資金を用立て、天智天皇十年（六七一）に四人の帰国を実現した。

この報告を受けて朝廷は色めき立ち、唐との外交をめぐって意見が真っ二つに分れた。

そのことが壬申の乱の原因となり、親唐路線を取る天武天皇派が勝利したのである。

その後博麻は持統天皇四年（六九〇）に帰国し、大きな話題となった。

持統天皇は博麻の愛国心をたたえ、「朕嘉厥尊朝愛国売己顕忠」（朕はそなたが国を愛し朝廷を尊び、己を売って忠を顕わしたことを嘉す）という勅語と莫大な恩賞をお与えになった。

これは天皇が個人に付与したわが国初の勅語で、愛国という言葉が使われた嚆矢だという。

「四人は国に向かう時、必ず迎えに来ると約束したそうです。ところが二十年たっても何の音沙汰もなかったので、父たちはもう一度資金を作り、新羅の商人と交渉して伯父を日本に向かわせたのです。伯父も帰国したなら父たちを迎えに来ると約束しましたが、この約束も果たされないまま、父はこの地で亡くなりました。ですから上陽咩の大伴部博麻を訪ねていただければ、すべてが分ります」

「それを頼むために、お前は……」

「お願いします。私はもう生きる望みはありませんが、父の遺骨だけは国に帰してやりたいのです」

美麗が両手を合わせ、もう一度守り袋を差し出した。

「分った。礼部の方々に伺いを立て、この国の律に抵触しないようなら、必ず届けると約束しよう」

「ありがとうございます。その折には、長安の都で博名の息子博麻呂に遺骨を託されたと伝えて下さい」

大伴部博麻呂が美麗の日本名なのである。

自分がこの地で生きたことを知ってもらいたいという美麗の願いは、真人には想像もできないくらい切実なのだった。

第九章　打開の秘策

一

十二月二十一日には再び雪が降った。

夜半から降り出した雪は夜明けまでに一尺以上も積もり、長安の町を白一色に染め上げた。

鴻臚寺の脇の承天門街にもぶ厚く積もり、朱雀門の屋根も重たげな雪に丸くおおわれている。門柱や門扉の朱色が、白一色の景色の中でひときわ鮮やかだった。

寒さも厳しい。中庭の池が凍り、歩いて渡れるほどである。

中国の巨大な自然が、牙をむいて襲いかかってきた感があった。

鐘楼で鐘が鳴って長安城の四方の門が開いても、大路、小路に人通りはない。こんな日は皆の不便を考慮して、役所も出勤時間が遅れることを認めているのだった。

栗田真人も鴻臚寺の宿所で火鉢にへばりついていた。

何やら寒気がして節々が痛い。風邪をひきかけているのではないかと、大事の上にも大事をとっていた。

正月参賀まではあと十日しかない。この日の参列を無事にすまさなければ遣唐使の使命を果たせないので、体を冷やさず滋養をとるように心掛けていた。

「真人さま、これをお飲み下されませ」

山上憶良（やまのうえのおくら）が金柑（きんかん）の実に熱湯をそそいだものを持ってきた。寺の僧から風邪に効くと聞き、実を分けてもらったのである。

ふうふうと息を吹きかけて冷まし、恐る恐る口に含んでみると、舌がしびれるような酸（す）っぱさが口中に広がった。

だがその後にはさわやかな香りが鼻の奥に広がり、ほのかな甘みもあって喉（のど）がすっきりしていく。

「ほう。これはなかなか」

効用がありそうだと、真人は少しずつすすりつづけた。

「これに酒を入れて飲むと、夜中にぐっすり眠れるそうです。どうぞ、お試し下さいませ」

そつのない憶良は、そのための金柑もしっかり分けてもらっていた。

朝餉をすませてから火鉢に付ききりにしていると、接待役の胡陽大が丑寅の二人を従えてやって来た。

「執節使さま、この雪で外に出ることができません。そこで正月参賀の手順について、皆さまにご説明させていただきたいのですが」

陽大は大いにはりきっていて、丑寅に説明用の黒板まで持たせていた。

「それではこちらの卓でお願いします」

真人は卓を置いてある別室に移った。

「参賀には全員参列してもらいます。冬至の時と同じように仕来りや手順がありますので、皆さんに聞いていただきたいのです」

「日本では昇殿を許された者だけが参列しますが、こちらでは大勢でやるのでしょうか」

「大明宮の庭に七千人ちかくが集まります。並ぶ位置も定められていますので」

陽大に迫られて鴻臚寺にいる全員を集めた。

一号船から四号船まで各船十人ずつ、総勢四十人である。

狭い部屋なので、皆が入ると人いきれで温かくなったほどだった。

「それでは皆さん、正月参賀とは何かということから説明させていただきます。これをわが国ではこのように呼んでおります」

陽大は壁に立てかけた黒板に、柔らかい石灰石で「元会儀礼」と記した。陽大の言葉を通事が日本語にして皆に伝える。それを待って陽大は元会儀礼がなぜ行なわれるかについて語り始めた。

「皆さまも冬至の祭祀で見られたように、皇帝陛下は天命に従って世界を治めておられます。そのためには律令的な秩序だけではなく、儀礼により君臣の関係を確立する必要があります。皇帝陛下と我々臣下がどのような関係にあるかを、目に見える形で示すのが儀礼であり、その中でも最も重要なのが、元旦に行なわれる元会儀礼なのです」

陽大はよどみなく説明し、黒板に四重の同心円を描いた。

中心は皇帝と都。

二重目は中国国内の道や州や県。

三重目は中国と境を接する羈縻州。

四重目はその外側に位置する遠夷で、北狄、南蛮、東夷、西戎がこれに当たる。

「これが皇帝陛下が治めておられる世界で、日本国は新羅と並んで東夷に当たります。こうした地域を治める者は、皇帝と君臣関係にあるからこそ民を治める正統性があるのです。ですから陛下が天壇において天命を拝されたように、各地域を治める者は元会儀礼に参列して陛下から臣下であることを認めてもらわなければなりません」

こうした君臣関係の確認は、臣下からの方物（土地の産物）の献上と皇帝からの地位の保証という形で行なわれる。

こうした制度を諸外国にまで当てはめたのが冊封体制であり、日本も唐（この頃は武周）と国交を回復するためにはこれに従わざるを得ない。

元会儀礼は皇帝と日本の執節使である真人が、それを確認し承認するための場なのだった。

（だから難しいのだ）

陽大の説明を、真人は重い気持で聞いていた。

唐と周辺諸国との対等な関係などあり得ない。天命を受けた皇帝に諸国の王が従う冊封関係以外になく、日本もその例外ではない。

しかし日本の朝廷では、それを認めれば天皇の神聖が保てず国内を統治する大義名分が立たないという意見が根強く、冊封関係に入ることに反対する者たちが少なからずいる。

これでは唐とばかりか、唐と冊封関係にある周辺諸国との国交も結べず、外交や貿易にも支障をきたす。

まして日本は三十九年前に白村江の戦いに敗れ、唐との国交が断絶しているので、唐の優れた制度や文化、文明を受け容れることができないままである。

そこで朝廷第一の権臣となった藤原不比等は、こうした状況を打開するために遣唐使を派遣し、白村江の戦い以来の敵対的な関係を解消し、国交の回復を求めることにした。

だが冊封関係に入ることに反対する勢力を説得するのは容易ではないし、天皇のお立場にも関わるので、国内的にはあくまで対等な関係だと言い張り、唐には冊封国として方物を献上するという二重基準を用いることにした。

そのためにはこうした立場を唐側にも認めてもらい、皇帝が下賜する国書には対等であるかのような文言を連ねてもらわなければならない。

その難しい交渉をやり遂げる全責任を、執節使である真人は負っているのだった。

「さて皆さん、それでは参賀当日の手順について説明をいたしましょう」

皇帝の統治と元会儀礼の意義について長々と語った陽大は、黒板に大明宮の図を描き始めた。

正門である丹鳳門から真っ直ぐ北へ進むと、則天武后が結構を一新した含元殿がある。

含元殿の前には西朝堂、東朝堂が向き合って建っていた。

「正月参賀は午前の朝賀と午後の会儀に分れています。朝賀は群臣、各道県からの朝集使、そして周辺諸国からの蕃客が、皇帝に貢物をして皇恩を謝する儀式です」

まず全員が東西朝堂の決められた位置に集合する。

そして蕃客は皇帝への貢物を朝堂の前に積み上げる。

次に全員が含元殿前の庭に整列すると、皇帝が輿に乗って殿上に現われる。その前に王侯、廷臣らが整列し、全員皇帝に向かって拝礼する。

そして宰相の一人が代表として昇殿し、皇帝の御世を寿ぐ賀詞を奏上する。

これに合わせて全員が再拝すると、皇帝近侍の者が宣命（詔）を読み上げる。

「この時、群臣以下は再拝した後に、舞踏をして万歳を三唱します。舞踏というのは皇帝への信頼と服従を、体の動きと声によって示すものです」

その手本を示すように、陽大が丑寅に命じた。

丑寅は前後に並び、皇帝に向かう体で拝礼してから、「オーッ」という声を上げ、足踏みをしながら左を向いて一拍手、正面に向き直って一拍手、右を向いて一拍手した。

そして正面を向いて姿勢を正し、昇殿した宰相の主導で万歳を三唱するのである。

「群臣、朝集使、蕃客の数は三千人を超えると思われます。その方々は五列に並んで舞踏を行ない、声と足踏みと拍手がぴたりとそろわなければなりません。これはかなり難しいし、ずれれば皇帝への不敬と見なされますので、当日まで稽古をしていただきます」

万歳三唱の後には、朝集使と蕃客がそれぞれ上奏文を読み上げ、貢物を献上する。そうして皇帝以下全員が退出して、ようやく朝賀が終るのである。

これだけでも朝から正午ちかくまで、二刻（四時間）は優にかかる。その間ずっと庭に立ち尽くしているのだから、寒さ対策が一番の問題だった。

「次に半刻の休息をはさみ、午後の会儀になります。これは含元殿の中で行なわれますので、寒さに震えることはないでしょう」

陽大が黒板に含元殿の一階の様子を手早く描いた。鉱山技師だった父の影響なのか、絵図の腕前は見事なものだった。

含元殿は高さ五丈（約十五メートル）の基壇の上にあり、正面の龍尾道と呼ばれる階段を登って入殿する。

含元殿の広さは東西三十七間（約六十七メートル）、南北十六間（約二十九メートル）で、東の通乾門、西の観象門から入る。

殿中には四段の段差がもうけられ、さっき陽大が説明した皇帝と都、道県、羈縻州、遠夷の順に席が決められている。

上段の北側はさらに一段高くなっていて、皇帝が入るための八角形の建物が建てられていた。

「皆さんは東側から入り、一番下の土間に整列していただきます。全員が定められた位置につくと上寿礼が始まります」

これは臣下の代表が御前に進み出て、皇帝の御世を寿ぐ賀詞をのべて拝礼するものである。これに倣って全員が拝礼する。

皇帝がこれに応えて祝いの酒を飲むと、祭祀での演奏をつとめる太楽令が祝いの曲を奏でる。

すると群臣以下は朝賀の時と同じように全員で舞踏し、万歳三唱を行なうのである。

その後には行酒礼という皇帝と臣下が盃を交わす儀式があり、「羞飯、賜酒」という名の宴会になる。

これも三千人が参列するというから、真人にはどんな状況になるのか想像もつかなかった。

翌日から舞踏の練習が始まった。

四十人が二列に並び、皇帝に向かって一礼した後、オーッと声を上げながら左に向いて一拍手、正面に向き直って一拍手、右を向いて一拍手。

史書に「手を舞い足を弄する」と記された所作で、丑寅はいかにも簡単にやってみせるが、四十人で声と拍手と足踏みを合わせるのは至難の業である。

これが三千人となると、気が遠くなるようだった。

「いいですか。正面から左に向く時は、イチニ、イチニと足踏み二回。体は円の八分の一ずつ回転させます。正面に向き直る時も二回の足踏み。右へ向く時も同じです」

拍子はこの早さだと陽大がイチニ、イチニと手を打ち鳴らすが、それを体の中に叩き込むには時間がかかりそうだった。

真人も参加したり見物したりしながら、皇帝との難しい交渉を乗り切るにはどうすればいいか考えていた。

元会儀礼への力の入れようを見れば、唐(武周)が日本だけは対等だという特例を認めるとは思えない。

たとえ内実は冊封で、対等だとは国内向けの方便だと釈明して密約を結べたとしても、日本にはこれから唐ばかりか新羅や契丹などの使者や商人、僧侶(そうりょ)などもやって来る。

国内で両国は対等だと言われていることは、すぐに知れ渡るだろう。

そして皇帝は日本にだけ特例を認めたのかと追及されれば、密約の存在が明らかになりかねない。

それでは皇帝の絶対性と公平性は保てないので、密約に応じる可能性はほとんどないと考えるべきである。

かといってこの事実を日本に伝え、「冊封関係になりましたので、帝(みかど)には皇帝の臣下になっていただきます」と言おうものなら、朝廷内の反対派が蜂(はち)の巣をつついたように騒ぎ出すのは目に見えていた。

真人が責任を取らされて失脚するだけならまだしも、批判は藤原不比等や使者を送ることをお認めになった天皇にまで及び、日本を唐に比肩(ひけん)する国に造り変える計画は大きく頓挫することになる。

執節使の立場で、この問題を克服するのは至難の業だった。

いつぞや坂合部宿禰大分が言ったように「国交回復を断念して帰国し、失敗の責任を取って潔く身を引く」のが一番妥当な身の処し方だろう。

（潔く、か……）

真人は心の中で独りごちた。

まさにその通り。そうすることが一番正当で、もっとも楽にちがいない。

だがそれでは、日唐国交回復は永遠にできなくなり、日本は東海の孤島として世界の流れから取り残されることになる。

不比等が朝廷と国民をあざむいても国交回復を成し遂げねばならぬと決意したのは、それを避けるためである。

それがどれほど難しいか分っているだけに、還暦を過ぎた真人を執節使に任じたのだ。

「そちが失敗したなら、もう誰もこれを成し遂げられる者はいない」

不比等の言葉は、今も真人の耳底に残っている。

ここはどんな手を使ってでも使命をはたさなければならぬ。そう腹を据えた時、陽大の声が耳に飛び込んできた。

「はい、イチニ、イチニ。執節使さまも加わって下さい」

真人は素直に稽古に加わり、解散になるのを待って陽大に部屋に来てくれるように頼んだ。

もうこれ以外に策はないと、自制の糸がぷつりと切れた感じだった。

「お顔の色がすぐれませんが、何かお悩みですか」

陽大は二人だけになると打ち解けた態度を取った。

金光門の上で腹を割って話して以来、二人は親密になっている。真人が煩悶していることに、陽大はとうに気付いていた。

「あなたを友と見込んで頼みがあります」

「何でしょうか」

「杜嗣先さまのことです。杜さまは酒好きで、町の酒場にもよく行かれると聞きました」

「そうですね。尚書省の部下たちは、ひそかに酒樽という渾名を嗣先さまに冠しているそうです」

「どの店で飲んでおられるか知っていますか」

「いいえ。でも礼部の友人に聞けば、どこの酒場にくり出されるか分るはずです」

その酒場に行って、頼み事でもするつもりか。陽大がそうたずねた。

「もしそうお考えなら、やめた方がいいですよ。嗣先さまは潔癖な方で、そのような陳情を嫌っておられますから」

「陳情ではありません。あなたにその店に行き、嗣先さまに伝えてもらいたいことがあるのです」

「この私が、何を伝えるのでしょう」

「日本の執節使の粟田真人は、気が狂ったとしか思えません。皇帝陛下は偽者だと私に言うのです。正月参賀も近いので、何か問題を起こす前にお知らせした方がいいと思ってお耳に入れました。そんな風に言って下さい」

「とんでもない。どうしてそんなことを言うのですか」

陽大は西域風の澄んだ目に驚きと悲しみの色をたたえ、まじまじと真人を見つめた。

「驚ろかれるのは無理もありません。しかし今の私には、これしか方法がないのです」

「何のためにそんなことをするのです。もしそれが問題になったなら、真人さまは間違いなく捕えられますよ。その時言ってないと否定されれば、この陽大が讒訴の罪に問われます。そんなことをして何の得があるのですか」

「私は命をかけて誓います。決して言ったことを否定しません。捕われたなら、獄死しても構わないと覚悟しています」

「なぜそんなことをするのか、理由を教えて下さい」

「執節使としての使命をはたすためです。それ以上のことは知らない方がいい。陽大どのにまで迷惑がかかりますから」

真人は深く静かな眼差し(まなざし)で陽大を見返した。

まさに命懸けの頼みと納得したのか、陽大は仕方なげにつぶやいた。

「分りました。酔ったふりをして、嗣先さまにささやきかけてみましょう」

二

翌日、陽大から知らせが来た。

二十四日の夕方に、嗣先が西の市の酒場にくり出すことが分った。

西の市には商売や買い物をしに集まる者たちを相手にする酒場がたくさんあるという。

(あるいは李高文どのも一緒かもしれぬ)

真人は西の市と聞いてそう思った。

嗣先と高文の親密さは目の当たり(ま)にしているが、二人の政治的立場はかなり違うはずである。

嗣先は太平公主に近く、則天武后を支える側に立っている。だが高文は武后の政権に批判的で、塩城県に監察御史として左遷(させん)されていた。

それを呼びもどし、西の市の長官に抜擢したのは武后の側近の姚崇だが、高文は武后派に取り込まれたわけではない。

今も朝廷内には武后の独裁を快く思わない者たちがいて、前の皇帝の中宗を復位させて唐に復すべきだと考えている。

高文はそちら側に属しているはずで、姚崇や嗣先が接近しているのは、おそらく両派の融和をはかって武后没後にそなえるためなのである。

（だとすれば、今のうちに高文どのに会っておくべきだ）

真人はそう思い立ち、小型の馬車に乗って西の市に向かった。

供をするのは陽大の従者の丑寅ばかりである。この策が失敗したなら責任はまぬかれないので、他の遣唐使を巻き込みたくはなかった。

幸い高文は西の市の役所にいた。

しかも入口の受付で応対に出た女性に見覚えがあった。

「あなたは、確か……」

「王華でございます。執節使さま、お元気そうで何よりです」

揚州府の官営の旅館で接待係をしていた王華である。細身ですらりと背が高く、宮廷風の高い髷を結っていた。

「どうして、ここに？」

「高文さまが呼んで下さったのです。西の市にはびこる黴を払うには、私のように頑固で融通のきかない書記が必要なのだそうです」

王華の口調は相変わらず尖っている。だがはにかんだ笑みを浮かべた顔は、幸せそうに輝いていた。

やがて高文が急ぎ足でやって来た。戸口の外まで指示をあおぐ部下たちがつきまとっていたが、強引にふり払って戸を閉めた。

「お待たせしました。年末でいろいろと取り込んでおりますので」

「そんな時にすみません。思いがけなく王華さんに会い、揚州府でのことを思い出しました」

「人材は国の宝です。王華のような優秀な者を、あんな所に眠らせておくわけにはいきません」

「短い間でしたが、王華さんは私の先生でした。この国の仕来りなど、いろいろ教えていただきました」

真人はやんわりと探りを入れ、高文の反応をうかがった。

王華は今の政権を痛烈に批判していた。彼女を書記にしたのは、高文も同じ考えを持っているからにちがいなかった。

「彼女は正義の鷲ですよ。高い空から不正や不実が行なわれていないか目を光らせています」

「我が国にも良識のある者はいる。そう言っておられました」

「ところで、今日は何のご用で」

高文が話に深入りすることを避けた。

「高文どののお陰で、正月参賀に参列できることになりました。年が明けないうちに、お礼を言いたかったのです」

「そのようなお気遣いは無用です。私は杜侍郎に取り次いだばかりですから」

「正月参賀が無事に終ったなら、一度宴席にお招きさせて下さい。酒を酌み詩を詠み交わすことができれば幸いです」

「いいですね。詩は心の花だ。執節使どのがどんな詩を詠まれるか、興味があります」

高文は大いに乗り気になり、ところで弁正という者を知っているかとたずねた。

「一行の中にいる留学僧です」

「大変な囲碁の上手だそうですね」

「そのように聞いておりますが、私は囲碁には通じておりませんので」

「近頃李隆基さまの邸に出入りし、お相手をしているそうです。もし宴席にお招きいただくなら、その僧にも会わせて下さい」

李隆基（後の玄宗皇帝）は相王（睿宗）の三男で、武后の孫に当たる。まだ十八歳だが、将来の皇帝と嘱望されている逸材だった。

真人は鴻臚寺にもどると弁正を部屋に呼んだ。

三十ばかりの小柄な僧で、おだやかでつるりとした童子のような顔をしていた。

二号船に乗っていて、船が膠州湾に流れついた時、沿海防護府の長と囲碁を通じて親しくなった。

その長に便宜を図ってもらったお陰で、二号船の者たちは長安に向かうことができたのである。

「そなたは囲碁の上手だと聞いたが」

李隆基の相手をしているとは本当かとたずねた。

「まことでございます。これまで四度、お相手をいたしました」

弁正は責められると思ったのか、首をすくめるようにして答えた。

「どこで知り合った」

「承天門街でございます。道端で賭け碁をながめていたところ、隣に熱心に見入っている若者がおりました。それが隆基さまだったのでございます」

「そなたから話しかけたのか」

「対局を見ているうちに、どちらからともなく」

黒はこう打つ、白はこう受ける、などと言っているうちに、それなら二人で打ってみようということになったという。

「お一人だったか。その時」

「ええ。たいへん気さくな方で、初めは科挙の試験を受けにやって来た田舎の秀才かと思いました。邸宅に招かれた時に隆基さまだと知り、信じられない思いでした」

「どうして今日まで黙っていたのだ」

「囲碁は留学僧の本分ではありませんので」

余暇にやっていることなので、いちいち報告する必要はないだろう。そう思っていたという。

「腕前の程はどうだ」

「向こうに二目を置かせて、対等になるくらいでございます」

「対局の間、どんな話をした」

「別に、何も」

「黙ったままか」

「対局こそが対話でございます。それだけで何もかも分ります」

囲碁の心得のない真人には分らない境地だった。

「李さまはどんなお方だ」

「素直で辛抱強いお方でございます。しかし局面によっては、思いもよらぬ大胆な手を打たれます」

「そなたの碁は、どんな風だ」

「無為自然。勝負の流れに従って、春風を受けた柳枝のように動きます」

弁正は玄学（老荘思想）を学んでいる。

彼の棋風はその教えを盤上で実践したものだというが、囲碁にうとい真人にはこれもよく分らない境地だった。

二十五日の朝、胡陽大が訪ねて来た。

「おはようございます。お待たせしました」

部屋に入るなり得意気な笑みを浮かべた。

「どうやら役目をはたしてくれたようですね」

真人は陽大を間近に座らせ、外に話声がもれないようにした。

「思っていたより簡単でした。酒場は西の市の大秦街にありましてね。経教の祭りで大賑わいだったのです」

「大秦（東ローマ）といえば、西域のさらに向こうにある国だと言ってましたね」

「そうです。金光門街で見た色の白い者たちが住む国です。彼らが信仰する経教では、聖人たちが生まれた日にちなんで祭りをするのです」

そこで大秦街の酒場では、音楽や踊りの出し物をして大騒ぎしていた。

「何しろ大秦の娘たちは美人ぞろいで、葡萄酒も旨いですからね。しかも来る者は拒まずという陽気な雰囲気ですから、誰とでも仲良くなれるのです。杜嗣先さまもご機嫌で、私に気付くと向こうから声をかけて下さいました」

「嗣先さまは経教の信者ですか」

「私と同じ西域の生まれだと聞きました。しかし信者かどうかは知りません」

「嗣先さまは何と声をかけられましたか」

「君も神の子かねと」

「それで、あなたは」

何と答えたのかと、真人は状況を詳細に知ろうとした。

「弥勒菩薩の子ですが、祭りは大好きですと答えました」

「弥勒菩薩とは武后さまのことですね」

「もちろんです。嗣先さまは大いに喜び、同じ卓で飲もうと誘ってくれました」

「応じたのですか」

「いいえ。八人ばかりの部下と一緒でしたから、邪魔をするわけにはいきません」

「それで、例の話は」

「宴もたけなわになって嗣先さまが厠に立たれた時、偶然出喰わしたふりをして話しました。執節使さまは狂っておられるとしか思えない。皇帝陛下が偽者だと言っておられると」

「嗣先さまは、何か言われましたか」

「大笑いなされました。遠い海の彼方から来る途中に、ハマグリの毒気にでも当てられたのだろうと」

東海の沿岸では、ハマグリが吐く毒気が蜃気楼を見せると信じられていた。

「それだけですか」

「年寄りだから労ってやれとおおせられました。ですから一笑に付されたと思ったのですが、卓にもどるなり側近の一人をどこかへ遣わされました」

陽大はそれを見て妙だと思ったという。笑い飛ばした時と側近に指示をした時の表情が、ガラリと変わっていたからだ。

「どんな風に変わっていたのでしょうか」

「建て前が崩れて本音が表われた感じです。その後も明らかに苛立っておられました」

「そうですか。よくやってくれました。あなたには絶対に迷惑はかけません」

「本当なのですか。偽者というのは」

陽大が体を寄せ、一段と声を落とした。

「分りません。しかしそう考えれば、いろんなことの辻褄が合うのです」

「それを国交回復交渉の切り札にするつもりですか」

陽大もただ者ではない。洞察鋭く真人の計略をさぐり当てようとした。

「先日も申しました。それ以上のことを知れば、陽大どのに迷惑がかかります」

「私はそれでも構いません。あなたを友だと思っていますから」

「ありがとう。ですがこれは私一人でやり遂げなければならないことです」

もし陽大が知っていたとなれば、遣唐使全員の関与が疑われる。そうなれば残らず投獄され、日唐国交回復の道は永遠に閉ざされかねなかった。

陽大を帰してから、真人は文机に向かった。

事が破れ獄につながれることになったなら、部下たちは途方に暮れるだろう。その時に備えて、「遣唐日誌」に表向きのいきさつを記しておくことにした。


〈十二月二十五日、曇天。

　午前中、胡陽大来訪。昨夜西の市の酒場で杜嗣先氏に会い、小職の頼み通りに進言してくれたとの由。頼みとは小職が則天武后が偽者だと疑っている旨、伝えることなり。

　冬至の祭祀で武后が姿を隠したままだったこと。下賜した書状に則天文字が使われていなかったこと。そのことをきっかけとして生じた疑念は、風を呼び渦を巻いて、ついには武后が偽者だという想念を生むに到る。

実は武后は大病を患うか他界するかの理由により、すでに皇帝の務めを果たせざる状況にあり。されどこれが公になれば武后の体制は瓦解し、太平公主を始めとする廷臣たちは、唐の復活をめざす李一門に粛清される恐れあり。

そこで武后の替え玉を立てて体制の延命を計っているのではないか、という疑念は日毎に大きくなり真実味を増して、小職の心をとらえるに到れり。

時にはふっと冷静になり、そう決めるには確たる証拠もないばかりか、現実的に不可能だと思い到るも、眠れぬ夜などには再び想念が蜃気楼のごとく立ちのぼり、小職を頭ごと鷲づかみにしたれり。

しかもこの秘密を、頓挫している国交回復交渉を打開するために使えるのではないかという想念まで浮かび、暗夜に灯を見つけたごとく雀躍する。

この秘密を突き付けたなら、さしもの大周国も膝を屈して日本の要求に応じざるを得まいと、一人呵々大笑することも再三ならず。

これは真実ならず。任務の重さに疲れた果ての妄想かもしれぬと反省することありしも、この秘策によって国交回復を成し遂げることができるなら、天皇のため、そして新生日本のために身命を賭したいとの欲求は日増しに高まり、正月参賀の時をもって決行するとの結論に至れり。

一命を捨てて大義に殉ずるは、男子の本懐である。

天皇に弥栄(いやさか)あれと祈るのみなり〉

こう書けば任務の重圧に耐えかねた末の乱心だと受け取られ、部下たちに責任が及ぶことを避けられるだろう。そう考えて作為的に文言を連ねたのだった。

大晦日(おおみそか)は晴天だった。

美しく雪を掃き清めた鴻臚寺の中庭で、真人らは正月参賀に参列するための最後の稽古をおこなった。

「それでは最初から通しで行なってみましょう。ここが大明宮だと思って指示に従って動いて下さい」

陽大が皆を鴻臚寺の表門の前に整列させた。

ここが大明宮の丹鳳門だと見立て、中に入って東朝堂に待機する。そして皇帝が殿上に着座したなら、全員所定の位置について拝礼する。

「私が決められた位置まで先導しますので、列を崩さずに付いてきて下さい」

やがて臣下の代表である宰相が昇殿して賀詞を奏上する。

その後に拝礼するので、他の者たちはそれに合わせて再拝する。

それが終ると、皇帝に近侍する者が答礼の宣命を読み上げるので、全員がその後で三度目の拝礼をする。

「その後が舞踏です。はい、正面に拝礼して」

イチニ、イチニと二度足踏みして左を向いて一拍手。イチニ、イチニと正面に向き直って一拍手。さらにイチニ、イチニと右に向いて一拍手。再びイチニ、イチニと正面に向き直って待機。

「それから万歳三唱です。皇帝陛下万歳」

陽大の万歳に従い、四十人が声をそろえて万歳をした。

稽古の甲斐あって、舞踏と万歳の息はぴたりと合っていた。

皆で昼食をとった後は自由時間である。一年の終りの半日を思い思いに過ごすことにした。

真人は文机の引き出しを開け、用意の上奏文が納まっていることを確かめた。

いよいよ明日。会議の時にこの上奏文を皇帝に手渡す。それを口実にして武后に近付き、替え玉かどうかを見極めるつもりである。

むろん礼に背いて皇帝の座に近付くことは難しいし、近侍の者に取り押さえられる可能性が高い。

真偽をあばくことも出来ないかもしれないが、それでも構わない。大事なのは会議の席で捕えられ、しかるべき高官の取り調べを受けることだ。

そうして杜嗣先に面会するまで何も話さないと言えば、嗣先が替え玉に関わっているのなら、必ず対面に応じるはずである。

そこで取り引きを持ちかければいいと、真人は考えている。

これは沈美麗が真人に会うために使った策から学んだことだった。

「風蕭々として易水寒し、壮士ひとたび去りて復た還らず」

真人は刺客列伝の詩を思い出した。

秦の始皇帝を暗殺するために郷里を出る時、荊軻が歌ったものである。

たとえ暗殺に成功したとしても生きては戻れない。今の真人の心情は、古の刺客に通じるものがあった。

これが最後の一日かもしれない。そう思えば日本で帰りを待っている娘の真奈のことがひときわ気にかかる。

せめて文を書いて、「遣唐日誌」には書けなかった心情を伝えたかった。

〈真奈への私信。十二月晦日、快晴。

真奈よ。我々は長安の都で年の暮と新年を迎えることになった。こちらは相変わらず凍える寒さだが、今日は晴天で青空が突き抜けるように高い。

飛鳥などよりはるかに空の透明度が高いのは、湿気のない乾燥した気候のせいだろう。

今頃、お前はどんな年末を過ごし、どんな空をながめているだろう。一人で屋敷を守るのは並大抵の苦労ではないはずだが、お前のことだから侍女や家令たちを指揮し、てきぱきと新年を迎える仕度をしているにちがいあるまい。

明日は元日の儀式、正月参賀が行なわれ、我々日本からの使者も参列することになっている。今日もその式での拝礼と舞踏の稽古をさせられ、いささか足腰が痛んでいるところだ。

私はその儀礼の席で、則天武后さまに日本との国交を回復していただくよう直訴することにした。すでに上奏文も用意しているが、これには別の目的がある。先の私信にも記した通り、今度の交渉では日本を冊封国ではなく対等な相手だと認める国書を、皇帝に下賜してもらわなければならない。しかしそれは尋常な手段では決して成し遂げられないのだ。

それゆえどうしたらこの苦境を乗り切れるかと思い悩んでいたところ、武后さまがご本人ではなく替え玉ではないかという疑いを持った。それが事実だとするなら、その秘密を交渉の材料にして、こちらの要求を認めさせることもできるのではないかと考えたのだ。

これは常軌を逸した狂気の沙汰(さた)だと思われるかもしれないが、私にはたった一つの勝算がある。

それは武后さまが本当に替え玉で、それを仕組んだと思われる太平公主さまや杜嗣先さまが、この始末をめぐって手詰りの状況におちいっておられる可能性があることだ。

いつまでも替え玉を立てていることはできないし、このことが公けになれば唐を再興しようとする李一門によって武后派の粛清が始まる。

それを恐れて太平公主さまたちが進退極まっておられるとしたら、この私が武后派と李一門の和解をなしとげる仲介役を買って出ようと思う。

蕃国の使者にそのようなことができるものかと一笑に付されるかもしれないが、こうした争いの場合、類縁のない部外者の方がうまくいく場合があるものだ。

しかも私にはもうひとつの当てがある。真奈よ、お前は苦笑するかもしれないが、太平公主さまは私に好意を寄せて下されているようなのだ。

それゆえ私の読みが当たり、公主さまが事態の打開に苦慮しておられるのなら、申し出を受けて下さるのではないかと、一縷の望みを抱いている。

いや、この望みにすべてを賭けていると言うべきだろう。

もしこの賭けに敗れたなら、私は生きて祖国の地を踏むことはできまい。しかしそんな危険を冒してでも、この策をやり遂げるしか執節使としての使命を果たす道はないのだ。

真奈よ、私についてのどんな悪評が届こうとも、これだけは信じてほしい。お前の父親は天皇のご安泰と日本の発展をひたすら願い、命を賭けて使命をまっとうしようとした。

その心に寸毫（すんごう）の曇りもないのだ、と〉

真人は私信を書き終えると、真奈を想（おも）ってひとしきり帖（ちょう）を抱き締め、文机の鍵（かぎ）のかかる引き出しに仕舞った。

憶良はここに私信を仕舞っていることを知っている。

もし自分が倒れたなら、どんな手を使っても日本に持ち帰ってくれるはずだった。

第十章　投　獄

一

粟田真人ら遣唐使の一行四十人は、長安において新しい年を迎えた。唐(武周)の年号は長安三年、日本は大宝三年、西暦は七〇三年である。

真人らが昨年の六月二十九日に那の津(博多)から出港して以来、日本ではいくつか大きな出来事があった。

七月十日には内外の文官、武官に大宝令(行政法)を読み習わせた。

七月三十日には初めて大宝律(刑法)の講義をし、天下の罪人を赦免した。

十月十四日には大宝律令をすべての国に頒布した。

日本はいよいよ大宝律令を施行し、それ以前の罪人をすべて赦免して新しい法体系を取り始めたのである。

その律令を唐の律令に照らして不備がないかどうかを確かめることも、真人らの任務のひとつだった。

一方、制度に従わない者たちの討伐（征服）も進めていった。

〈八月一日、薩摩と多褹（種子島）は王化に服さず、政令に逆っていたので、兵を遣わして征討し、戸口を調査して常駐の官人を置いた〉

『続日本紀』にそう記されている。

薩摩隼人を征討した朝廷は、返す刀で奥州蝦夷の征討にかかり、日本統一、単一民族化に向けて邁進していく。

そんな時、持統太上天皇（文武天皇の祖母）が崩御された。

年も押し詰った十二月二十二日のことである。

そのために大宝三年元日の朝賀は中止し、親王以下百官の者たちは、太上天皇の殯宮に礼拝したのだった。

一方、唐の長安二年は内憂外患にみまわれた。

則天武后の主導によって成立した武周の威がおとろえ、朝廷内では武后派と復唐派の確執が起こっていた。

これを好機と見た周辺の国や民族が、武周の国境を侵しはじめたのである。

北からは突厥（北方遊牧民族）、西からは吐蕃（チベット族）の軍勢が攻め込んで来た。

東では三十四年前に唐に亡ぼされた高句麗の残党が大震国（後の渤海）を建て、旧領を回復しつつあった。

新羅は唐と同盟して高句麗や百済を亡ぼしたものの、朝鮮半島の領有をめぐって唐と争い、独自の路線を取るようになっていた。

こうした中で真人は唐との国交を回復し、日本の外交的安定とさらなる発展をはかる使命をおびている。

それが成るかどうかは、正月参賀での計略がうまくいくかどうかにかかっていた。

「真人さま、皆がそろいました」

早めの朝餉の後で、山上憶良が迎えに来た。

真人は洗い立ての官服を着て広間に出た。日本を出港して以来苦楽をともにしてきた遣唐使たちが、烏帽子に官服という姿で並んでいた。

長安の朝の冷え込みは厳しく、部屋の中でも吐く息が白かった。

真人は皆と新年の挨拶を交わし、帝のおわす東を向いて遥拝した。

持統太上天皇の崩御の報はとどいていない。藤原宮で行なわれる朝賀に参列しているつもりで、帝の弥栄と国家の安泰を祈った。

「いよいよこの日がやってきた。寒さは厳しく前途は多難だが、使命がはたせるかどうかは今日の出来にかかっている。これまでの辛苦を思い、稽古を積んだ成果を信じて、堂々と振舞ってもらいたい」

短い訓示を終えると、それぞれ部屋にもどって職貢図に記された倭国使の装束に着替えた。

この寒空に夏の装束で出なければならないので、それぞれ単衣の下に厚手の衣を着込むことにしていた。

真人は解散後に阿倍船人に声をかけた。

「どうだ。変わりはないか」

「はい。長安の寒さにも慣れました」

船人は迷いのない目をしている。長年船を操ってきた者らしい度胸の良さだった。

「役目をはたして、無事に日本に帰りたいものだな」

「ええ。そう思います」

「真奈も待ちわびていよう。たとえ何があっても、娘を守ってやってくれ」

真人は船人の頑丈な肩を軽く叩いた。

やがて倭国使の装束に着替えて再び広間に集まり、指南役の胡陽大の指示に従って四台の馬車に分乗した。

「今日は公式の行事なので、丹鳳門から入ることを許されています」

陽大は接待役の官服を着て、誇らしげに胸を張った。

馬車は朱雀門を出て大路を東へ向かい、北に折れて丹鳳門街に入った。

道の両側には華やかに着飾った警固の兵が、二列になって隙間もないほど並んでいる。その数だけで五千人は下らないはずだった。

真人らは丹鳳門の前で馬車を下り、大明宮に足を踏み入れた。

右に鐘楼、左に鼓楼があり、正面に含元殿が天を衝く高さにそびえている。その前に東西の朝堂が建っていた。

真人らは東朝堂の前に、日本から持参した皇帝への貢物を積み上げた。美濃絁、砂金を入れた螺鈿の筥、琥珀や水晶の珠数、鹿毛の筆などである。

東朝堂には新羅や渤海、契丹などの使者もいて、日本と同じように貢物を積み上げていた。

政治的には厳しく対立していても、武周に従う立て前だけは貫いている。和戦、硬軟両方を使い分け、自国を有利な状況に導くのが外交の要諦だった。

東朝堂でしばらく待つと、陽大が朝賀の式次第を持ってやってきた。

「これから含元殿前の殿庭に入ります。皆さんは一番東の列の一番後ろに、二十人ずつ二列になって並ぶことになっています」

やがて鼓楼の太鼓を合図に入場が始まった。

日本、新羅などの東夷、東突厥や鉄勒などの北狄、南蛮、西戎の諸国など、五十ちかい国や民族の使者が参加している。

しかも日本と同じように職貢図に記された通りの装束を着て、殿庭の一番後ろに列をなした。

その前方に入ってきたのは羈縻州。中国と境を接する国や地域から来た使者たちである。

さらにその前には中国国内の道や州からの朝集使が並び、一段高くなった所には王侯や群臣が厳粛な面持ちで整列した。

総勢はおよそ三千人。

その左右には丹鳳門街の警固にあたっていた将兵五千余人が隙間なく警固の列を作っていた。

ふいに笙や龍笛、篳篥などの音が鳴り響き、鳳輦に乗った則天武后が壇上に現われた。

輿の四方の簾は下ろしたままで、そのまま八角形の朱色の建物に据えられた玉座についた。

それを待って全員が深々と頭を下げたが、輿から玉座に移る時には女官たちが唐団扇をかかげているし、玉座の前には絹がかけられているので、武后の顔を見ることはできなかった。

真人の位置から壇上までは三町（約三百二十七メートル）ばかりも離れているので、玉座の建物がやっと見えるほどである。

玉座の横に立っているのは太平公主のようだが、顔を見分けることもできなかった。

「皇帝陛下は、いつもあのように顔を隠しておられるのですか」

隣に並んだ陽大にたずねた。

「公の席ではそうするのが仕来りです。龍顔を拝することができるのは、近侍する者たちばかりです」

陽大がそう言った。

着座が終わると上公の一人が壇上に上がり、玉座の前で片膝立ちになった。

そうして恭しく玉座を拝し、懐から書状を取り出した。

「あれは唐休璟大将軍です。吐蕃との戦いで大功を上げ、金吾二衛大将軍に抜擢されました」

陽大が体を寄せてささやいた。

「こんなに離れていて分るのですか」

「冠と服で分ります。そうでなければ宦官はつとまりません」

その見込みは当たっていた。

「それがし金吾二衛大将軍、唐休璟がつつしんで申し上げます。元正の首祚、景福これ新たなりと存じ上げます。伏して拝したてまつるに、皇帝陛下は天と歩みを同じゅうしておられるゆえ、国が栄え万民が安泰でいられるのだと存じます」

この賀詞を受けて、太平公主が武后の名代として返礼した。

「履新の慶び、公らとこれを同じゅうせん」

この言葉を受けて全員が再び頭を下げ、オーッという声を上げた。

そして壇上の女官の合図に従い、足踏みしながら左を向いて一拍手、正面に向き直って一拍手、右を向いて一拍手。

（イチニ、イチニ）

真人も心の中で拍子を取りながら、皆と合わせて舞踏の礼を行ない、正面に向いて姿勢を正した。

「皇帝陛下の弥栄と天下の繁栄を願って、万歳、万歳、万歳」

唐休璟の先導に全員が唱和しての万歳三唱は、天にも届くばかりに大明宮に響きわたった。

それにつづいて諸州から来た朝集使が、新年を迎えるにあたって祥瑞（吉兆）があったことを伝える上表文を読み上げ、貢物の目録を奉納する。

州の後には道、羈縻州、遠夷の順で使者が同様のことをくり返す。

その数は百人をこえるので、一刻（二時間）ちかくかかる。

真人も順番を待って身構えていたが、寒い中に長時間立ちつくしているうちに、体は凍え足がだるくなって力が入らなくなった。

「真人さま、大事ございませんか」

憶良が後ろから気遣った。

「大丈夫だ。そういえばあれがあったな」

真人は懐に細い竹筒を忍ばせていたことを思い出した。

中には金柑(きんかん)の実に熱湯をそそいだものが入っていた。初めは暖を取るために忍ばせたが、すでに冷えきっている。

それでも中身を口に含むと、酸(す)っぱさに舌がしびれるようで、いい気付け薬になるのだった。

朝賀がとどこおりなく終わり、東朝堂で休憩することになった。

炭火で温めた部屋で昼餉の粥(かゆ)を食べると、寒さに縛られた体がゆるみ、疲れがどっと出てきた。

「すまぬが、少し横にならせてくれ」

真人は部屋の隅で仮眠をとった。

うたた寝の夢の中で、故国の藤原京にもどっていた。あたりは春の陽気で、大和三山の木々も芽吹き始めている。

真人は幼い真奈を連れて、耳成山に春の七草を摘みに登っていた。

なだらかな道を山頂まで歩くと、眼下に築かれたばかりの藤原京が広がっていた。

天武天皇が計画をされ、持統天皇が築き上げられた、わが国初の本格的な都である。

真人も造営には力を尽くしてきただけに、耳成山の南に整然と区画された内裏を見ると、喜びもひとしおだった。

山のふもとにはすみれやたんぽぽが咲きほこり、森では日晴鳥が鳴き交わしている。

真奈は七草を籠一杯に摘んで満足そうである。

(この子もわが国も前途洋々だ)

真人は大きな安堵とともに背伸びをしたが、ふと何かがちがうという疑念が胸にわき上がってきた。

それは青空に現われた雨雲がみるみるうちに空をおおうように、真人の胸を不安でぬりつぶしていく。

(何かがちがう。これでは駄目だ)

真人は激しい焦燥に駆られ、足元に口を開けた奈落へ、もの凄い速さで落ちていったのだった——。

「真人さま、真人さま」

肩を揺すられて目を覚ますと、憶良の人の良さそうな顔が目の前にあった。

「ああ……、夢か」

「そろそろ午後の会議が始まります」

他の者たちは仕度を終え、いつでも出発できるように列を組んでいた。

「お疲れではありませんか」

「ひと寝入りしたらすっきりした。悪い夢にうなされただけだ」

悪夢の原因は分っている。

真人らは『周礼(しゅらい)』の記述に従って王宮(内裏)を藤原京の真ん中に作ったが、長安では王城の北端に王宮が造られていた。

天子は南面するという言葉通り、王宮は王城の北側に造るのが正しいという。

真人は長安に来て初めてこの事実を突き付けられ、目の前が真っ暗になった。

若い頃に留学僧(るがくそう)として長安に来た時も、王宮は北端にあったのである。他の遣唐使たちもそのことを知っていたはずなのに、なぜ藤原京の真ん中に王宮を造ったのか。

おそらく学者たちが『周礼』に従うべきだと主張したのだろうが、これでは唐の皇帝に真っ向から楯突(たてつ)くも同じである。

長安に来てからその現実に直面し、どうしたものかと思い悩んできただけに、こんな夢にうなされたにちがいなかった。

やがて含元殿で会議が始まった。

室内には四段の段差がもうけられ、身分と立場によって席が決められている。

真人らは東側から入り、一番下の土間に整列した。

一段高くなった板張りには羈縻州の使者、その上は州や道の朝集使、一番上は王侯や群臣が席を占め、北側のさらに一段高くなったところに玉座をおさめた八角形の建物があった。

皇帝を中心として周辺に広がっていく配置は、皇帝が天命を受けて天下を支配しているという中国の世界観を現わしている。

身分や立場によって厳密に席が決められているのもそのためである。

また、皇帝の支配下にあって諸国を治める王たちも、この世界観を守ることを義務付けられている。

だから皇帝と天皇が対等の立場だという主張は絶対に認められないし、王城を築くなら長安城の設計思想に従ったものでなければならないのだった。

すべての者が席につくと、「舒和之楽（じょわのがく）」という曲の演奏が始まり、則天武后が玉座の後ろのなだらかな階段から下りてきた。

きらびやかな通天冠をかぶり、絳紗袍（こうしゃほう）という絹の長衣を着て、女官たちがかかげる唐団扇で顔を隠されて八角形の建物に入った。

これから先を上寿礼という。

まず上公一人が玉座の前に進み出て、朝賀の時と同じように賀詞をのべる。この役をつとめるのは皇帝がもっとも重用している者と決っていて、宮廷内において信任が厚い張易之が務めるものと思われていた。

ところが進み出たのは、張易之とは対立している魏元忠だった。

「驚いた。あのお方は宰相に任じられておりましたが、張易之、張昌宗の奸計によって左遷されました」

陽大が真人に耳打ちした。

魏元忠はつい一月前に安東道安撫大使に任じられて、返り咲きの第一歩を踏み出したばかりだという。

「それなのに賀詞の役に任じられるとは、異例中の異例です。執節使さまがおおせられた通り、皇帝陛下の身辺で何か異変が起こったのかもしれません」

多くの者が陽大と同じ思いをしているようで、驚きの声がさざ波のように含元殿に広がっていった。

元忠はそれが静まるのを悠然と待ち、爵（取手のついた酒器）を御前にささげて賀詞をのべた。

「安東道安撫大使、魏元忠。稽首して言上いたします。元正の首祚、臣ら大慶にたえず、謹んで千万歳寿をお喜び申し上げます」

ささげた爵を皇帝の側に控えた太平公主に渡すと、深々と頭を下げた。

それにならって全員が拝礼すると、武后が爵を受け取って酒を飲んだ。

それを待って太楽令と呼ばれる楽師たちが「休和之楽」を演奏し、全員が舞踏して万歳を三唱した。

上寿礼の後は行酒礼になる。

皇帝と参列者が酒を酌み交わす儀式で、それが終わると羞飯、賜酒になる。

卓の上に酒と御馳走が並べられ、それぞれ歓談に興じ親交を深めるのである。

この時にも決まりがある。それぞれの段ごとに往来するのは構わないが、下の段の者が上に行くのは禁じられている。

逆に上の者が下に行くのは自由で、上の者の案内があれば下の者も案内者の段まで上がることができる。

まさに位階制をそのまま体現したような決まりで、上の者の引きがないと下の者はその段から動けないが、この制約に縛られないただひとつの身分の者たちがいる。

それは宦官で、四つの段差を楽々と乗り越えて人と人を引き合わせる役目をはたす。

それゆえどれほど人脈があり、どれだけ王侯や群臣を見知っているかが、宦官の腕の見せ所だった。

真人も事前にこの仕来りを聞いていて、陽大に李高文を連れて来るように頼んでいた。

「それでは行って参ります」

宴たけなわになった頃合いを見て、丈の長い官服を着た陽大が丑寅（うしとら）を従えてさっそうと段を上っていった。

いつの間にかうっすらと化粧をして、女とみまがうばかりの美しさだった。

「じきに李高文どのが参られる。筋書き通りにやってくれ」

真人は留学僧の弁正（べんしょう）に念を押した。

高文は李氏の一門で、李隆基（後の玄宗皇帝）の従兄（いとこ）にあたる。四段目の玉座に近い位置に席を与えられていた。

陽大は戦陣の使者のように真っ直（ます）ぐに高文の席に向かい、真人の伝言役をつとめた。

高文はなおしばらく一門の者たちと歓談した後、いとまの乾杯をしてから席を立ち、陽大に案内されて真人の席にやってきた。

「日本からの使者よ。新年おめでとう」

高文はほろ酔いで、いつになく機嫌が良かった。

「おめでとうございます。皇帝陛下と貴国の弥栄をお祈り申し上げます」

真人は高文に酒盃（しゅはい）を渡し、ここまで下りて来てくれた礼を言った。

「礼には及びません。塩城県以来の付き合いではないですか」

「これまで何度も助けていただきました。高文どののご健勝を祈念して」

「執節使（しっせつし）どのの前途を祝して」

二人は高らかにかかげた酒盃を合わせて乾杯した。

「太平公主さまが、あなたのことを誉（ほ）めておられましたよ。日本からの使者は学識が深く志が高いと」

「それは身に余る光栄です。こちらが留学僧の弁正。先日お話しされていた囲碁の上手です」

　真人が弁正を前に押し出した。

「そうですか。李隆基さまの相手をしてくれているそうだな」

「はい。初めはそのように高貴なお方とは知りませんでした」

弁正がたどたどしい中国語で応じた。

「あのお方は庶民に混じるのが好きなのだ。それは長所でもあるが」

「高文どの、この弁正とともに、隆基さまに新年のご挨拶をさせていただけないでしょうか」

「上座に案内せよということですか」

高文がちょっと冷めた顔をした。

「恐れ多いことですが、こうした機会でなければお目にかかることもできないと思いますから」

「分りました。ただし、言葉には気をつけて下さい。たずねられたことだけに答えるように」

真人は天壇のように作られた身分の階段を登り、四段目に上がった。

高さの差はそれほどない。せいぜい一丈（約三メートル）ばかりだろうが、見える景色がまったくちがっていた。

「くれぐれもご注意を」

付き添い役の陽大が、緊張に顔を強張らせて忠告した。

玉座の側には螺鈿細工の卓が並べられ、一門や宰相たちが歓談している。

その中ほどに李隆基がつまらなそうに座っていた。

まだ十九歳の若者である。

まわりの者とは話が合わないようで、酒も料理もほとんど手をつけていなかった。

その席に陽大が歩み寄り、高文と真人と弁正が来ていることを告げた。

隆基はすぐに立ち上がって歩み寄ってきた。

「弁正、こんな所で会えるとは思わなかったよ」

隆基は面長で形のいいひげをたくわえ、生き生きとした目をしていた。

「新年おめでとうございます。皇子さま」

「こちらが噂に高い執節使どのか」

「粟田真人と申します。ご拝顔の栄に浴し、光栄でございます」

真人は拱手して深々と頭を下げた。

「あなたのことは聞きましたよ。五十年前にも留学僧として長安に来られたそうですね」

「そうです。高宗陛下の御世でした」

「それは凄い。皆に引き合わせましょう。不老長寿の国から来た使者だと」

隆基はいたずら盛りのように目を輝やかせ、中央の卓に連れていった。

玉座に垂らした絹の下から則天武后の足だけが見えた。緋色の繡線鞋（室内靴）をはいた小さな足だった。

玉座の向こうの卓には太平公主も座っていた。

高く結い上げた髪に羽根飾りをつけ、豊かな胸を大きく開けた藤色の衣をまとっている。金の胸飾りが服の色とよく合っていた。

「これは驚いた。執節使どのではありませんか」

そう言って杜嗣先が歩み寄ってきた。

丸く太った顔に愛想のいい笑みを浮かべているが、玉座に近付かせまいとそれとなく立ちはだかったのだった。

「杜嗣先さま、新年おめでとうございます」

「おめでとう。李隆基さまとお知り合いだったとは意外ですね」

「私の部下の弁正という者が囲碁の手ほどきを受け、親しくさせていただいております」

　真人はここが勝負だと頭を研ぎ澄ました。

「それは奇遇です。でもこの先はご遠慮下さい。遠夷の使者が立ち入れる所ではありません」

「これは失礼しました。皆さまに引き合わせていただくと、皇子さまが案内して下されましたので」

「ご遠慮下さい。立場をわきまえるのが、国の使者たる者の心得でしょう」

「承知いたしました。わずかでも皇帝陛下のお近くに侍することができただけで、望外の幸せでした」

　真人は非礼をわびて引き下がることにしたが、ふと思いついた風を装い、

「それにしても、妙ですね」

　誰にともなくつぶやいた。

「妙とは、何が」

嗣先が敏感に反応した。

「いえ、何でもありません」

「お気付きのことがあれば言って下さい。式の次第に不備があるのなら、今後の参考にしますから」

「そんな大それたことではありません。陛下のご聖代記を拝読いたしましたが、ある悲しい出来事があって以来、緋色の繡線鞋はかれなくなった。そう記されていたと記憶していたものですから」

自分の勘ちがいだろうかと隆基や高文に問いかけながら、真人は嗣先の顔から血の気が引くのをそれとなく確かめていた。

二

翌朝、真人は寝坊をした。

戸を開けなくても、隙間からさし込む光の具合でかなり陽が高いことが分る。

昨日は寒い中を朝から立ち尽くしていたし、午後からの会議では気を張り詰めていたので、さすがに疲れはてていた。

「お目覚めでございますか」

憶良が気配を察して声をかけた。

「昨日はお疲れさまでした。お風邪など召されていませんか」

「さすがに老体にはこたえたが、憶良が作ってくれた金柑湯のお陰でずいぶん楽になった。あれはいい工夫だった」

「それは良うございました。朝粥をお持ちいたしましょうか」

「もう少し後でいい。今朝もあれを作ってくれ」

真人は憶良があつらえた熱々の金柑湯を飲み、「遣唐日誌」を書くことにした。

昨日は何もかも思う通りにいった。

いや、李隆基のことといい、繡線鞋のことといい、予想以上の上出来だった。

もし自分の見立てが当たっているなら、杜嗣先はこれ以上放置はできぬと、何らかの手を打ってくるだろう。いきなり捕えて投獄するということも考えられる。

それゆえ今のうちに、後のための処理をしておかなければならなかった。


〈大宝三年一月一日、晴天。

新しい年の始まり。皆で東の空を拝し、天皇(すめらみこと)の弥栄と国の安泰を祈念する。

胡陽大に先導され、大明宮の朝賀に参列する。武后は鳳輦を用いて出御され、高御座(たかみくら)とおぼしき玉座につかれたものの、龍顔を拝することあたわざりき。

唐団扇にて隠すことは仕来りとはいえ、これほど厳重なのは武后が偽者(にせもの)だからにちがいないと確信し、予定通り決行することとしたるものなり。

朝賀の列には王侯、群臣、州県の朝集使、羈縻州や遠夷の使者など三千人が、それぞれに貢物を持って集まり、武后の首祚を祝う。

その壮麗さは聞きしに勝り、日本の使者として初めて参賀した誉れに身も震えんばかりなり。

しかし国交回復の大命をおびた小職の身では、朝賀の華やかさを慶んでばかりもいられず、件の秘策をどう実行に移すか、覚悟を定め五感を澄まし、機会を狙うばかりなり〉

真人はそこまで書き、これでは当たり前すぎるのではないかと筆を止めた。

任務の重圧に耐えかねた末の乱心と見せかけるには、もう少し乱れた文言を用い、激しい感情を書き連ねた方がいい。

そう思うものの、手慣れた書き方を大きく変えるのは難しかった。

真人はふと「漁父之辞」の一節を思い出した。

（衆人皆酔えるに、我独り醒めたり）

懐王を諫めようとして拒否され、絶望のあまり入水自殺した屈原の詩こそ、狂乱の心中を描く手本とするべきかもしれなかった。

「真人さま、胡陽大どのが参られました」

通していいかと、憶良がたずねた。

真人は迷わず承知し、誰も近付けないようにきつく申し付けた。

「執節使さま、お加減はいかがですか」

陽大の西域人らしい大きな眼には、不安の色がありありと浮かんでいた。

「大丈夫です。昨夜は久々にぐっすりと眠りました」

「大胆不敵ですね。私はこの先どうなるか心配で、朝まで眠れませんでした」

「安心して下さい。あなたには絶対に迷惑をかけませんから」

「杜嗣先さまと皇子さまを、目の前で手玉に取ろうとなされたのですからね。心配するなと言われても無理ですよ」

陽大は真人の計略を正確に見抜いていた。

弁正を手蔓にして李高文に隆基を紹介してもらい、嗣先の前で親密ぶりを見せつける。そして則天武后が替え玉だと知っていると匂わせれば、嗣先らは動揺するにちがいない。

真人はもっと確実な証拠を握っていて、それを復唐派の隆基や高文に渡そうとしていると疑うだろう。

そうすれば取るべき道は二つしかない。真人を身方に引き入れるか、投獄して抹殺するかである。

もし後者だとしたら、陽大もただでは済まなくなるはずだった。

「あれは事実ですか。皇帝陛下が緋色の繍線鞋をはかれないとは」

「何のことでしょうか」

「執節使さまが言われたではないですか。ある出来事があって以来、緋色のものははかれなくなったと」

「ああ、あれは咄嗟（とっさ）に思いついたことです。何しろ」

玉座についた武后は絹の簾におおわれていて、膝（ひざ）から下しか見えなかった。だから繍線鞋についてしか語れなかったのである。

「何ということだ。今頃杜さまは、尚書省の役人を総動員して、ご聖代記の中に繍線鞋についての記述があるかどうか調べさせておられるでしょう。何しろ、ご聖代記は百巻ちかくありますからね」

「それほど真に受けてもらえたでしょうか」

「あなたも杜さまが青ざめられたのを見たでしょう。もしかしたら、皇子さまもご聖代記を調べるように命じておられるかもしれません」

「それならこちらが放った三の矢が的を射たということです」

「しかし、この先は楽ではありませんよ。あなたがどれだけのことをご存じか、杜さまは洗いざらい話させようとなされるでしょうから」

「拷問（ごうもん）にかける、ということですか」

「そうです。ご存じだと思いますが、獄吏たちのやり方は非情ですよ」

「それでも嗣先さまが訊問されるまでは、何も話さないつもりです」

それをやり遂げることができなければ、この計略は成り立たない。何もかも分った上で、真人は一か八かの賭けに出たのだった。

一月七日、杜嗣先から呼び出しがあった。

尚書省の官服を着た役人が二人、鴻臚寺の前に馬車を乗りつけ、

「杜侍郎がおたずねしたいことがあるとおおせです。尚書省までご同行願います」

丁重に申し出た。

「分りました。しばらくお待ち下さい」

真人は身仕度をし、首脳陣を呼んで後のことを頼んだ。

「杜嗣先さまがお呼びだ。国交回復について難しい話もあるので、数日を要するかもしれぬ」

後の指揮は坂合部宿禰大分に頼み、唐側との交渉は胡陽大を通じて行うように念を押した。

「何か問題でも起こったのでござろうか」

大分がいぶかしそうにたずねた。

「使命をはたすために、越えなければならない山がある。嗣先さまにそれをお聞き届けいただくまで、引き下がることはできぬのだ」

「お供はさせていただけませぬか」

鴨吉備麻呂（かものきびまろ）が案じ顔で申し出た。

「一人で来るようにとのおおせだ。通事は向こうで用意してくれるらしい」

早々に話を切り上げて表に出ようとすると、憶良が追いすがってきた。

「これをお持ち下さい。早くお帰りになられますよう」

そう言って金柑湯を入れた竹筒を差し出した。

懐に入れると温かみが胸にしみた。酸っぱい味が口の奥によみがえり、涙が出そうになった。

馬車は尚書省の官庁街に入ったが、礼部の役所の前では止まらなかった。

さらに奥へ進み、冬の木立ちが寒々とつづく中にある石造りの建物の玄関先に横付けした。

「どうぞ。こちらでございます」

役人に案内されて石の廊下を歩いた。

両側には武装の衛士が立って警戒に当たっていた。

嗣先の呼び出しとは口実のようである。犯罪者として連行され、これから取り調べを受けるのだ。真人はそう覚悟し、胸の竹筒をそっと握りしめた。

部屋には卓があり、二人の武官が待ち構えていた。

真人はその正面に座らされた。

「あなたは皇帝陛下を侮辱した罪で告訴されました。これから訊問をしますので、正直に答えて下さい」

大柄で恰幅のいい四十がらみの上官が宣告し、側に控えた若い書記が記録する構えを取った。

「それなら通事を同席させて下さい。言葉がよく理解できませんから」

真人はそう要求した。

通事が同席すれば彼らも無茶なことはできない。それに通訳している間に、気持を立て直すこともできると思った。

「執節使どの、あなたはわが国の言葉に通じておられるはずですが」

「日常の会話ができる程度です。律(刑法)についての専門的なことはまったく分りません」

「我々はそれほど難しいことをたずねる訳ではありません。日常会話で充分です」

「それでも意味を取りちがえて、間違った返答をしてしまうかもしれません。そうした不利を避けたいのです」

「分りました。ならばこれだけは答えて下さい。あなたは皇帝陛下が偽者だと、接待役の胡陽大に言いましたか」

「言ったかもしれません。いや、言ったと思います」

「ならば有罪だと認める訳ですね」

「言ったと思いますが、それは陛下の身を案じてのことで、罪になるとは思っていませんでした」

真人はこうした場合の訊問を想定し、どう答えるか考え抜いてきた。その想定通りの答えだった。

「どうして陛下が偽者だと思ったのですか」

「失礼ですが、あなたの姓名をたずねていいですか」

「張城光（ちょうじょうこう）と申します」

「張どの、おたずねの件については、通事を通して話をさせていただきます」

「分りました」

城光は案内の役人に通事を呼ぶように命じ、紙と筆を真人の前に差し出した。

「通事が来るまでしばらく時間がかかります。その間、筆談で答えて下さい」

これなら誤解が生じることはないし、記録として残るのであなたの不利になることもない。城光は巧妙に真人の逃げ道を封じた。

「どうぞ。どうして偽者と思ったか、その理由を書いて下さい」

「分りました。その理由は次の通りです」

真人は筆を取り三つの理由を記した。
一、冬至の祭礼の時に、皇帝の挙動に不審を持ったこと。
二、参列を賞する書状に、則天文字が使われていなかったこと。
三、朝廷の内紛が起こり、処罰が厳重をきわめたとの風説があること。
「うむ、思った通りの達筆ですね」

城光はひとしきり書きつけをながめてから、朝廷の内紛と処罰の風説とは何のことだとたずねた。

「私が言わなくても、ご存じだと思いますが」

「重潤（じゅうじゅん）さまと穠輝（じょうき）さまのことでしょうか」

重潤（懿徳（いとく）太子）と穠輝（永泰（えいたい）公主）は、四代皇帝となった中宗の子である。武后にとっては孫にあたる。

ところが二年前の長安元年（七〇一）十月、武后の寵臣（ちょうしん）である張易之、昌宗兄弟を追放する謀議をしたという理由で自殺を命じられた。

これには穠輝の夫で魏王に任じられていた武延基も連座して処刑された。

事は武后が張兄弟を寵愛するあまり行なった暴挙だと噂されているが、真人はちがうのではないかと考えていた。

まさにこの時、武后は死去か大病によって皇帝の座にとどまることができなくなった。普通ならそこで中宗が復位したはずだが、武后派は武后の替え玉を立てることで政権の延命をはかろうとした。

このことを重潤や穠輝が批判したために、武氏の一門である武延基とともに死罪にし、中宗や他の者に対する見せしめにした。

この事件の直後に、武后が洛陽から長安に居を移したのは、武后をよく知る者たちから替え玉だと見破られるのを防ぐためだったのではないか。

真人はそうした疑いを第三の理由の中に込めたのだが、城光の質問には答えなかった。もしそれが事実なら、そうだと答えた途端に生きる道は断たれるはずだった。

「執節使どの、答えて下さい。朝廷の内紛とは皇子と皇女の事件のことですか」

「それは通事が来てからお話しします」

真人はその言い訳を楯にして一歩も引かなかった。

やがて尚書省の役人が通事を連れて来た。

故国を失った百済人で、日本語ができることを買われて役所で職を得ているのだった。

「それでは約束通り答えて下さい」

城光は通事を通して同じ質問をした。

通事が流暢な日本語でそれを伝えた。

「ご質問の内容はよく分りました。しかし、私は日本の天皇の使者としてこの国に来ています。誤解があっては両国の関係にも支障をきたしますので、しかるべき立場の方にお話し申し上げます」

通事からそれを聞いた城光は、貴族らしい品のいい顔を怒りで赤くした。

「しかるべき立場だと」

「礼部侍郎の杜嗣先さまに会わせて下さい。そうすればすべてをお話しいたします」

「勘違いをするな。お前は執節使かもしれぬが、東海のはての倭など、わが国にとっては吐蕃や安南以下の存在にすぎぬ。それに今は重罪人として取り調べているのだ。お前の立場など関係ない」

上からねじ伏せるような言葉を、真人は理解できないふりをして受け流し、通事が訳してくれるのを待った。

不安と恐怖に胸は早鐘を打っている。だがここが踏ん張り所だと、平気な風を装っていた。

「確かにおおせの通りかもしれません。しかし私は、日本国を代表して任務に当たっております。杜嗣先さまでなければ、これ以上お話しすることはできません」

「ここがどこだか分っておるか」

「尚書省に案内すると言われました。そうではありませんか」

「北門衛士の監獄だ。ここで何があろうと、外にもれることは一切ない」

北門衛士とは皇居の北門を守る衛士で、皇帝の親衛隊である。その中には罪を犯して収監される者もいるのだった。

「余はお前を取り調べるように、特別の命令を受けている。そのように強情を張るのなら、手荒なことをしてでも聞き出さねばならぬ」

「杜嗣先さまに会わせて下さい。そうすれば何もかも話しますから」

「まだ言うか。ならば手始めに鞭でも馳走してやろう」

真人は監獄の中庭に引き出され、上着をはぎ取られて四つん這いにさせられた。

鞭打ち役の獄吏たちは、こんなやせた年寄りをと、哀れむような蔑むような目を向けた。

「鞭打ち三十。始め」

城光の号令とともに鞭が空を切る音がして、真人の背中に激痛が走った。

体を刃で両断されたかと思うほどの衝撃である。

真人はくずおれそうになる体を必死で支え、歯を喰い縛って二発目に備えた。

第十一章　釈放

一

打ちのめされた粟田真人は、二人の獄吏に両腕を取られて石畳の廊下を引きずられていった。

三十回の鞭打ちの痛手は、想像を絶するほど深刻だった。

十回までは何とか耐え抜いたものの、その先は打撃の衝撃と激痛のあまり気を失い、そのたびに冷水をあびせられた。

身も凍るような冷たい水に正気にもどると、鞭の雨が容赦なく降ってくる。

最後は冷水をあびて正気にもどっても四つん這いになる力もなく、地面に突っ伏したまま鞭打たれた。

すべてが終った時には立つことも歩くこともできなくなり、ずぶ濡れのまま獄吏に手荒く引きずられていったのだった。

やがて独房の前まで来ると、

「さあ立て。服を着替えぬと凍え死ぬぞ」

獄吏の一人がそう言って獄衣を渡そうとしたが、真人は膝(ひざ)を折って座るのがやっとだった。

「仕方のねえ爺(じじ)いだ。立つんだよ」

もう一人が濡れた服を背中からはぎ取り、獄衣を肩に羽織らせた。

そうして二人で両腕を取って立ち上がらせ、乱暴に帯を巻いて独房の中に押し込んだ。

三間四方の板張りの部屋には夜具が敷かれている。

真人は二、三歩よろけてその上に倒れ込み、そのまま気を失った。

いったいどれほどの時間がたったのだろう。

背後から迫る死の恐怖に襲われ、闇(やみ)の中を這いずり回っている幻影にとらわれていた真人は、ようやく意識を取りもどした。

とたんに全身に激痛が走った。

背中一面が燃えるように痛い。肘(ひじ)や膝は擦りむけて血が流れているし、節々も引きちぎられるように痛んでいる。

口が開けられないほどあごが痛いのは、鞭の痛みをこらえようと歯をくいしばっていたからだった。

　真人はうつぶしたまま身動きひとつできなかった。かろうじて呼吸をしているが、それもかそけき虫の息である。

（このまま、命が尽きるかもしれぬ）

　そうすれば痛みからも解放されると思いながら、再び意識を失った。

　それからは夢か現か分らない状態がつづいた。高熱を発したのか意識がもうろうとし、激痛が波のようにくり返し襲ってくる。

　波がひいて眠りに落ちたのもつかの間、とたんに全身を焼かれるような痛みの高波がやって来る。

　そのうち腹の底からむっとする臭気が突き上げ、真人は血を吐いた。

　血はわずかだが吐き気は強烈で、動かぬ体を尺取り虫のように曲げ伸ばししながら胃液を吐いた。

　それがおさまると、体が急に楽になった。痛みもいつの間にか遠ざかり、波はおだやかに凪いでいる。

　これが黄泉への旅立ちかもしれぬと覚悟しながら、真人は再び意識を失った。

　しばらくおだやかに眠れたらしい。真人は正気を取りもどし、まだ生きていると実感した。

背中の痛みは激しいが、耐えられないほどではない。

鞭打たれた所がみみず腫れになり、そこを更に打たれて赤むけになったのだと冷静に受け止めることができた。

痛みがやわらぐと寒さが耐え難くなった。

石造りの独房はしんしんと冷えているのに、夜着もかけないままである。

部屋は真っ暗で何も見えないが、真人は手さぐりで部屋を這い回り、折り畳んだ夜着をさがし当てた。

綿を入れた厚手のもので、引っかぶってうずくまると徐々に人心地がついてきた。

あたりは静まりかえっている。どこからも明りがさし込まないのは夜のせいか、それともここは地下室なのだろうか。

自分の息づかいだけを感じながらうずくまっていると、真人の背中に恐怖がはい上がってきた。

唐（武周）の牢獄では、鞭打ちなどほんの序の口である。

則天武后の専制支配を支えた酷吏たちは、さまざまな拷問の方法をあみ出し、武后の政敵に嘘の自白をさせて罪に落としていったという。

鞭打ちだけでこれほど痛手を受けているのに、そんな拷問に耐えられるはずがない。

そう思うと我知らず体が震えた。

入牢すれば手荒い扱いを受けることは初めから分っていた。それに耐え抜き、杜嗣先と取り引きする機会を見出そうと考えて選んだ手段である。

その時にはどんな拷問にも耐えてみせると覚悟していたが、あれは机上の空論のようなものだ。どうして自分にそんな力があると思い込んでしまったのか……。

そんな気力も体力も、この老体には残っていない。そもそも人を殴ったことも殴られたこともないのに、むき出しの暴力に耐える力などあろうはずがないのである。

そんな弱気に取りつかれると、不安と恐怖はますますふくれ上がっていく。

真人は膝頭を抱きしめて震えながら、故郷や娘のことを思った。

(真奈よ、助けてくれ。弱い父を支えておくれ)

心の中で語りかけながら真人は泣いた。

どうしてこんなことをしたのかと悔やまれて、涙と嗚咽を抑えることができなかった。

翌日の午後、真人は獄吏に独房から引き出された。

外には明りがさして目が痛いほどで、地下ではないことが分った。

ふり返ると独房にも小窓があり、引き戸を開けられるようになっていた。

「さっさと歩け」

長い廊下を歩いて案内されたのは、昨日と同じ張城光の執務室だった。

北門衛士の軍服を着た城光は大柄で恰幅がいい。この体なら百回くらい鞭打たれても耐えられそうだった。

「執節使どの、ご機嫌はいかがですか」

城光は愛想良く椅子に座るように勧めた。

「見ての通り、歩くのがやっとです」

「背中の傷はどうです。痛みはおさまりましたか」

「まあ、何とか」

「それは良かった。あれでも獄吏たちは手加減したんですよ。年寄りを労るように、私が目配せしましたから」

真人は城光の真意が分らず、何と答えていいか判断がつかなかった。

「こうして来ていただいたのは、書付を確認してもらうためです」

城光がうながすと、年若い書記が一通の書類を差し出した。

「記録として残した方が、あなたの不利にならないと思いましてね。事のいきさつを記したものです。確認の署名をして下さい」

真人は漢文で埋めつくされた書状に目を通した。

その大略は次の通りである。

〈粟田真人が皇帝陛下を侮辱した罪で告訴されたこと。侮辱の内容とは、陛下が偽者だと日本使接待役の胡陽大に語ったこと。

取り調べに当たった張城光が、真人になぜそのような疑いを持ったかとたずねたところ、以下の三つの理由を上げたこと〉

そう記した後に、昨日真人が書いた三つの理由が列挙してあった。

そして書状は次のようにつづく。

〈三項目の朝廷の内紛について詳細をたずねたところ、真人は礼部侍郎の杜嗣先に会わせれば話すという頑な態度を取った。

城光は職務上この要求に応じることは出来ず、真人の自白をうながすために鞭打ち三十回に処した。

この責任は取り調べに応じなかった真人にあり、今後も自白しない場合にはどんな扱いを受けても異存はないと認める〉

真人は書状を読み下したが、これでは拷問で殺されても責任は自分にあると認めるも同じである。とても署名などできなかった。

「執節使どの、あなたがこれを読めることは分っていますが、念のために日本語に訳したものを用意しました」

城光がそれを差し出し、両方に署名するように迫った。

「すべての責任は私にあり、何をされても構わないと、認めろということですか」

「あなたは告訴されている。しかも陛下を侮辱した大罪です。本来ならこんなことをする必要はないのだが、あなたは日本の執節使ですから慎重を期しているのです」

「両国の外交問題になると懸念しておられるのですか」

「皇帝陛下の施策に、一点の曇りもあってはならないということです」

城光は強弁したが、真人を死なせたなら責任を取らされると危惧しているのは明らかだった。

おそらく真人の処遇には気をつけよと、上から指示があったのだろう。

真人がここに連れ込まれたことを知っている高官は嗣先だけだろうから、本人から連絡があったとしか思えなかった。

「私は昨日も申し上げました。陛下が偽者ではないかと申し上げたのは、陛下の身に何かが起こったのではないかと案じてのことです。陛下を侮辱するつもりなど、毛頭ありませんでした」

若い書記は真人の言葉を一言も書きもらすまいと、懸命に筆を走らせている。

この供述書は嗣先のもとに届けられるにちがいないと確信し、真人は次のように付け加えた。

「もしそのようなことがあるなら、日本国の執節使としてお役に立てることもあるのではないかと考えています。それゆえ嗣先さまにお目にかかり、話をさせていただきたいのです」

「昨日と同じ堂々巡りだな」

城光が威圧するように横柄な態度を取った。

「その果てに鞭打ちにあったことを忘れたわけではあるまい。朝廷の内紛とは何を指しているか、正直に話せばここから出してやることもできるのだ」

「嗣先さまに会わせて下さい。そうすれば何もかも話しますから」

「拷問を受けてもいいということだな」

「私は命を賭けて役目を果たそうとしております。そのことは以前、太平公主さまにも申し上げました」

真人は満を持してその名を出した。

嗣先は自分の処遇について太平公主にも相談している。漠然とそう感じていたのだった。

城光の恫喝に屈することなく、真人は署名を拒みつづけた。

体の痛みに押し潰されて弱気になっていたが、城光と話していると負けてたまるかという気概がわき上がってくるのだった。

堂々巡りの末、真人は独房に連れもどされることになった。

戸を開けた獄吏は、

「これは張さまからの差し入れだ」

そう言って小瓶に入った酒を襟首から背中にそそいだ。

火をつければ燃えるほどの白酒（パイチュウ）である。それが生皮のはがれた背中を流れると、切り裂かれるような痛みが走った。

「ああっ」

たまらず海老反り（えびぞ）になった真人を、獄吏は中に蹴（け）り入れて戸を閉めた。

背中の痛みは耐え難い。

切り刻まれたような衝撃が去ると、焼きごてを押し付けられたごとき熱さに変わった。

（ああ、真奈、真奈……）

真人は四つん這いになって涙を流しながら、心の中で娘に救いを求めた。

熱さはやがてしびれるような痛みに変わっていく。身悶（みもだ）えして耐えていた真人は闇の中で立ち上がり、背中と酒にぬれた獄衣の間に隙間（すきま）を作ろうとした。

獄衣が張り付いているから痛みが激しくなると思ったからだが、これは幸い功を奏した。

隙間が空くと、背中に涼風をあびたように痛みが軽くなっていく。

真人は気を取り直し、壁伝いに動いて小窓をさがした。

石積みの壁に取りつけられた高さ一尺ばかりの引き戸を開けると、目もくらむばかりの明るさだった。

目をつぶり目を細め、しばらくするうちに馴れていく。

青い空から陽がふりそそいでいる。

時折雀が幼い鳴き声を上げながら窓の前を横切っていった。

部屋は板張りで、隅には椅子がひとつ置いてある。これまで気付かなかったが、普通の囚人ではなく身分のある者を収監するための独房のようだった。

真人は椅子に腰を下ろし、昨日からの城光とのやり取りを思い返した。

嗣先が真人を捕えさせ、城光に取り調べを命じたことは間違いあるまい。狙いは真人がどこまで事実を知っているかを確かめることと、李高文や李隆基との接触を断つことである。

則天武后が偽者だという証拠を真人がつかんでいて、それを復唐派に告げること。嗣先はそれを恐れて非常の手段を講じたにちがいなかった。

(だとすれば、計略が当たったのだ)

それは武后が替玉だという真人の直感が正しかったことを証明している。

後はこの境遇に耐え抜き、嗣先との対面に持ち込めるかどうかだった。

何事もなく三日間が過ぎた。

幸いなことに背中の傷は順調に回復している。獄吏があびせた白酒が消毒液になって、化膿することもなかったのである。

城光も獄吏もそのことを知っていながら、わざと手荒い扱いをしたようだった。

人心地がつくと、真人は鴻臚寺にいる部下たちのことを案じるようになった。

今頃真人の行方を捜して、尚書省や杜嗣先に掛け合っているだろう。だが知らぬ存ぜぬと突っぱねられ、途方にくれているにちがいなかった。

翌日、面会があった。

顔が大きく両目の間が開いた茫洋とした感じの宦官が、化粧の匂いをさせながら部屋に入ってきた。

「お見忘れでございますか、胡陽大さまに仕えている丑でございます」

「おお、そうであったな」

真人は思い出したが、どうしてここに来れたのかと不審に思った。

「陽大さまのお申し付けでございます。執節使さまが監禁されたと聞いて、大変心配しておられます」

「どうしてここが分った」

「馬車で迎えに来た杜さまの部下と、陽大さまは特別な間柄でございます」

丑は「特別な」という言葉に力を入れ、化粧した顔に笑みを浮かべた。

「もし執節使さまが有罪になれば、陽大さまも無事ではいられません。そこで何とか穏便に事をすませたいと、私を使いに寄こされたのです」

「何か手立てがあるのか」

「それは執節使さまのご決断次第でございます」

「どういうことだ」

「こうなったからには杜さまと取り引きをするしかないと、陽大さまは考えておられます」

その取り引きとは、真人が知っていることを上申書にして杜嗣先に伝え、それと引き替えに真人と陽大の罪を問わないという約束を取りつけることだ。丑はそう語った。

「それは陽大どのの考えか」

「そうです。陽大さまは執節使さまの計略に加担したことを後悔し、何とか無事に切り抜けようとしておられるのでございます」

「陽大どのに加担してもらったことなどない」

「さようでしょうか。それでは何のために、陽大さまは西の市の大秦街（たいしんがい）まで出かけ、杜さまにあのようなことを耳打ちなされたのでしょうか」

「あのようなこと？」

「皇帝陛下が偽者だと疑っているということですよ。あれは執節使さまが頼まれたのでございましょう」

「ああ、なるほど」

真人は納得したふりをしたが、丑の話しぶりはおかしいと感じた。

陽大に命じられてきたのなら、真人に頼まれて西の市に行ったことを先に話し、嗣先と取り引きするしかないと決断したことを後にするはずである。

ところが順序を逆にしたのは、嗣先の側から話を聞いているからだ。つまり丑は嗣先の手先となって、真人に真相を記した上申書を出させようとしている。

そう気付いたが、表情には出さなかった。

「陽大どのがそう言うなら仕方がない。上申書を書くので紙と筆を用意してくれないか」

「それなら用意しております」

丑はしてやったりとばかりに、懐（ふところ）から紙と筆と墨を入れた袋を取り出した。

特別な許しを得た者でなければ、こんな物を監獄に持ち込むことはできない。それは嗣先や城光の側についている何よりの証拠である。

牛のように鈍重そうな顔をしたこの宦官は、そんなことにも気付いていないようだった。

二

入牢七日目、真人は再び城光の前に引き出された。

「執節使どの、具合はいかがかな。食事はちゃんととっておられますか」

「ええ、お陰さまで」

特別房の料理は監獄とは思えないほど立派なものだった。

「それは結構。我々はあなたを充分に重んじております。それをお察しいただき、私の問いに答えてくれませんか」

「……」

「朝廷の内紛とは、何を指しているのです。皇子と皇女が刑に処されたことですか」

「杜嗣先さまに会わせて下さい。あのお方に何もかもお話しします」

「また、それですか。それほど取り調べに応じないなら、仕方がありませんね」

城光は獄吏を呼び、鞭打ち三十回を命じた。

真人は中庭に引き出され、上着をはぎ取られて再び鞭打たれた。

ようやく傷が癒え、かさぶたにおおわれた背中に容赦なく鞭が振り下ろされる。

真人は四つん這いになり十五回まで耐えたが、そこで激痛のあまり気を失った。

すると前と同じである。冷水をあびせて正気にもどし、再び鞭がふるわれる。ようやく三十回が終った時には立つこともできず、二人の獄吏に引きずられて独房までもどされた。

真人は夜具の上に突っ伏すなり気を失い、暗黒の眠りの底をはいずり回った。果てしないと思える時間が過ぎ、激痛と寒さに襲われて意識を取りもどした。

そうして前と同じように夜着をかぶってうずくまり、燃えるような背中の痛みに耐えた。

（わしは負けぬ。負けてたまるか）

そうつぶやいて痛みが治まるのを待てるようになったのは、前回の経験があるからである。

先の見えない不安や恐怖に怯えることもなかったし、心なしか体も痛みに順応しているようだった。

真人はふと沈美麗のことを思い出した。

真人の告発によって捕えられた美麗も、このような扱いを受けたにちがいない。

そしてもう助からないと観念し、父の遺骨を故郷の筑後に持って帰ってくれるように真人に頼んだのである。

その要求を通すまでにどれほどの拷問や恫喝に耐えたかと思うと、美麗をそんな立場に追い込んだことがひときわ罪深く感じられた。

（しかし、使命をはたすためには、やむを得なかったのだ）

真人は痛みをこらえながらそう思った。

翌日、再び丑がやって来た。

「お気の毒に。また鞭打たれたようですね」

うずくまったままの真人を見て、にやりと笑った。

「ご老体には堪(こた)えるでしょう。上申書さえ書けば、ここから出られるのですよ」

「お前は陽大どのの使いではない。嗣先さまに命じられて、私を罠(わな)にはめようとしているのだ」

「おや、お気付きでしたか」

丑は平然としていた。

「しかし、あなたにとっては同じことですよ。嗣先さまや城光さまに従わないと、生きてここから出られないのですから」

「陽大どのを裏切ったのだな」

「嗣先さまの命令に従っただけです。陽大などよりはるかに高位の方ですから、従うのは当たり前でしょう」

「陽大どのに取って代わろうとしている、ということか」

「その通りです。我ら宦官には、そうして昇進していくしか生きる道はありませんから」

丑は筆や紙を入れた袋の中から、陶器の小瓶を取り出した。

消毒用の白酒が入ったものだった。

「これを背中にかけられたくはないでしょう。上中書さえ書けば、綿にしみ込ませてやさしくやってあげますよ」

「断わる。お前たちの思い通りになどなるものか」

「聞き分けのない爺さんだ。しかし我々を甘く見ない方がいいですよ。ここは特別房だからまだ鞭打ちだけですんでいますが、収監から半月たてば一般房に移されます。そうなったらどんな目にあうか、教えてあげましょうか」

「……」

「一般房には獄吏ではなく酷吏という者がいます。拷問をして自白させるための専門職で、皇帝陛下に直属する方々です」

だから何をしても許されるし、責任を問われることもないという。

彼らは則天武后の政敵や批判者を捕え、望む通りの自白をさせるためにどんな酷い拷問でもするし、そのために死んだとしても意に介さないのである。

「こうした酷吏を指揮していたのが、陛下に抜擢された来俊臣でした。陛下は『告密の門』という密告を奨励する制度を始められましたが、俊臣は密告された者を自白させるための拷問法を考え出し、『告密羅織経（らしょくけい）』という手引書をまとめました。このまま強情を通せば、執節使どのもそうした者たちに引き渡されるのですよ」

「私は日本国の使者だ。そのような理不尽な扱いを受けるいわれはない」

「特別扱いを受けるのも半月までだと言ったでしょう。酷吏たちがどんな手を使うか、ご紹介しましょうか」

「……………」

「後手に縛り、あお向けにして鼻から酢を注ぎ込む。大甕（おおがめ）の中に入れて下から火であぶる。糞尿（ふんにょう）の中に沈める。水も食べ物も与えない。頭に鉄の輪を固くはめ、頭との間に楔（くさび）を打ち込んで締め上げる。こんなことはまだ序の口です。執節使どのも人豚の刑というのを聞いたことがあるでしょう」

「そのような脅しには屈せぬ。嗣先さまにそう伝えよ」

「そうですか。それなら屈せずにいられるか、試してみましょうか」

丑はいきなり夜着をはぎとり、真人をあお向けに押さえつけて口をふさいだ。

（な、何をする）

真人は背中の痛みに耐えながらあらがったが、丑の大きな体と腕力には抗する術（すべ）がない。

口をふさがれてあえいでいると、鼻に白酒を注ぎ込まれた。

とたんに焼けるような痛みが脳髄まで達し、視界が真っ赤に染って気を失った。

白酒の後遺症は翌日まで残った。

鼻から喉(のど)にかけて火傷(やけど)を負ったような痛みがあり、頭痛と目まいがしつこくつづいた。薄墨を流したように視野がぼやけ、このまま失明するのではないかという不安にとらわれたが、夕方には少しずつ回復していった。

食欲はない。真人は少しでも鼻腔(びこう)の痛みをやわらげようと、椀(わん)についだ水を鼻で吸ってみた。

ところが楽になるどころか、白酒を注がれた時の衝撃と痛みがよみがえるばかりだった。

拷問とは次に何をされるか分らないという恐怖を中心に成り立っている。

人間は同じ種類の痛みなら予測し耐えることができるので、次にどんな酷い扱いをされるか分らないという恐怖に追い込んで自白させるのだ。

おそらく『告密羅織経』には、その追い込み方が羅列されているのだろうと思いながら、真人は再び自信が打ち砕かれるのを感じていた。

一般房に移されて拷問を受けたなら、とても耐え抜くことはできない。今のうちに上中書を書いて嗣先の慈悲にすがった方がいいのではないか。

　そうした弱気が日ごとにつのってくるが、執節使としての使命感と負けてたまるかという意地が、かろうじて真人を踏みとどまらせていた。

　ちょうど半月目の朝、真人は独房から引き出された。

　いよいよ一般房へ移されるのだと足がすくみ体が震えたが、不様なところは見せまいと背筋を伸ばして歩きつづけた。

　石畳の廊下を抜けて左に折れると、戸口に馬車が待っていた。

　中に乗っているのは、尚書省の官服を着た役人である。

　真人はそれを見て生き返った心地がした。安堵(あんど)のあまりその場にへたり込みそうになった。

「早く乗れ」

　獄吏がそう言って馬車の中に突き入れた。

　役人は冷やかな目を向けたばかりで口をつぐんでいる。それでも真人は地獄で仏に会った気がして、「多謝」と小さくつぶやいた。

　馬車は冬木立ちの中を右に左に折れて街路に出た。どこの通りか分らないが、人々が暮らす町中にもどったのである。

そして両側に高い塀がつづく小路を通り、煉瓦造りの門の中に入っていった。

もしやここが一般房かとどきりとしたが、拷問をするような陰惨な雰囲気ではなかった。

役人に連れられて奥の部屋へ行くと、杜嗣先が待っていた。

まわりの棚には書物が並べてあり、大きな卓が二つ置いてあった。

「安心したまえ。ここは四門学の官舎だ」

嗣先は憮然としていた。

四門学とは国子監の四方の門の側に造った学校のことで、庶民の子弟が入学することを許されていた。

「何しろ君は危険人物だ。会ったことを他の者に知られるわけにはいかないんでね」

「ありがとうございます。きっと会っていただけると信じていました」

真人は拱手して最大の敬意を表した。

「勘違いしてもらっては困る。わしは君が責め殺されても構わぬと思っていた。ところがある筋から、話を聞くように迫られたのだ。本当に運がいい奴だよ」

「その幸運に感謝いたします。きっとお役に立てると思います」

「話してもらおうか。君の見立てと計略を」

「皇帝陛下が偽者だと思った理由は、監獄での取り調べで申し上げた通りです。もしこれが当たっているなら、陛下の側近の方々は今後の対処をめぐって窮地におちいっておられるのではないか。そう拝察しております」

「ほう、それで」

「かねてから朝廷内には、武周の建国について賛否両論があると聞いております」

ここが急所だと、真人は慎重に言葉を選んだ。

「今の朝廷を支えておられる方々にとって、陛下を失うことは計り知れない痛手でございましょう。それゆえ替え玉を立てられたのでしょうが、いつまでもこれをつづけることはできません。それゆえ唐に復すべきだと考えておられる方々と折り合いをつけ、しかるべき時期に正常な状態にもどす必要があると存じます」

「それは君の妄想だ。そんなことなどありはしない」

「私は杭州から都に登る途中、二年前に起こった朝廷の内紛について詳しく知っている方に会いました」

「な、何だと」

「その方は大明宮にも出入りし、皇子さまのお世話をしたこともあるそうでございます」

「それも緋色(ひいろ)の繍線鞋(ぬいのせんがい)の類(たぐい)だろう。あれにはまんまと一杯喰わされたよ」

嗣先は苦笑したが、目は怒りに燃えていた。

「もし嗣先さまも折り合いをつける必要があると考えておられるなら、私が両派の間に立って和解が成るように尽力します。もし失敗したとしても、私一人の責任にすれば嗣先さまたちに累が及ぶことはないでしょう」

「それで君は、何を得たいのかね」

「日本の執節使としての使命をはたすことです。日本との関係を正常化し、貴国の冊封国として受け容れていただきたい」

「それだけなら、こんな危険をおかすことはあるまい。冬至の祭祀や朝賀への参加を許された時点で、我が国の方針は分ったはずだ」

「それは分っておりました。ご明察の通り、危険をおかした理由は他にあります」

表向きは冊封国の処遇を受けながらも、皇帝陛下と天皇とは上下の隔てのない関係だと認めてもらいたい。真人は婉曲な言い廻しをして嗣先を刺激するまいとした。

「それはつまり、対等だと認めよということかね」

「それが難しいことは承知しています。それゆえ内実は冊封国で構いません。ただ天皇にあてた陛下の国書にだけは、臣下に対する文言を避けていただきたいのでございます」

「何のために、そんな姑息なことをする必要があるのだ」

嗣先は苛立ちのあまり席を立ちかけた。

どうやら真人がまたしても罠を仕掛けていると受け取ったらしい。

「わが国は長い間、各地に豪族が割拠して対立をくり返してきました。二百年ほど前から天皇を中心とした国造りを進め、ようやく体制がととのってきたところでございます。それゆえ天皇の権威を汚すような条件で、貴国と和を結ぶべきではないと主張する者たちも多く、国内の意見は真っ二つに割れております」

だから皇帝陛下が天皇を臣下と見なした国書を下されると、反対勢力が猛然と騒ぎ立て、貴国との関係を正常化することができなくなる。真人はそう訴えた。

「それは国内の問題であろう。天皇はそうした反対を押し切って、君を執節使として派遣されたのではないのかね」

「残念ながら皇族の中にも、唐の弱体化を待って百済の再興をはかるべきだと考えておられる方々がいます。そうした意見を無視し、皇帝陛下の臣下になることを認めたと知れたなら、天皇のお立場さえ危うくなりかねないのです。ですから一命を賭してお願い申し上げます。冊封国となり朝貢をいたしますので、国書にだけは対等であるような文言を用いていただきたいのでございます」

「つまり密約を結び、日本国内に向けては対等だと見せかけるということか」

「道理に合わないことを申し上げていることは承知しています。しかし我が国の現状を打開するには、これ以外に方法がないのでございます」

真人はまなじりを決して頼み込んだ。

通常の国書は持ち帰れないのである。目的さえはたせるなら、姑息と言われようが卑屈と思われようが構わなかった。

四門学の官舎から鴻臚寺に向かった。

馬車に乗って大路に出ると、急に雨が降ってきた。道行く人々はあわてて木陰や軒下に入っている。

手にした荷物で頭を庇(かば)っている人も、意に介さぬとばかりに平然と歩きつづける人もいる。

馬車の窓から街路の様子をながめながら、真人は五十年前に留学僧(るがくそう)として長安にいた頃のことを思い出した。

経典を近くの寺に届けるように命じられ、一人で歩いている時に急な雨に降られた。経典を濡らしてはならないが、近くに雨宿りできる場所もない。

とっさに僧衣の下に経典を入れて庇ったものの、雨は激しくなるばかりである。もう駄目だと途方にくれていると、馬車を止めて乗せてくれた人がいた。

立派な官服を着た役人で、後ろから真人の困惑ぶりを見ていて手を差し伸べてくれたのだった。

あの頃は倭国と唐の関係は良好で、多くの留学生や留学僧が唐の優れた学問や文化、仏教を学ぼうという意欲に燃えていた。

ところがそれから十年後に白村江（はくすきのえ）の戦いが起こり、倭国は唐と新羅の連合軍に大敗したのである。

（あれから四十年か……）

真人は深い感慨に打たれた。

白村江の戦いの後に逃げるように帰国せざるを得なくなった自分が、こうして両国の国交の礎（いしずえ）を築こうとしているのも何かの縁である。

たとえどんな困難があろうと、ひるむことなく前に進まなければならなかった。

鴻臚寺に着いた時には、通り雨は上がっていた。

晴れ間が広がる空を見上げると、くっきりと虹（にじ）がかかっていた。

虹は幸運を運ぶ掛け橋だという。この国でつかんだ幸運を、あの橋を渡って日本まで持ち帰れるよう、真人は心の中で祈った。

宿舎に着くと大騒ぎになった。

皆が半月の間、真人の行方を知ろうと血眼になっていたのである。当の本人が何の知らせもなく庭先に現われたと聞くと、我先にと宿舎から飛び出してきた。

「執節使さま」

「真人さま」

「お帰りなさりませ」

真人のまわりを取り囲んで口々に声をかけるが、喜ぶ顔には驚愕(きょうがく)の色が浮かんでいる。

真人の顔は監禁と拷問のためにやつれ果て、体はやせ細っていた。

「真人どの、よくぞご無事でいて下された」

遣唐大使の坂合部宿禰大分が真人の前で片膝をつき、手を取って額に押し当てた。

「早く医師を、医師を呼んでくるのだ」

鴨朝臣吉備麻呂が配下を急き立て(せ)た。

「真人さま、おつかまり下され」

素早く肩を貸したのは阿倍船人である。その体は相変わらずたくましかった。

「ありがとう。少し休めば大丈夫だ」

真人は山上憶良(やまのうえのおくら)に夜具の仕度を申し付けた。

「用意してあります。いつお戻りになってもいいように」

憶良の言う通り、部屋には柔らかい夜具と夜着があった。机も椅子も半月前のままで、筆記用具も机の上の同じ位置においてある。

それを見ると張り詰めていた気持が一気に解け、夜具に横になるなり引きずられるように眠りに落ちた。

そのまま熟睡した。

夢にもうなされず不安の影に怯えることもなく、赤子のように安らかに眠りつづけた。

目が覚めた時には、一瞬どこにいるか分らなかった。はっと体を起こしてあたりを見回し、自分の部屋だと気付いてもう一度横になった。

日常の平安な暮らしがこれほど有難いとは、これまで思ったこともなかった。

「お目覚めでございますか」

憶良が気配に気付いて声をかけた。

「今何刻だ」

「正午を過ぎた頃でございます」

昨日の昼から丸一日眠っていたらしい。

「粥を召し上がりますか」

「その前にぬるめの白湯をくれ」

喉が渇くと痛みがあるのは、鼻に白酒を注がれた後遺症だった。

「どうぞ。これは終南山から汲んできた水でございます」

「ほう、どうしてそんな水を」

「終南山には仙人が住み、霊験あらたかな祠があると聞きました。真人さまの無事を祈りに、皆で行ったのでございます」

憶良が泣き笑いの顔で椀を渡した。

確かに長安の水とはちがう。やさしい甘味があり、喉の痛みを取り去ってくれるようだった。

「留守中、変わりはなかったか」

「皆が手分けして真人さまの行方を探しました。尚書省の杜嗣先さまにも西の市の李高文さまにも問い合わせましたが、教えてもらえませんでした」

「北門衛士の監獄に入れられていた。今は詳しいことを言えぬが」

「そうかもしれぬと、胡陽大どのが言っておられました。私は生きた心地もしませんでした」

確かに憶良のふっくらとした頰が削げ落ち、やせているのが傍目にも分った。

「そうか。陽大どのも案じてくれていたか」

「それはもう。二人で方々を駆けずり回ったほどでございます」

「こちらには取り調べの役人は来なかったか」

「誰も来ませんでしたが、ひとつご報告しなければならないことがあります」

「何かな」

「実は、その……、机の引き出しに仕舞ってあった帖のことですが」

「これか」

真人は鍵を使って開けようとしたが、すでに引き出しの錠前ははずされていた。しかも中に仕舞っていた真奈への私信を記した帖が消え失せていた。

第十二章　外交談義

一

(確かにここに仕舞ったはずだが)

栗田真人は引き出しの底までかき回してみたが、娘の真奈に書いた私信はなかった。あまりに過酷な半月を過ごしたために、記憶もぼんやりとしている。

思いちがいかもしれないと上の引き出しを開けてみたが、そこには「遣唐日誌」が入っているばかりだった。

念のために三冊の日誌を取り出してみたが、間にもはさまっていないし引き出しの底にもない。

真人は私信を記していたことにさえ自信が持てなくなり、うろたえながらもう一度仕舞っていたはずの引き出しをさぐってみた。

山上憶良はしばらくためらってから、あの帖は自分が取り出したと申し出た。

「錠前を壊してか」

「はい。鍵がどこに仕舞ってあるか分りませんでしたので」

「どうして、そんなことを」

「勝手なことをして申し訳ありません。真人さまの行方を知る手がかりが、記してあるかもしれないと思ったのです」

あの私信を読んで、真人が何をしようとしているのか初めて分った。しかし真人が内密にしていることを他の遣唐使に明かすことはできないので、胡陽大に相談したという。

「それで、陽大どのはどうされた。あの私信はどこにある」

真人は真奈との絆を断ち切られたような不安にとらわれた。

「陽大どのは私信を読み、真人さまは杜嗣先さまの命令で監禁されているだろうと言われました。そして助け出すには、太平公主さまのお力を借りるしかないと」

「もしや、あの私信を」

「太平公主さまに見ていただき、真人さまの真意を知っていただくしかない。陽大どのがそう言われるので」

独断で引き渡したと、憶良は膝を折り手を合わせて許しを乞うた。

「あれを……、公主さまが読まれたのか」

真人は裸を見られたようにうろたえた。

私信には心の内を包み隠さず書いているばかりではない。太平公主は自分に好意を寄せているようなので、それを当てにしていると、臆面（おくめん）もなく記しているのである。

それをあの気高く誇りに満ちた公主が読んだなら、いったいどう思うだろう。それを想像しただけで、真人は鼻に白酒（パイチュウ）をそそがれたような衝撃を覚えた。

「陽大どのは太平公主さまとの対面を許され、あの帖を渡されたそうでございます。勝手なことをした責任は、この私がいかようにも取らせていただきますので」

陽大を責めてくれるなと、憶良は生きた心地もしないようだった。

「責めたりはせぬ。こうして釈放されたのは、二人の働きのおかげだ」

「ま、まことでございますか」

「ある筋から話を聞くように迫られたと、嗣先さまは言われた。おそらく公主さまが動いて下さったのだ」

「それは良うございました。勝手にこんなことをしたからには、日本には連れ帰ってもらえまいと案じておりました」

憶良は安堵（あんど）のあまり床にぺたりと座り込んだ。

「そんなことをするはずがあるまい。憶良の妻や子を泣かせるわけにはいかぬからな」

真人は気を取り直し、いつぞや憶良が詠んだ歌を口ずさんだ。

憶良らは今は罷らむ子泣くらむ
それその母も吾を待つらむぞ

真人は獄中で何度かこの歌を思い出し、家族の団居が見えるような親しみを覚えていたのだった。

「ありがとうございます。真人さまに覚えていただけているとは、この山上憶良、歌人冥利に尽きまする」

「真心を臆せず言葉にしたところに、和歌ならではの面白さがある。朝廷では今、万の言の葉を集めた歌集を編む計画を進めているようだ」

その時に歌が採用されるように研鑽を積めと励ました。

「分りました。必ず」

憶良は懐から小さな帖を取り出し、あわただしく何事かを書き留めていた。

真人は胡陽大を呼んで二人だけで対面した。

「執節使さま、よくご無事でお戻り下されました」

陽大は顔を合わせるなり真人の手を握り締め、晴れ晴れとした笑みを浮かべた。西域の血を引く彫りの深い顔には、厳しい自然に鍛えられた強さとおおらかさがあった。

「何とか生きて監獄を出ることができました。これも陽大どののご尽力のおかげです」

「憶良どのの手柄です。私はあの帖を太平公主さまにお届けしただけですから」

「よく対面を許されましたね」

「朝賀の後の会議の席で、執節使さまとともに公主さまの近くまで進むことができました。そのことを申し上げると、拝謁を許して下されたのです」

そこで事情を話すと、太平公主は帖を読み上げるように命じたという。

「私は十二月晦日の分だけ訳してお伝えしました。すると公主さまはしばらく何事かを思い巡らし、初めから全部訳するようにお命じになったのです」

「あの私信を……、初めから」

真人は恥ずかしさのあまり、胃の腑を絞り上げられるような痛みを覚えた。

「ええ。確か去年の八月七日。知訶島（五島列島）を出て三日になると記されていたと思います」

「陽大どのは、わが国の言葉が話せるのですか。これまで一度も聞いたことはありませんが」

「沈美麗に仕えるようになってから勉強しました。発音が難しいので話せませんが、読むことはできます」

太平公主に会う前にあらかじめ中国語に訳していたが、それでもすべてを伝えるのに半日かかったという。

「その間、公主さまは陽大どのが読み上げるのを、聞いておられたのですか」

「ええ、お茶を飲んだり香を焚（た）かせたりしながら、じっと聞き入っておられました。お陰で胡陽大の名を覚えていただきました」

「それは結構なことですが」

真人の胃の腑は今や引きちぎれんばかりだった。

「公主さまはどんな様子でした。何かおおせられましたか」

「ほほ笑んだりうなずいたり、時には涙ぐんだりしておられました。そして、こんな父親を持ちたかったとおおせられました」

「……」

「私も訳をしながら、こんな娘を持ちたかったと思いました。それができないことが、我々宦官（かんがん）の一番の哀（かな）しみです」

陽大はふっと憂（うれ）いを浮かべ、それを打ち消すように笑顔を作った。

「あの私信に、私は計略のすべてを書いています。普通ならお怒りを買うと思うのですが」

「私もそうなるかもしれないと危惧していました。ですからあの帖を届けるべきか迷ったのですが、執節使さまの真心はかならず公主さまに伝わるはずだと思いました。一か八かの賭けですが、他に方法はありませんでした」

「こうして釈放されたのは、そのお陰ですが……」

太平公主がどんな様子だったか、もう少し詳しく知りたかった。

「公主さまは私に茶をふるまい、この帖は預かるので執節使さまに取りに来るように伝えよとおおせられました」

「取りに来るように、ですって」

「ええ、そうです」

「それはいつです。いつ行ったらいいのでしょうか」

「分りません。やがてお召しがあるはずです。私にできることがあれば、何でも言って下さい」

陽大は私信を読んで真人の計略を知り、あまりの無謀さに肝を冷やしたという。

だが今ではそうする以外になかったと理解しているし、成功の見込みもあると思っているのだった。

「ところであなたの部下のことですが」

真人は丑が杜嗣先の手先になって監獄を訪ねて来たことを語った。

「そのことは気付いていました。ですから寅に後をつけさせ、執節使さまの行方をさぐろうとしたのですが、途中でまかれてうまくいきませんでした」

「丑は陽大どのに命じられてやって来たと言いました。そして嗣先さまにあてた上申書を私に書かせようとしたのです」

「執節使さまなら、それが嘘だとすぐに見抜かれたはずです」

「確かにそうですが、私があざむかれて上申書を書いたならどうするつもりだったのですか。あなたも罪に問われて破滅したはずです」

「人生は旅、我々は旅人です」

万全の仕度をして船を出したり砂漠に足を踏み入れたりするが、絶対に安全だという保証はない。

だから信用できる相手だと見込んだなら信じるしかないと、陽大は涼しい顔で言い切った。

「それで駄目なら仕方がないということですか」

「常に五感を磨ぎ澄まし、全力で生き延びる努力をするだけです」

「確かにそうかもしれませんね」

それは遣唐使の旅に出て以来、真人が日々痛感していることだった。

「ところで丑はどうしました。このまま泳がせておくのですか」

「遠くに使いに出しました。裏切りが露見していると気付いたなら、そのまま逃げて行くはずです」

「気付かずに戻ろうとしたなら」

「寅を同行させていますから、どこかで命を落とすことになります」

宦官の世界では裏切りは許されない。陽大が沈美麗を告発したのも、失敗すればすべてを失うことを覚悟したぎりぎりの賭けだったのである。


翌朝、異変が起こった。

あお向けになったまま目を覚ましたが、背骨や腰が痛んで体が動かせなかった。

胸の後ろ側が痛んで、息が詰まるようだった。

真人は何が起こったのか分らず寝返りを打ってみようとした。

ところが体に力が入らず、手足を動かすことさえできなかった。

（これは……）

どうしたことだと内心うろたえた。

これまで経験したことのない症状である。寝る時までは何ともなかったのだから、我が身に何が起こったのか分らなかった。

（落ちつけ、落ちつけ）

自分にそう言いきかせ、目をつぶって吸う息と吐く息に意識を集中した。

これまで何度か金縛りにあったことがある。その時はこうして切り抜けたのだった。だが状態はいっこうに良くならない。

金縛りでも悪夢でもないとすれば、どうして体が動かないのか。

真人は不条理の底に突き落とされた気持のままじっとしていた。

そのままどこまでも落ちていくような絶望に襲われ、激しく手足をもがこうとしたが、やはりぴくりとも動かない。まるで見えない糸に体中を縛られているようだった。

今何刻だろう。戸の隙間から白い光がさし込んでいるので夜は明けているようだが、人が動き始めている気配はない。

真人はもう一度眠ろうとした。

今度目が覚めたなら何もかも元通りになっているよう願ってのことだが、背骨の痛みがきつくて眠れる状態ではなかった。

（鞭に打たれたせいかもしれぬ）

獄中では気が張り詰めていたので何とか持ちこたえていたが、鴻臚寺にもどってほっとした途端に支えきれなくなったのかもしれない。

そう思えば鞭打たれ冷水をあびた屈辱が胸を走り、真人のこめかみに涙が伝い落ちた。

皆が起きた頃を見計い、真人は憶良を呼んだ。

「真人さま、どうなされました」

憶良はすぐに異変に気付いた。

「どうした訳か体が動かぬ。背中を支えて起こしてみてくれ」

そうしてもらい寝台に座ったが、体に力が入らないのは同じである。首を真っ直ぐ支えることもできなかった。

「ただ今、医師を呼んで参ります。このまま安静に」

憶良は真人を横たえ、大急ぎで出ていった。

遣唐使に同行した日本の医師には、原因が分らない。鴻臚寺が手配してくれた医師がようやく原因をつきとめた。

「人の背骨は気の流れをつかさどっています。そこを激しく鞭打たれたために、気の流れがとどこおっているのでございましょう」

そう診断し、気の流れをうながす薬草と、鎮痛作用のあるぬり薬を置いていった。

「何と、これは……」

うつ伏せになった真人の背中を見て、憶良は惨状に目をおおった。

二度の鞭打ちで赤むけになった背中には、切り傷の跡や引きつれが一面に残っていた。

「こんな惨い目にあいながら、よくぞご無事で」

憶良が薬をぬりながらすすり泣いた。

「無事ではない。この有様ではないか」

真人は笑ってみせようとしたが、薬をぬると焼けるような痛みがよみがえって耐え難いほどだった。

「何かであおいでくれ、痛くてたまらぬ」

「分りました。申し訳ありませぬ」

憶良はあわてて部屋を見回したが適当なものがない。仕方なく懐に入れた帖で風を送った。

そのお陰で痛みが和らぐと、真人はやすらかな眠りに落ちた。

薬は功を奏したようで五日ほどで手足が動くようになり、背中や腰の痛みも治まった。

体が楽になると、太平公主のことが気になり始めた。

こんな時に呼び出しがなくて良かったと思う半面、五日も十日も音沙汰（おとさた）がないことが気になり始めた。

公主は帖を取りに来るように伝えよと言ったのだから、対面を許すつもりなのである。

それなのに呼び出しがないのは、杜嗣先が反対しているからにちがいない。

対応を過（あや）まてば武周王朝が崩壊し、公主や嗣先らは処刑されかねないのだから、簡単に応じられる訳がない。慎重の上にも慎重になるのは当たり前だった。

真人はしばらくじっと待ったが、半月が過ぎて体調が回復すると、これ以上待っていては機を逸すると思った。

鉄は熱いうちに打て、である。

初めからのるかそるかの賭けに出ているのだから、ここで尻込み（しりご）するわけにはいかなかった。

真人は陽大を呼び、太平公主にあの帖をいつ取りに行けばいいのかたずねてくれと頼んだ。

「それは対面を願うということですか」

陽大は大胆すぎると二の足を踏んだ。

「公主さまが取りに来るようにおおせられたと、陽大どのは言われたではありませんか。しかし半月も連絡がないので、催促するしかないと思うのです」

「お気持は分りますが、お召しがないのは余程難しい問題があるからでしょう。ご不興を買うことになりかねませんよ」

「分っています。しかし我々は五月か六月には帰国しなければなりません。この機会を逃すわけにはいかないのです」

残された時間は、あと三ヵ月ほどしかないのだった。

「生き延びる道は、それしかありませんか」

「ええ、そうです」

「分りました。それなら私もその賭けに乗りましょう」

陽大は両手で自分の頰を叩(たた)いて気合を入れた。

黒く澄んだ大きな瞳(ひとみ)に、並々ならぬ決意を浮かべていた。

二

翌朝、真人は卯(う)の刻（午前六時）に目を覚ました。

医師が処方してくれた薬が合ったようで、体は元にもどっている。

投獄される前より体調が良くなったように感じるのは、試練を乗り越えて体が強くなったからかもしれなかった。

真人は文机(ふづくえ)に座り、日課の「遣唐日誌」を記すことにした。

どんな状況になろうとこの日誌だけは書きつづけ、後の遣唐使の参考になるようにしておかなければならなかった。

〈二月九日、晴天。

青空が少し低くなったように感じるのは、春が近いからとのこと。この時期になると西域の砂漠の黄砂を西風が巻き上げて吹き流すゆえ、空がかすんで透明度が落ちる。

青空が低く見えるのはその由なり。飛鳥の山々に春霞がかかるのも、黄砂の由ならんか。

昨日は胡陽大に太平公主さまへの使いを頼む。以前に小職の私信を記した帖を取りに来るようにとのお言葉をいただいたものの、半月がたってもお声がかからぬのを案じての事なり。

北門衛士の監獄から出された時、四門学の官舎において杜嗣先氏と対面す。その折、小職が武周派と復唐派の和解が成るように尽力すると申し入れたり。

そのかわりに国交回復の際に便宜を図るよう交換条件を出したるものなり。

杜氏は否定されたるも、則天武后が替え玉だという小職の予測は正鵠を射ているものと確信す。

それゆえ太平公主との対面を機に一気に問題の打開を図る目論見なるも、その機会を得ることなく半月が過ぎしゆえに、催促を願うために陽大をつかわす。

陽大は臆しがちなるも、帰国までの月日を思えば踏み切らざるを得ぬと、決断せり。その計略を許容せし胡人の友には感謝あるのみ〉

真人は「それなら私もその賭けに乗りましょう」と言ってくれた陽大の、決意に満ちた顔を思い出し、胡人の友という賛辞を送ったのだった。

陽大がどんな返事を持ってくるか、真人は期待と不安に胸苦しさを覚えながら待っていたが、夕方になってももどって来なかった。

いったいどうした訳だろう。

何かあったのではないかと案じながら、鴻臚寺の門が閉まる酉(とり)の刻（午後六時）まで待っていたが、ついに姿を現わさなかった。

（もしや、陽大どのは……）

杜嗣先に捕えられ、監禁されているのではないか。不吉な予感が脳裡(のうり)をよぎった。

嗣先は丑を手下として使っていたほどだから、鴻臚寺にも密偵を送り込んでいるはずである。陽大の動きも監視していて、大明宮に行く前に捕えたのかもしれない。

不安は胃の腑を絞り上げ、夕餉(ゆうげ)を取る気にもなれなかった。

「真人さま、またどこか痛むのでございますか」

給仕をつとめた憶良が案じ顔でたずねた。

「いや、陽大どののことが案じられてな」

「何か急な用でもできたのでしょう。明日には訪ねて来られますよ」

「気安めを申すな。わしの用より大事なことが他にあると思うか」

腹立ちと心配のあまり、真人は思わず憶良を怒鳴りつけた。

「申し訳ございません。考えの足りないことを申しました」

「悪気がないのは分っている。だが歌詠みなら、もう少し慎重に言葉を選ぶことだ」

憶良はどうしていいか分らず立ちすくんでいる。どこまでも善良な男だが、気が立った真人にはそれさえも癇に障るのだった。

翌日の午後、陽大の配下の寅がやってきた。

小柄で目付きの鋭い二十歳ばかりの若者だった。

「胡陽大から伝言を命じられて参りました。一昨日、陽大は大明宮を訪ねて太平公主さまに会おうといたしましたが、侍女に面会を拒まれた上に、尚書省の役人に捕えられたのでございます」

「なぜ捕えられる。陽大どのは前に公主さまに面会を許されたではないか」

「それを不快に思われた駙先さまが、二度と勝手なことをするなと命じておられました。それに背いたために、捕えられたのでございます」

「そんな……」

馬鹿なことがあるかと怒鳴りそうになり、真人は大きく息を吸って気持を落ち着かせた。

もし陽大が太平公主に二度と会うなと駙先に命じられていたのなら、真人の頼みを引き受けるだろうか。

もしや「その賭けに乗る」と言ったのは、生死を賭して協力するという意味だったのか。それともこの寅も嗣先の手先になっていて、罠におとしいれようとしているのか……。

真人は寅の目をじっと見つめ、どれが正しいのかあわただしく考えを巡らした。

「この機会を逃すわけにはいかないと、執節使さまはおおせになったそうですね」

「ああ、確かに」

「陽大はそれを聞き、禁を犯して大明宮を訪ねる決意をしたのです。もし失敗したなら執節使さまにいきさつを伝えるように、私に命じておりました」

丑の例もあるので、真人は寅を容易には信用しないだろう。陽大はそう察し、二人だけしか知らない真人の言葉を寅に伝えさせたのだった。

「陽大どのは、そこまで覚悟して」

「陽大はこう伝えるように申しました。まだ大魚を釣り落とした訳ではない。命ある限り全力を尽くしてほしいと」

「陽大どのは今どこにおられる。北門衛士の監獄か」

もしや一般房ではないかと、真人の背筋に寒気が走った。

「分りません。馬車に乗せていかれるのを見送ったばかりですから」

陽大は尚書省の役人二人に両側から腕を取られ、大明宮の門を出た所で馬車に乗せられた。それを尾けるつける胆力は、年若い寅にはなかったのだった。

真人は弁正を呼び、李隆基（後の玄宗皇帝）への使いを頼むことにした。

「次に邸宅を訪ねるのはいつだ」

「明後日、囲碁の約束をしています」

「ならばその時、私の書状を届けて返事をもらってきてもらいたい」

「どのような用件でしょうか」

弁正が怪訝な顔をした。

真人の様子にただならぬものを感じたようだった。

「元日の会議の折、皇子さまに上段でご対面いただいた。そのお礼を申し上げたいのだ」

「承知いたしました。隆基さまは執節使さまに好意を持っておられますので、問題はないと思います」

「私だけではない。遣唐使全員でお目にかかりたいとお願いしてくれ」

「ぜ、全員でございますか」

「そうだ。皇子さまは将来を嘱望されているお方だと聞いた。やがて帝位につかれるかもしれぬ。後々のためにも、皆に拝顔の栄に浴する機会を与えてやりたい」

二日後、弁正は真人の書状をたずさえて李隆基の邸宅に向かった。

これにはひそかな企みがあった。遣唐使全員で訪ねれば、日本の使者と李隆基が親密なことが朝廷でも評判になるだろう。

その噂を聞けば、嗣先は真人が復唐派への接近を強めていると受け取り、対策を急ぐ必要があると思うはずである。

だが李隆基が許した対面を妨害することはできないし、真人をもう一度収監することも太平公主の手前難しい。

そうなれば真人と公主の対面を許し、この局面を打開する方法を探るしかないと判断するにちがいない。そう読んだのだった。

弁正は予定通り夕方に帰ってきた。

冷えきった体が部屋の暖房で温まり、僧形の頭まで上気していた。

「隆基さまは面会するとおおせでございます」

弁正が差し出した隆基の返書にはその旨が記され、「詳しくは弁正が伝えるでしょう」と追記されていた。

「ただし遠夷の使者を邸宅に迎えた例はないので、西の市の菜館で会うとおおせでございます」

「よくやってくれた。それで日時は」

「李高文さまに計らうように命じるとおおせでした。数日のうちには、高文さまから連絡があるでしょう」

真人はさっそく遣唐使全員を講堂に集め、李隆基と会えることになったと伝えた。

「隆基さまは則天武后さまの孫に当たられる。やがては帝位にとの期待を集めておられるお方だ。西の市での対面がかなうのは、格別のご厚意によるものである」

真人が告げると、部下たちが驚きの声を上げた。信じられないと言いたげに顔を見合わせる者もいた。

隆基は相王の第三子だが、兄弟の中ではもっとも優秀だという評判は下々にまで聞こえている。

遣唐使たちも長安にいる間にその噂を耳にしていたのだった。

「皆には苦労をかけるが、この夏には帰国の船を出せるだろう。天皇(すめらみこと)から託された役目を無事にはたせるように、気を引き締めて仕事に励んでもらいたい」

講堂の様子は鴻臚寺の者たちにも筒抜けになる。当然嗣先にも伝わるだろう。真人はそこまで計算して、皆を講堂に集めたのだった。

効果は二日後にあった。

尚書省の役人二人が、嗣先の使いとしてやって来たのである。

「杜侍郎(じろう)さまがお呼びです。正式の装束で同行願います」

有無を言わさず命じられ、真人は倭人の装束に着替えて上着をまとった。

「大丈夫でしょうか、真人さま」

また監禁されるのではないかと、憶良は気を揉んでいた。

「この装束をさせるのは、改まった場所に連れて行くからだろう。もう捕えられることはあるまい」

外は雨である。

ぬかるみになった玄関先に二頭立ての大きな馬車が待っていた。

車体にも車輪にも金や銀の装飾がほどこされている。大明宮の園林区へ行くための麟徳車両である。

以前太平公主と対面した時には、この馬車に乗って清思殿に行ったのだった。

（すると、もしや）

公主との対面が許されるということか。真人はそんな期待とともに豪華な馬車に乗り込んだ。

部下たちが全員、雨に濡れながら玄関先で見送っている。

収監されることはないとしても、前のことがある上に誰も同行を許されないので、どうなることかと案じているのだった。

「良い知らせを持ってもどる。安心して待っていてくれ」

真人は窓を開けて軽く手を振った。

馬車は雨に濡れた大路を音もなく進んでいく。版築の路面が濡れて柔らかくなっているので、車体の揺れもなく馬の金具の音だけが拍子を取るようにつづいていた。

嗣先は尚書省の役所で待っているだろう。そう思っていたが、馬車はどことも知れぬ民家の前に停まり、当の本人が太った体をねじ込むように乗り込んできた。

髪がぬれて地肌が透けて見えているので、急に老け込んだようだった。

「まったくいまいましい雨だ。まるでどこかの国の使者のようだ」

嗣先は手巾を取り出して頭をぬぐった。

「ご迷惑をおかけします」

真人はなるべく穏便に対応することにした。

「政治も外交も、つまるところ騙し合いですな。手を尽くして相手を追い込み、意のままに操った者の勝ちだ。執節使どのはそのことをよく知っておられる」

「……………」

「囲碁など打ったら、さぞお強いことでしょう」

「いいえ。たしなむ程度です」

嗣先の鋭い皮肉を、真人は気付かないふりをして受け流した。

「今日は太平公主さまのもとにご案内いたします。どんな話になるか知りませんが、公主さまは異例の配慮をしておられるのですから、決して裏切らないと骨に刻んでおいていただきたい」

「敵方に与するなということでしょうか」

「それればかりではありません。大明宮でのことは一切口外しないこと。帰国後の報告書にさえ、一行たりとも記してはなりません。そうすると誓ってもらわなければ、これ以上馬車を進めることはできません。分りましたね」

「私の目的は以前に申し上げた通りです。それさえ認めて下さるなら、おおせの通りにいたします。ですがその前に」

ひとつだけ聞きたいことがある。真人はそう付け加えた。

「胡陽大のことなら心配無用。私もあの男の度胸と能力を買っていますから」

「それを聞いて安心しました。私も杜さまの難しいお立場は分っているつもりです」

「李隆基さまと会われるそうですね」

「そうです。使者全員で対面させていただくことになりました」

「それは結構なことだが、気をつけて下さい。政治は騙し合いですから、何が起こるか分りませんよ」

「それはどういう意味でしょうか」

「深い意味はありません。世の諺にも無常の風は時を選ばずというではありませんか」

これで勝ったと思うな。嗣先はそう言いたいようだった。

雨は激しくなり、車窓の景色を白く煙らせている。風も次第に強くなり、街路に並ぶ柳の枝が髪をふり乱すように右に左に揺れていた。

園林区に向かう通路を通る時には、麟徳車両の窓は閉められる。途中検問のために二度停車させられるのも、右に左に曲がった後で止まるのも、前に清思殿を訪ねた時と同じだった。

「着きましたよ。あなたの観音さまがお待ちかねです」

嗣先が先に立ち、赤や青の宝石を埋め込んだ大理石の石段を登っていった。

大広間には卓や椅子が置かれている。

戸板にはめた瑠璃（ガラス）から明りがさし込み、夜明けのようにあたりを照らしていた。

「どうですか。地獄からはい上がって天上まで来た気分は」

嗣先がたずねた。

「以前、この広間で太平公主さまに拝謁させていただきました。今日もお目にかかれるなら、望外の幸せです」

「この清思殿は皇帝陛下が常の居館としておられます。天のご加護があれば、陛下にも拝謁できるでしょう」

「ご加護があるように祈っています」

　則天武后は替え玉ではないのか。真人はそう思ったが、立ち入ってたずねようとはしなかった。

「正直に言えば、真人どのがこれほど手強いとは思っていませんでした。遠夷の使者は陛下のご威光の前にひれ伏し、我らの言いなりになるのが当たり前だからです」

　ところがあなたは違ったと、嗣先が苦笑しながら真人を見やった。

「私の立場としてはそれを認めることはできませんが、同じように国家のために働いている者としては賞賛に値すると思っています」

「私のどこを、そんな風に評価していただいたのでしょうか」

「分りませんか。ご自分で」

「国家のために身を捨てていることでしょうか」

「私心がないところです。国家のために身を捨てる者は、わが国にもいます。しかしそこには、我が身の名誉や一門の利益のためという打算があるものです。ところがあなたにはそうした影がまったくない」

「………」

「これはどうした訳でしょう。日本の官吏はみんなそのような教育を受けるのでしょうか」

「それは日本が、豊かな自然とおだやかな気候に恵まれているからかもしれません」

真人は自分に向き合い、誠実に答えをさがそうとした。

「使者となって大海原に船を漕ぎ出した時、誰もがふり返って国に別れを告げます。するとそこに、我が故郷が光り輝くばかりの美しさで横たわっているのです。それを見れば神々の恩寵とご加護があることを実感します。その恩に報いるために一身を捨てて働かなければならないと、日本人は誰かに教えられなくても分っているのです」

「天皇は神々の名代として地上に遣された。日本ではそう考えているそうですね」

「天孫降臨という考え方はあります。しかし一方では、すべての民の思いを神々に伝えるのが天皇だという考え方もあります」

統治という面では前者が強調されるが、神々への信仰の点では後者に重きをおいている。

日本人は自然の内に八百万の神々が宿っていると信じているし、凡俗の我々に代って天皇が神々に祈って下さるので、五穀豊穣や天下太平が成し遂げられていると思っている。

「そのことへの感謝が天皇を敬う気持になり、私心を捨てて国のために尽くす行為にもつながるのです」

「つまり天皇とは、信仰の対象だということですか」

嗣先が踏み込んだことをたずねた。

太平公主が現われるまでには、もう少し時間があるようだった。

「天皇の祖といわれる卑弥呼は、巫術をもって神々に仕えていたと申します。つまり神々のお告げを民に伝える役割を果たしていた。それがやがて天孫降臨の考え方に変っていくのは、貴国の天命思想の影響を受けたからだと思います」

「天孫降臨とは、神が人間となって地上に降り立つということですか」

「そうです」

「それではその血筋の者しか、皇位にはつけないということになるのではありませんか」

「我々はそうあるべきだと考えています」

そのことを体系的に説明するために、日本の朝廷は『古事記』などの国史の編纂に取りかかったところだった。

「すると革命などはあってはならないわけだ」

「祓いや禊によって、それに替えるようにしています」

「何ですか。祓いとか禊とは」

「神々に仕える者が、お告げを正しく聞き取るために身を清浄にすることです。皇帝陛下が天壇に立たれる時に、身を清められるのと同じだと思います」

「なるほど。それを聞いてようやくあなたの真意が分りました」

手こずった数理の問題が解けた時のように、嗣先はさばさばとした顔をした。

「天皇をそのような存在としている以上、皇帝陛下の臣下と認めることはできない。多くの日本人がそう考えるのは、やむを得ないことかもしれませんね」

「ご賢察に感謝いたします」

「しかし我が朝廷としては、皇帝と他国の君主が対等だと認めることは絶対にできない。それはご存じの通りです」

「ですから、そのようなことは求めておりません。お互いの国情を理解し、妥協できるところを探すのが外交というものではないでしょうか」

「その通りですが、だからといって密約を正当化することはできません。その点についてはどうお考えですか」

「政（まつりごと）は正道ばかりで成り立っているわけではありません。嗣先さまもおおせられたように騙し合いも必要ですから、邪道を用いざるを得ない時もあります」

「意外ですね。あなたがそんな考え方をしておられるとは」

「それは任務をはたすための方便です。それ以外に方法がないのなら、無私の心で誠を尽くすしかありません」

「つまり私心がないという所にもどる訳だ。今日は思いがけず外交談義ができて面白かった。そのお礼と言っては何だが」

ひとつ助言しておきたいことがある。嗣先はそう言って太いずんぐりとした指を立てた。

「太平公主さまはあいまいなことがお嫌いです。真人どのが公主さまとの交渉に国の命運を賭けておられるのなら、その意志をはっきりと伝えることです。それに、もうひとつ。求められたことは何ひとつ断わってはなりません」

いいですか。何ひとつですよ。嗣先はそう念を押した。

広間の奥で鈴の音がして、年増の小柄な侍女を従えた太平公主が入ってきた。

目が覚めるように鮮やかな紺の衣を着て、純白の上物を羽織っている。

いつもより胸を大きく開けているので、大理石のような白い肌と乳房の豊かさが際立っていた。

「太平公主さま、日本国執節使粟田真人を案内いたしました」

嗣先が拱手して、太った体を窮屈そうに折り曲げた。

「大儀であった。そなたはもう下がって良い」

公主は髪を巻き上げ、宝石で作った薄桃色の牡丹の花飾りをつけている。百花の王といわれる花が、華やかな顔によく似合っていた。

「承知いたしました。それでは退出させていただきます」

嗣先が辞を低くして広間を出て行き、真人はただ一人残された。

「北門衛士の獄舎では、惨い目にあったようだな」

公主は先に卓につき、真人にも座るように勧めた。

「手荒い取り調べを受けましたが、公主さまのお陰で無事に釈放していただきました」

「身の力ではない。娘の真奈に向けたそなたの真心が、身を動かしたのだ」

「あのような物をお目にかけ、身の置き所もない心地でございます」

真人の脇(わき)にじわりと汗がにじんだ。

「そなたの心積りは良く分った。我らの対立を治めるために、仲介役をしてくれるそうだな」

「お申し付けいただければ、身命を賭して尽力いたします」

「身がそなたに好意を寄せていると思っているそうだが、間違いないか」

「申し訳ございません。その望みにすべてを賭けておりました」

真人は背筋に汗が噴き出すのを感じながらも、悪びれることなく公主を真っ直ぐに見つめた。

「的はずれな望みではない。こうして対面したのがその証(あかし)だ」

それゆえ今日は広間ではなく、自分の住居(すまい)に案内しよう。公主はそう言って立ち上がり、真人に向かって手を差し伸べた。

手を取れということか、それとも別の意味があるのか。真人はどうしていいか分らないまま、公主の手に上から掌（てのひら）を重ねた。

思いがけないほど温かく柔らかい手だった。

「あら公主さま、今日はずいぶん気がお早いこと」

年増の侍女が心得顔で二人を先導した。

広間からつづくなだらかな階段の両側には、金と銀の縁取りをした鏡が隙間なく並んでいる。

そこに映る自分と公主が次々に後ろに過ぎ去っていくのを見ると、真人は黄泉（よみ）の世界にでも向かうような目まいを覚えた。

第十三章　夜鳴き鳥

一

金銀の鏡を並べた階段を下りると、一階の廊下に出た。

幅一間（約一・八メートル）ばかりの廊下の片側の壁には瑠璃（るり）が張ってあり、中庭の景色が見えた。赤や白の梅の花が咲き、その向こうには太液池（たいえきち）が青色の水をたたえている。

もう一方の壁には龍（りゅう）と飛天の文様が金と銀で描かれていた。

二つとも先へ先へと飛んでいく様子を描いたもので、太平公主に手を取られて歩く粟田真人の心を、いやが上にも逸（はや）らせずにはおかなかった。

どこからか管弦の音が聞こえてくる。

あの流れるような濃（こま）やかな音の連なりは琴にちがいない。

蠱惑（こわく）的な匂（にお）いが鼻をかすめるようになったのは、先に歩く年増（としま）の侍女が目立たぬように匂い袋を振っているからだった。

「さあ着きました。こちらでございます」

侍女が張りのある声を上げ、螺鈿細工をほどこした紫檀の扉を開けた。

部屋は大きな宝石箱のようだった。

家具や調度品には金銀や珠玉がちりばめられ、瑪瑙や真珠などをあしらった小物類が置かれている。

象牙張りの床には、銀の撚り糸で縁を刺繍した緋色の毛氈が敷かれ、部屋の隅に薄絹の布を張り巡らした寝台がおかれていた。

「公主さまはこちらに、真人さまはここにお座り下さい」

侍女は手馴れた様子で二人を椅子に座らせた。

美しい木目の卓は幅が狭いので、真人と公主は二尺（約六十センチ）ばかりの距離で向き合うことになった。

公主は大きな美しい瞳を真っ直ぐに向けてくる。

真人はそれを正面から見返すことをはばかって目を伏せた。

「なぜ目をそらす。心に恐れややましさがあるからではないのか」

「わが国では目を合わせるのをはばかる伝統があります。まして上位の方と向き合った時には、目を伏せるのが礼儀なのです」

「許す。目を上げよ」

真人はためらいがちに目を上げ、公主の目を真っ直ぐに見た。間近で見ると彫りの深い整った顔立ちと、透き通るような肌の白さが際立っている。吸い込まれるような美しさに胸がきりきりとうずく。

蠱惑的な香りはいっそう強くなり、強い酒に酔ったような高揚に真人をいざなった。

「この部屋に入ったからには、誓ってもらわねばならぬことがある」

「はい」

「たとえ命を奪われようと、身を裏切りはしない。そのことじゃ」

「誓います」

真人は公主の目に心を奪われ、木偶のように操られている。それが何とも言えず心地いいのだった。

「ならば誓いの証に、今夜はここに泊っていけ」

「それは……、どういう」

「一夜だけでも夫婦の契りを結んでもらう。それが男女の誓いの証だ」

女はそのことで男の真心を知る。少しでも邪念があると分ったなら、生きてここを出られぬと思え。公主は瞳に決意をみなぎらせて迫った。

虜にされた真人には、この申し出を断わることは出来なかった。

「それでは冬梅に二人の相性を観てもらう。合っていれば良し、合わなければ縁がなかったということだ」

冬梅とは年増の侍女のことだった。

いつの間にか別室で黒い衣に着替えている。

赤い瑪瑙の首飾りをつけ、大きな水晶玉を持って席についた。

その態度は尊大で、この世の事どもから超越していると言わんばかりだった。

「冬梅は長年母に仕えた占い師だ。身の義姉でもある」

義姉とはどういう間柄なのか気になったが、真人はたずねなかった。

「それではまず、真人さまのお歳と、お生まれになった月日を教えて下されませ」

冬梅が公主の横に座ってたずねた。

目のまわりに赤い隈取りをし、額には黒い花鈿を打っている。

その化粧が占い師としての威厳を高めていた。

「六十四です。生まれたのは舒明天皇十二年（六四〇）ですから、こちらでは貞観十四年になります」

「月日は」

「十二月十日です」

この頃の日本には誕生日を記録する習慣はないが、真人は母からそう聞かされていた。

「何と公主さまと二日ちがいではありませんか」

「……」

「公主さまは十二月十二日。年が近い方の同月生まれは不吉ですが、公主さまは麟徳二年（六六五）ですから問題はありません」

「そう。第一関門は突破したということね」

公主が小皿の菓子をつまんで口に入れた。

平静を装っているが、冬梅の占いの行方を気にしていることが表情の強張りからうかがえた。

「次に手相を拝見します」

冬梅が手を差し出すように求めた。

手相は人生を記録した文書のようなものである。つぶさに見ればどんな体験をし、何を考えてきたか分るという。

「その上で公主さまと相性が合うかどうかを判断させていただきます。無礼なことを申し上げるかもしれませんが、お許し下さい」

「ええ、よろしくお願いします」

真人は半信半疑で両手を出した。

冬梅はまず右手を取り、掌を開いたり閉じたりしながら手相を追った。

「真人さまは裕福な家庭に生まれ、立派な教育を受けてお育ちになった。しかし常にまわりの厳しい視線にさらされ、緊張を強いられて少年時代をお過しになった。これはなぜでしょうかね」

冬梅は自問しながら左の掌の観察に移った。

「そうですか。真人さまのご両親は、外国から日本に亡命された知識人だったのですね」

「そんなことまで分るのですか」

「分りますよ。小さい頃から仲間はずれにされ、怒りと孤独と果てしない夢を友にして育ったと、ここに書いてあります」

図星を指され、真人の背筋に寒気が走った。

真人の父は粟田百済。祖父は百済から日本に移住して帰化した文章博士だった。その知識と力量を買われて朝廷に仕えるようになり、父も後を継いで恵まれた地位についた。

まわりから一目置かれる存在で経済的にも裕福だったが、真人は幼い頃から帰化人、渡来人という特別な目で見られてきた。

日本人は島国で育ったせいか、独特の閉鎖性と排外意識を持っている。

その反面、海外に対するあこがれと劣等感があって、優れたもの新しいものは常に海外からやって来ると信じている。

それゆえ渡来人に対しても、劣等感と排外意識の入り混じった複雑な接し方をする。渡来人が持っている知識や語学力に敬意を払い、朝廷でも重用して力量を発揮させるが、民族の壁をこえて完全に受け容(い)れることを心の奥底で拒んでいる。

同じ習性は子供たちにも根強くあって、真人も幼い頃から理不尽としか思えない扱いを受けてきた。

学問所で親しくしている友人の家に遊びに行くと、一人だけ家に入れてもらえなかったり、同じ食卓につくことを拒まれたりしたことが再三ある。

そうした扱いを受けるうちに、真人は孤独と怒りを友にするようになった。心の内を家族にも打ち明けられないまま、ひたすら勉学に打ち込むことでまわりから超越した存在になろうとした。

そして知識が深まり諸外国のことを知るうちに、遣唐使になって長安に行ってみたいと思うようになった。

大唐の都でもっと多くのことを学びたい。世界各地から集まった人々とも会ってみたい。それが夢となり生きる希望になった。

幸い学問所での成績は抜群で、十三歳で留学僧(るがくそう)に選ばれ、十四歳の時に中臣鎌足(なかとみのかまたり)の子定恵の従者として唐に渡った。定恵は真人より三歳下だが、日本の仏教界の発展のために留学僧に志願した逸材である。

長安で師事したのはインドまで旅したことで知られる玄奘三蔵の弟子の神泰法師だった。

真人も定恵の近習として長安で十二年を過ごすうちに、多くのことを学び視野を広げることができた。

長安には世界中から留学生がやって来る。彼らと共に学び交流を深めるうちに、日本の閉鎖性や排外意識が特殊なのだと思えるようになった。

そのことで幼い頃から抱きつづけた孤独や怒りから解き放たれ、もっと大きな夢と理想を持ち、自分が信じる方向に日本を変えていきたいと望むようになった。

それから四十年ちかく懸命に働きつづけてきたが、冬梅に図星を指され、幼い頃の自分と再会したような思いに打たれたのだった。

「どうかなされましたか」

冬梅が勝者の余裕を見せて気づかった。

「何でもありません。ちょっと昔のことを思い出したものですから」

「哀しい別れを、二度も経験しておられるようだ」

「父と母を失いましたので」

「真人さまのお歳であれば、それは皆が経験することです。哀しくはあっても、衝撃を受けることはそれほどありません。手相に記録されているのは、もっと痛切な耐え難い死別です」

これも図星だった。

ひとつは唐で従者として仕えた定恵が、帰国直後に亡くなったこと。もうひとつは七歳の真奈を残して、妻が流行病で他界したことである。

それを思い出すと、今も真人の胸の深いところが哀しみにうずくのだった。

「ありがとうございます。手相はこれで充分でございます」

冬梅が離した手を、真人はまじまじと見つめた。

六十四年間見慣れた手は、いつもと変わらない。人生の記録が残されているとは信じ難いが、冬梅は多くのことを言い当てたのだから疑うわけにはいかなかった。

「それで、どう。相性は」

公主が再びたずねた。

「ご安心下さいませ。こちらも問題はありません。最後の関門は、ご先祖さま方がお二人を祝福して下さるかどうかです」

冬梅は陶器の小瓶に指先をひたし、水晶玉に何かの液体を塗りながら念じ始めた。

すると透明だった水晶玉の内側に、薄紅色の霧がわき立ち始めた。

「塗ったのは牛の涙だ。通霊をする時に使う」

「通霊とは」

驚いている真人に、公主が顔を寄せてささやいた。

「先祖の霊と通じることだ。水晶玉の色やくもりの変化で、先祖のご意志が分る」

冬梅はこの技にも秀（ひい）でていて、則天武后から深く信頼されていた。

重要な事柄を決める時は、必ず先祖のご意志を確かめさせていたという。

冬梅は水晶玉のまわりをなで回すようにして、刻々と変わる色の意味を読み取っていたが、

「公主さま、おめでとうございます」

ご先祖さま方は祝福しておられると、おごそかに告げた。

「さようか。ならば祝いの盃（さかずき）じゃ。仕度をせよ」

公主がほっと表情をゆるめて命じた。

侍女たちが酒と肴（さかな）を運んできた。

三升くらい入りそうな銀の鉢に、透明な酒がなみなみとそそいである。

鉢には金の把手（とって）と銅の鐶（みみがね）がついていて、白鳥の首をかたどった柄杓（ひしゃく）がそえてあった。

肴は鳥肉や鹿肉を焼いたものや、野菜の炒め物や酢の物、焼き魚や干し魚、瓜や梨、葡萄などの果物が、卓上にあふれるほどに並べられた。

この季節にどうしてこんなに果物があるのか、不思議なほどだった。

「さあ、どうぞ、誓いの盃を」

冬梅が水牛の角を用いて作った杯を二人に渡し、柄杓で酒をついだ。

「それでは乾杯をいたしましょう。これから私たちはただの女と男です」

それを証すように、公主は言葉づかいまで変えていた。

「その前に公主さまにお願いがあります」

真人は最後の念を押そうとした。

「私の名前は李令月。大明宮にかかるうるわしい月です。今夜はそう呼んで下さい」

「それでは令月さまにお願いいたします。祝いの杯を交わす前に、いきさつを話していただけないでしょうか」

「なぜ母上の替え玉を使ったか、ということですか」

令月は匕首でも突き付けるように言って、真人の目を真っ直ぐに見つめた。

「ええ、そうです」

真人も目をそらさずに見返した。

「あの時以来、そのことが頭を離れたことは一度もありません。きちんとお話ししますが、少し酔わないと心の鍵がはずせないのです」

「分りました。それでは二人の相性の良さを祝して乾杯しましょう。令月さまの幸せを願って」

「真人さまの幸運を祈って」

二人は水牛の角の杯を合わせ、一気に酒を飲み干した。

普通の宴席で出る白酒のようにきつくはない。酒を冷水で薄め、香料を入れてあるようで、軽くさわやかな飲み口だった。

「さあどうぞ。たくさんお召し上がり下さい」

冬梅が鋭く尖った小刀で肉を切り分け、料理の説明をしながら真人の皿に移してやった。

「これは蜂蜜につけた熊の掌を煮込んだもの。こちらは雉の尾の肉でございます」

真人はあまり肉類が好きではない。それは僧籍にあった頃からの習慣が身についているからだが、勧められた料理に手をつけないのは失礼なので、小さな肉片を選んで口に入れてみた。

熊の掌は上質の皮と脂身で、蜂蜜の甘味と醤の煮汁の味がうまく調和している。

雉の尾の肉は塩をふって焼いたもので、二、三度噛んだだけで肉の濃厚な旨味が口の中に広がった。

「いかがです。お口に合いますか」

令月は鹿の骨付き肉をかじりながら、真人の様子をうかがった。

「こんな美食を口にしたことはありません。しかし、少しだけで充分です」

「この酒は体の脂を流してくれます。たくさん食べても大丈夫ですよ」

令月は肉料理に目がないようである。

これも北方の遊牧民の血を受け継いでいるせいかもしれなかった。

「それなら、果物はいかがです。西域の哈密という国から献上されたものでございます」

冬梅が取り分けた瓜は絶品だった。

果肉が豊かで水分が多く、上品な甘さと香りがする。

この種を日本に持ち帰り、飛鳥の地で栽培して真奈に食べさせてやりたいほどだった。

「この哈密瓜は令月さまのお味。そう覚えておいて下さい」

冬梅が妖しげな流し目をして思わせぶりなことを言った。

やがて三人の侍女が琵琶と笙と篳篥をかなで、酔いにいざなうくつろいだ雰囲気になった。

「真人さま、ひとつたずねてもいいですか」

令月は少し酔い、心の鍵を開きかけていた。

「ええ、何なりと」

「承聞欲採摘　若箇動君心」（お摘みになりたいと聞きましたが、私のどこがあなたの心を動かしたのでしょうか）

「類いまれなる美しさと、大武周国を背負っておられる聡明さです。建福門前の通りで初めてお目にかかった時、私は龍門石窟で見た盧舎那仏が顕現されたのかと思いました」

「あれは馬球（ポロ）をした帰りでした。一度も負けていた相手に勝ったものだから、みんな意気揚々としていたのです」

「馬上から声をかけていただきました。役目がうまくいくように励むことだと」

「そうでしたね。私もあなたを見た時、胸の中をさわやかな風が吹き抜けていく気がしました」

それは少しも私欲がない人だと分ったからだと思う。令月はそう言い、そのことは真奈にあてた私信を読んでよく分ったと付け加えた。

「あれは恥しい。一生の不覚でございます」

「そうね。私があなたに好意を寄せていると娘に知らせるなんて、何と図々しいお方でしょう」

「おおせの通りです。生きた心地もいたしませぬ」

「でも、こんな父親を持った真奈さんは幸せだと思いました。私の父上は弱い人で、母上の言いなりでしたから」

令月の父は唐の第三代皇帝高宗だが、実権を妻の則天武后に握られ、失意のうちに五十六年の生涯を終えたのだった。

「父上が亡くなった時、私は十九歳でした。それ以来、母上を恐れおもねる者たちを数多く見てきました。それゆえあなたのように私心がない人が、ひときわ尊く思えるのです」

「身にあまるお誉(ほ)めをいただきありがとうございます。私はただ、わが国と天皇(すめらみこと)のために、身命を賭(と)して役目をはたしたいと願っているばかりです」

「どうしてそんな生き方ができるのか、聞かせていただけませんか」

だってあなたは帰化人なのでしょう。令月は姿勢を改めてたずねた。

二

「どうして、と言われましても」

真人は水牛の角の杯に目を落とし、しばらく考え込んだ。

目前の問題の対処に追われ、そんなことを考えたことはしばらくなかった。

「それは百済から帰化した者の三代目だったからかもしれません」

「怒りと孤独と果てしない夢を友として、子供の頃を過ごしたと聞きましたが」

「その通りです。帰化人、渡来人という特別な目で見られたためにそうなったのですが、白村江の戦いで百済が滅亡したために、帰るべき祖国を失いました」

　そのために日本をより良い国にするしか、暮らしや立場を良くする方法はなくなったのだった。

　日本はもともと多人種の国である。

　北の蝦夷(えみし)や南の熊襲(くまそ)、隼人(はやと)などのように、古くから日本に住んでいた者たちがいるし、後に大陸の各地から渡来してきた者たちがいる。

　彼らは日本の各地に小規模な国を作って住み分けていたが、その中から強大化した国が周辺の国々を併合して地域政権を打ち立てた。

　大和や出雲(いずも)、吉備(きび)、筑紫(つくし)、美濃(みの)などで、それぞれの国を治める豪族たちの合議によって国を治める体制がしばらくつづいた。

　その中から大和の豪族が突出した力を持つようになり、他の豪族たちを支配下に組み込んで大和朝廷を築き、日本の統一をめざすようになった。

　ところが人種の差による対立や豪族たちの反発は根強く、統一を保つには武力に頼るしかなかった。

　こうした状況に大きな影響を与えたのは、隋の煬帝(ようだい)による中国大陸の統一である。

隋のすぐれた政治制度に触発された聖徳太子は、日本に律令制や税制、仏教による教化などを取り入れることによって、平和的に日本を統一しようとした。

その方針は大化の改新や壬申の乱などの紆余曲折をへて藤原不比等に受け継がれ、唐の制度を受け容れることによる完成をめざした。

その際にもっとも大きな課題となったのは、天皇を唐の皇帝と同じ絶対的な存在にすることだった。

天皇が神々から日本の統治を命じられた絶対的な存在だからこそ、人種の壁や豪族たちの利害を乗り越え、平等な治政を実現することができる。

天皇と大御宝(国民)という関係を作り上げることによって、個々の国民の差違を無くすことができる。

「それは帰化人や渡来人という立場も解消し、新しい日本民族を作り上げる魔法のようなやり方でした。それを完成させるには唐の制度を学ぶことが重要ですが、天皇と皇帝が対等だという立て前を守り抜かなければなりません。そうしなければ、日本人が天皇の大御宝として平等だという理屈も薄弱なものになるからです」

「そう。あなたが命をかけて天皇の立場を守ろうとしたのは、それほど深い理由があってのことだったのですね」

令月が杯を取り、同意の乾杯をした。

「令月さまからたずねられ、自分が長年そう考えていたことをはっきりと意識することができました。感謝申し上げます」

「私の母もそんな大きな夢に取りつかれた人でした。この国では儒教の影響が強く、女は男より劣ると考えられてきました。母はそうではないことを示そうと、自ら女帝となって武周国を建てました」

だがそれはまわりに無理と屈服を強いるもので、半面の栄光と半面の暗黒に満ちていた。

私もその夢に振り回された一人だと、令月が遠い目をしてつぶやいた。

「私は母に命じられ、十七歳の時に従兄（いとこ）に嫁ぎました。そこで四人の子供に恵まれましたが、夫は謀叛（むほん）の疑いをかけられて獄死しました。二十八歳の時に母の伯父である武士譲の孫の武攸曁（ぶゆうき）と再婚し、やはり四人の子供に恵まれました」

そのことは真人もすでに知っている。

だが三十九歳の令月は、四男四女を産んだとは思えないほど若々しく、天女のような体形を保っていた。

「私は母にあこがれ、母を憎みながら、命じられるままの生き方をしてきました。怒りと孤独と果てしない夢を友として生きていた時代は、私にもあったのです」

「令月さまはどんな夢を抱いていましたか」

「それは今は言いません。それよりあなたは、どうやって我々の問題を解決するつもりでしょうか」

令月がそうたずねると、冬梅が鋭い目配せをして侍女たちを下がらせた。

楽器を持った侍女たちが衣の裾をひるがえして出ていくのを、真人はおごそかな覚悟とともに見送った。

「私は幸い李隆基さまや西の市の長官になられた李高文どのと面識を得ることができました。彼らは武后さまの武周国から、李氏の唐に復したいと望んでいます。一方、令月さまたちは、武后さまの替え玉を使わざるを得ない窮地におちいっておられる」

「そうですね。それで」

「その状況をおだやかに終らせるには、武后さまから相王さまに皇位を禅譲し、相王さまの第三皇子であられる隆基さまを皇太子に立てる他はないと思います」

「それでは政治の実権を、すべて李家に引き渡すことになるわ」

「隆基さまと令月さまのお嬢さまを娶せたらいかがでしょう。武家の血はずっと皇室に受け継がれることになりますし、令月さまの朝廷でのお立場も守れると思いますが」

「私の娘と隆基を……」

そんな策があることに初めて気付いたらしく、令月は群雲が晴れたように明るい表情になった。

「それなら神美がいいわね。十四だから歳も釣り合うけど、それで隆基たちの了解を得られるかしら」

「令月さまにご承知いただけるなら、隆基さまとお目にかかった時に説得いたします。もし失敗した時には、その場で命を絶って己の口を封じるつもりです」

秘密をもらすことは絶対にない。真人はそう請け負った。

「そうね」

令月はしばらく考えを巡らし、

「それなら母に会っていただくわ」

杯を飲み干して冬梅に仕度をするように申し付けた。

冬梅は席を立ち、しばらく戻って来なかった。

真人は令月と向き合ったまま、武后に会わせるとはどういうことだろうと考えていた。すでに他界したから替え玉を使っているのだろうと思っていたが、どうやらそうではないようだった。

「ひとつおたずねしてもいいでしょうか」

遠慮がちにそう切り出した。

「武后さまは、この御殿にお住まいなのですか」

「そうですよ。清思殿は皇帝の常の御殿ですから」

令月は杯を置き、葡萄の房に手を伸ばした。

「おひとついかが。これは西域の高昌国から届いたものです」

一粒の実を房から取って勧めた。

日本では見たことのない果物である。口にすると甘みと水々しさが口一杯に広がった。

「これは冬にとれる物ですか」

「いいえ。秋に収穫し、地下の氷室で保存しておくのです」

すると新鮮なまま保つことができるという。

「凄いですね。こんなにおいしい物が一年中食べられるとは夢のようだ」

「そうですか。それなら」

真人の言葉に気を良くしたのか、令月は象牙の壺に入れた干し葡萄を勧めた。

「こちらは天日で干し、保存できるようにしたものです」

真人は干からびた実をひと粒つまんでみた。

初めは酸っぱさに顔をしかめたが、噛んでいるうちに滋養が体にしみ込んでいくようだった。

「お待たせいたしました。仕度がととのいましたので、どうぞ」

冬梅が先に立って案内した。

廊下を進むと、石造りの重い扉があった。

それを抜けると半地下になった広々とした部屋があり、瑠璃を張った四方の窓から明りが射し込んでいた。

「公主さま、お待ち申しておりました」

すらりと背の高い男と、中背で肉付きのいい男が迎えた。

これが武后の側近として名を馳せた張易之、昌宗兄弟で、色白で彫りの深い顔立ちがよく似ていた。

「どう、ご容体は」

「お変わりございません」

「そう。案内して」

「こちらのお方は」

背の高い易之が、真人の素姓をたずねた。

「私が信頼する方です。案ずるには及びません」

令月の後につづき、真人は空色のぶ厚い垂れ幕で仕切った部屋に入った。

薄絹を張り巡らした寝台に、小柄な老婆が横たわっていた。

いくらかやつれているが、肌の色はつややかで血色もいい。顔立ちは令月に瓜二つだった。

「母上です。二年前に卒中で倒れ、寝たきりになっています」

（これが、あの……）

則天武后かと、真人は息を呑んだ。

龍門石窟の盧舎那仏は武后の顔を写し取ったものだという。

あの聡明で意志の強い顔立ちの面影は、寝たきりの武后にもどことなく残っていた。

「もう意識がもどることもないようですが、張兄弟の手厚い看護のお陰で、こうして美しいまま命を保っているのです」

張兄弟は武后の寵愛を笠に着て専横をきわめたこともあった。

ところが二年前に武后が病に倒れてからは、仙術や本草学などの知識を活かして献身的に看病していたのである。

「ここで待っていて下さい。あなたのことを母上に話してきます」

令月は薄絹をめくって武后に添い寝し、髪をなでながら語りかけた。

唇を動かしているが声は聞こえない。心の内で言葉をかけることで、通霊をしているようだった。

真人は身動きもせず、寝台の様子を見守っていた。

大唐国を乗っ取って武周国を建て、空前の繁栄をなしとげた則天武后が、卒中で倒れて二年もの間寝たきりになっているとは、いったい誰が想像できるだろう。

だが武后も生身の人間である。武徳七年（六二四）の生まれで八十歳になるのだから、病に倒れたとしても不思議ではあるまい。

（もしや、ここは）

氷室だったのではないかと、真人は石壁をめぐらした半地下の部屋をながめた。夏も冬も温度を一定に保つことができるので、果物や野菜などを新鮮なまま保存できる。その利点を生かし、武后の病室に造り替えたのかもしれなかった。

やがて令月が、迷いの消えたさっぱりとした表情で寝台から下りてきた。

「真人さまのことを話したところ、母上はたいへん喜ばれました。今日まで生きてきた甲斐があったとおおせです」

「身にあまるお言葉、かたじけなく存じます」

真人は武后に向かって深々と頭を下げた。

「李隆基らとの仲介も、任せて構わないそうです」

「それでは私の願いも、聞き届けて下さるのでしょうか」

「任せるとはそういうことです。あなたが道観という名の留学僧として長安に来ていた頃のことを、母上は覚えておられました」

通霊が出来るとはにわかには信じ難いが、令月はその技を用いて武后の意見を聞き、二年の間皇帝の代役を果たしてきたのである。

それでも朝政がさしたる混乱をきたさなかったのは、武后の意志が令月によって忠実に伝えられたからにちがいなかった。

武后との対面を終えた二人は、共犯者のような意識を持って部屋にもどった。この事実を知ったからには、もはや後戻りはできない。真人は否応(いやおう)なく令月と運命を共にせざるを得ない立場に立たされていた。

「ああ良かった。母上のお許しを得てほっとしました」

令月は椅子に座るなり、簪(かんざし)を抜いて頭をふった。蛇のとぐろのように巻き上げていた髪が命あるもののようにはじけ、垂髪になって肩や背中にかかった。

面長の顔にはそのほうが似合うし、ずっと若くなったように見える。

「あなたもそんな蛮族の服は脱いで下さい。もう誰も来ないのですから」

令月はふと思い出したように、服の棚から黄褐色の長衣を取り出してきた。

「これを着て下さい。革帯をすればきっと似合いますよ」

言われるままに長衣を羽織り、少々長めの革帯をしめた。

軽くて肌触りが良く温かい。見たこともない高級な仕立てだった。

「兄が皇帝になった時、贈り物として織らせたものです。しかし渡す前に廃位されたので、棚の奥に仕舞ったままにしていました」

中宗李顕のことである。

父高宗が他界した後に第四代の皇帝になったが、側近の登用などで武后と対立し、わずか五十四日で廃位されたのだった。

「よく似合います。さあ、乾杯をしましょう」

令月はよほど機嫌がいいようで、水牛の角の杯に酒をついで真人に渡した。

「ありがとうございます。その前にもう少しおたずねしたいことがあるのですが」

「本当に生真面目なのね。日本の執節使さまは」

「申し訳ありません。どうしてこのようなことになったのか。このことを知っている方はどれくらいいるのか。この先李隆基さまと交渉するためにも、確かめておきたいのでございます」

「倒れた母上のお姿を見たのは、私と冬梅、張兄弟、杜嗣先。それに宰相をつとめた姚崇くらいね。それから甥の重潤にも知られたけど」

重潤とは中宗の嫡男懿徳太子のことだった。

「発病されたのは、二年前とおおせでしたね」

「二年前の春でした。母上は寝台から下りようとして、前のめりに倒れてしまったのです」

その場にいた張兄弟が応急手当てをし、武后付きの医師に診てもらった。

卒中のようだが、軽症なのですぐに意識が戻るだろう。医師はそう言ったが、十日がたち半月が過ぎても武后の意識は戻らなかった。

張兄弟が口移しで薬湯を飲ませたり、体に虎の脂をすり込んだりして血行を保ったので命を保つことができたが、武后は眠り姫になったように目を覚ますことはなかった。

そこでお付きの医師に替えて名医と評判の二人に診てもらったが、やはり有効な手を打つことはできなかった。

「三人の首は、薄濃にして母上の寝台の下に納めてあります。秘密がもれないようにと、母上がお命じになったのです」

令月らは何とか回復させようと手をつくしたが、意識が戻らないまま清明節の日が迫ってきた。

天壇で先祖の供養をし、春の到来を祝って君臣で会食をする儀式である。

これには国内ばかりか諸外国からの賓客が数多く参加するので、武后が欠席することは絶対にできなかった。

「そこでやむなく替え玉を使うことにしました。母上と顔や背格好が似た老女を張兄弟が捜してきたので、その者に母上の代役をさせたのです」

これは思いのほかうまくいった。

輿(こし)に乗せたり垂れ幕でまわりをおおい、ほとんど顔を見られることなく行事を終えることができたからである。

「そこでその後も替え玉を使うようになったのですが、ある日重潤が勝手に母上の部屋に入り込み、すべてを知ってしまったのです」

ちょうどその時、令月は武后の側(そば)にいなかった。

年若い重潤は張兄弟の説得を聞こうともせず、このことを妹の穠輝(じょうき)(永泰公主)の夫である武延基に話し、中宗の復位をはかろうと動き始めたのである。

「私がそれを知ったのは三日後でした。その時にはすでに重潤らの動きは公然たるものになりつつありました。そのために張兄弟を追放する陰謀をめぐらしたという理由で、重潤や穠輝を処刑する以外に手の打ちようがなかったのです」

重潤らは中宗にも武后のことを伝えたおそれがある。それだけに過酷な刑に処して中宗らを黙り込ませる必要があった。

事件の直後に武后を洛陽から長安に移したのは、一門や側近たちを武后に近付けないようにするためだったのである。

「真人さまはそのことを見抜いておられましたね。北門衛士の張城光(ちょうじょうこう)からの報告書を見て、私はすぐにそれが分りました」

やはり獄舎での取調べの内容は、令月のもとに届けられていたのである。

　だから杜嗣先に命じて釈放してくれたのだろうと、真人は自分の読みの正しさを内心誇りたい気持になった。

「しかしこの国に来たばかりなのに、どうしてそんなことまでお分りになったのかしら」

「武后さまが替え玉だと疑い始めたせいでしょう。それが事実だという前提に立つことで、他の事件もちがった視点でとらえられるようになったのでございます」

「ずいぶん惨いことをすると思われたでしょうね。可愛い甥や姪なのに」

　令月は杯を持って真人の横に座り、肩にもたれかかった。

　真人は一瞬ためらったが、腕を回して抱き寄せた。

　令月の髪や胸元から立ち昇る香りが鼻をかすめ、胸を激しくときめかせた。

「それも武后さまのご指示ですか」

「母上も辛かったのでしょう。何とか助けるようにと言いましたが、私が処刑するように命じました。母上も元気な頃ならそうしたはずです」

「…………」

「この国では情は無用なのです。いったん事を起こしたなら、敵をすべて葬り去ってでも成し遂げなければ、やがてこちらが滅ぼされることになります。まして……、まして母上はあのように多くの者たちを粛清されましたから、少しでも弱みを見せれば、その恨みが私たちにいっせいに向けられるのです」

「それではこの二年間、ずいぶん辛い思いをなされたでしょうね」

「辛いなどという言葉では現わせません。いつ事が発覚してなぶり殺しにされるかと、刃（やいば）の上を渡る思いで一日一日を過ごしてきました」

長安に移ってしばらくは平穏な日がつづいたが、時が経（た）つにつれて隠し通すのが難しくなった。

いつまでも武后の元気な姿を見られないことに不審を持つ者たちが、一門や近臣たちの中に増えてきたからである。

武后に異変があったと察した者たちはひそかに連絡を取り合い、李氏の皇帝を立てて唐を復そうと動き始めたのだった。

「杜嗣先はそうした動きを封じ、我々を守ろうとしてくれました。母上の回復を待っておだやかに帝位を引き継ぐことができると、信じていてくれたのでしょう。ところが近頃では母上のお体も弱って、その望みも空（むな）しくなりつつあります」

だから事態がこれ以上悪化する前に、何とか道筋をつけたいと焦（あせ）っていた。そんな時に真人が現われたのである。

「興安門の街路で初めてあなたと会った時、私はなぜか希望の星を見つけたように心が弾みました。杜嗣先に命じて大雁塔（だいがんとう）で会えるようにしたのは、その直感が正しかったかどうか確かめたかったからです」

「それでどうです。直感は当たっていましたか」

「こうして身をゆだねているのですから、当たっていたということでしょう。仲介役にふさわしいか見定めるために、手荒い扱いもしましたけど」

「もしや、令月さまですか。私を捕えて鞭打ち(むちう)にするように命じたのは」

「女が男を選ぶ時には、大きな試練を与えるものです。真人さまはその試練に立派に耐えられました」

令月が催促するように真人の首筋に鼻をつけた。

真人はそれに応え(こた)て軽く唇を合わせた。

「まあ、お上手だこと」

「月に引かれて潮が満ちたのでしょう。自分でも意外です。こんな風にできることが」

「それでは誓約の証をいたしましょう。私をこのまま寝台まで運んでください」

真人は言われるままに令月を抱き上げた。

肉付きのいい感触が両腕に伝わってくるが、見た目ほど重くは感じなかった。

いつの間にか日はとっぷりと暮れ、瑠璃の窓から月の光が差し(せ)込んでいる。

太液池のまわりの森に住みついている夜鳴き鳥が、何かに急かされるようにしきりに鳴き交わしていた。

第十四章　獄門

一

翌朝、粟田真人は冬梅に案内されて清思殿を出た。

長安城内の開門を告げる鐘が鳴ったばかりなので、卯の刻（午前六時）をいくらも過ぎていない。

空は厚い雲におおわれて霧雨が降っている。

太液池のまわりの柳がしっとりと濡れ、萌黄色の新緑がみずみずしく輝いていた。

裏口には二頭立ての豪華な馬車が待っていた。車体や車輪に金銀の飾りをつけた麟徳車両である。

真人が乗り込むと、冬梅が何事かを短く告げて御者の手に小さな袋を握らせた。

鴻臚寺へ行くように言ったのか、それとも何か秘密のことを告げたのか。真人には聞き取れなかったが、冬梅と御者が馴染みだということは伝わってきた。

つまり、こうした朝が何度かあったのだ。

そんな考えが浮かんだが、真人は雑念をふり払って椅子に深々と体を預けた。

太平公主に閨に誘われて一夜をともにするなど、考えてもみなかったことである。部下たちに話しても、とても信じてもらえないだろう。

真人自身も夢心地で狐につままれた気分だが、体には李令月と肌を合わせた感触がはっきりと残っていた。

夜更けまで互いに激しく求め合い、体をひとつにして桃源郷にひたり、歓びの絶頂で精を放った。

その疲れが体を重だるくしている。股間には激しく交わった名残りの痛みがかすかに残っていた。

首筋が甘く匂うのは、令月の化粧の香りが移ったからにちがいあるまい。

真人は幸福な放心状態のまま馬車に身をゆだねていた。

大明宮の園林区から興安門につづく秘密の通路はよく整備され、ほとんど揺れることはなかった。

(しかし、これで良かったのだろうか)

そんな疑念も頭の片隅にはあった。

ひとつは罪悪感である。

遣唐使を統率する立場にありながら、こんなことをしていいはずがない。しかも相手は八人の子を持つ人妻なのだ。

もうひとつは不安である。

令月は則天武后の娘で、今や武周国を牛耳っている。向こうから求められたとはいえ、他に知られたならどんな非難と報復があるか分らなかった。

（だが、しかし……）

令月の求めに応じるしか、現状を打開する方法はなかった。

お陰で武后の替え玉を使っていたことも分ったし、李隆基（後の玄宗皇帝）ら復唐派との仲介も任された。

それに決して私欲があってのことではない。新しい日本を築くため、天皇(すめらみこと)の弥栄(いやさか)のために身命を賭(と)してしたことである。

それが間違いだというのなら、この身を八つ裂きにされても構わない。そう考えて心の内のやましさをねじ伏せようとしているうちに、真人はいつしか深い眠りに落ちていた。

馬車が何かに乗り上げたらしくゴトリと揺れた。

真人ははっと目を覚まし、小窓を開けてみた。

もう皇城の前の大路に来ていて、表門の大屋根が霧雨の中にそびえている。

通用口から中に入って鴻臚寺の前まで行くと、真人に気付いた者が大声を張り上げた。

「執節使さまがお戻りになりました。馬車でお着きです」

声を聞きつけて二十人ばかりがいっせいに駆け寄ってきた。

「真人さま、大丈夫ですか。お怪我はありませんか」

また拷問を受けたのではないかと、山上憶良が頭の天辺から足の先まで改めた。

「執節使どの、どうなされた。何かあったのではないかと、皆が心配しておりましたぞ」

大使の坂合部宿禰大分が、無事を確かめてほっと表情をゆるめた。

「申し訳ない。杜嗣先さまから招かれて過分のおもてなしを受けた。慣れぬ白酒を飲み過ぎて、朝まで寝入り込んでいたのだ」

真人は用意していた嘘をすらすらと口にした。

「確かに白酒は難物でござる。気をつけぬとどっと酔いが来ますからな」

大分にも覚えがあるようで、親身になって同情した。

「それで、杜さまとはどのような話をなされましたか」

「近頃の朝廷の内情などを聞かせていただいた。敵を知り己を知れば百戦危うからずということだ」

そう言って歩き出そうとした瞬間、胸元から強い香りが立ちのぼった。

令月が顔をうずめていたあたりである。真人はあわてて衣の前をかき合わせた。

「真人さま、金柑湯をお持ちしましょうか。二日酔いにもよく効きますので」

憶良は真人が飲みすぎて具合を悪くしていると思ったようだった。

「しばらく横になれば大丈夫だ。その用意をしてくれ」

「すでに用意してあります。一晩中お帰りをお待ちしておりました」

真人は憶良が丹精込めてととのえた夜具に倒れ込み、しばらく休ませてくれと言って皆を追い出した。

横になっても、なかなか眠れなかった。体は疲れはてているのに、気持が高ぶっている。

横になると腕の中にいた令月の裸体を思い出し、悩ましく胸苦しい気持にとらわれた。

香りは依然として立ち昇ってくる。妙だと思って懐をさぐると、牡丹の花を美しく刺繍した手巾が入っていた。

令月が別れ際にすべり込ませたものである。逢瀬の思い出にと言われたのに、表に出て馬車に乗るなり忘れていたのだった。

真人は赤と白の牡丹の花に鼻を押し当て、香りの中に令月の面影を追った。

すると狂おしいばかりの愛おしさがこみ上げてくる。

この歳になっても、体の内にこれほどの情熱がひそんでいたことが意外である。それに飛天のように見事な体付きをした令月の激しい求愛に、男として完全に応えられたのが嬉しい驚きだった。

奔放な令月は二度も絶頂に達し、精根尽きて真人の腕に身をゆだねたのである。それは気恥しくもあり誇らしくもある体験だった。

気持が高ぶったままの浅い眠りの中で、真人は夢を見ていた。

薄暗く冷たい地下室で、則天武后が意識を失ったまま横たわっている。その顔には死相が表われ、傍で李令月と冬梅が嘆き哀しんでいる。

真人は杜嗣先らと則天武后の絶命の時を待ちながら、これで良かったのだと思っていた。

すでに李隆基らとの話し合いもつき、復唐派との和解も成立して、すべては丸く収まったのである。

後は皇帝から天皇にあてた国書をひときわ丁寧に書いてもらい、帰国の途につくばかりだった。

と、その時、則天武后がすっくと上体を起こし、

「裏切り者はそやつじゃ。引っ捕えて八つ裂きにせよ」

真人を指さして鋭く叫んだ——。

衝撃に胸を突き刺され、真人は飛び上がるようにして目を覚ました。

首筋に冷汗をかき、胸が激しく鼓動を打っていた。

（夢か……）

大きく息をつき、あたりを見回した。

鴻臚寺の部屋に戻っている。使いなれた机には「遣唐日誌」と筆記用具が置かれたままである。

日常に戻っていたことにほっとすると同時に、真人は強い不安と悔恨にとらわれた。

令月とあんな関係になって、この先無事でいられるはずがない。もし発覚したなら、真人ばかりか部下たちにまで禍いが及ぶ。

それに女犯の罪に手を染めたのである。

仏教を精神的な支柱として新しい国家を築こうとしていながら、真っ先に戒律を破るようでは、もはや理想を口にすることはできないし人を導く資格もない。

その事実を鋭く突きつけられ、真人は途方にくれた。

（ああ、私は……）

何ということを仕出かしたのかと頭をかかえた。

「真人さま、お目覚めでございますか」

戸の外から憶良が遠慮がちに声をかけた。

「起きておる」

「金柑湯をお持ちしましょうか。それとも粥（かゆ）になさいますか」

「金柑湯を頼む」

真人は急に喉（のど）の渇きを覚えた。

憶良は即座に椀（わん）に入れた湯を持ってきた。飲みやすいようにぬる目に冷ましてある。

真人は飢渇（きかつ）地獄に落ちた亡者（もうじゃ）のように、ひと息に飲み干した。憶良の心遣いが有難くて涙がこみ上げてきた。

「どこか痛みますか」

「いいや。何ともないが」

私はお前たちを裏切ってしまったという言葉が、喉元までせり上がった。

「それならいいのですが、先ほど胡陽大どのが面会を求めて参られました。今も待っておられますが、いかがいたしますか」

「陽大どのは尚書省に捕われていたはずだが」

「真人さまのお陰で無事に釈放されたので、礼を申し上げたいそうです」

「ならば会おう。通してくれ」

真人は椅子に座って威儀を正し、憶良に席をはずさせた。

陽大は銀の襟のついた真新しい官服を着ていた。腰の革帯も以前より細工の手がこんでいて、昇進したことがうかがえた。

「執節使さま、ありがとうございます。お陰でこうして生きております」

陽大は両手を広げ、今にも抱きつかんばかりだった。

「私は何もしていませんが」

「とんでもない。執節使さまのお陰で、太平公主さまに目をかけていただきました。今朝、清思殿に召され、今後は執節使さまの取り次ぎをするように命じられたのでございます。公主さま直々のお申し付けですからね。清思殿に自由に出入りできるように、一気に二つも位を上げていただきました」

この官服がその標(しるし)で沈美麗よりひとつ上の位だと、陽大が胸を張った。

「これも執節使さまのお陰です。この方ならと見込んで、運命をかけた甲斐(かい)がありました。感謝の気持は、とても言葉では表わせません」

陽大は手を差し伸べて握手を求めた。

真人が立ち上がって応じると、陽大は片方の手でいきなり股間の一物をつかんだ。

「何をなさる。無礼な」

「お許し下さい。我ら宦官(かんがん)はそうした機会を失ったので、ひときわうらやましいのです」

「……」

「今後も変わらず執節使さまに仕えさせていただきます。公主さまとの仲を取り持ち、お役目が無事にはたせるように尽力いたします。それゆえ、隠し事は無用に願います」

「聞きましたか。何もかも」

真人は陽大の澄んだ目を見て心を許す気になった。

「聞いてはおりませんが、公主さまも女でございます。目の潤(うる)みや肌の艶(つや)、そして話しぶりから何があったかは分ります」

「そうですか。敵(かな)わぬな」

真人は椅子に深々と腰を下ろした。

「やはり武后さまは替え玉だったのでございますね」

「ご本人は二年前に卒中で倒れ、意識が戻らないままだそうです」

「李隆基さまとの仲介役も、頼まれたのでございましょうか」

「そうです。これからその段取りにかからねばなりません」

「それこそ私が得意とするところです。これまで同様、胡陽大を同志と思って何でも申し付けて下さい」

「そうですね。そうさせてもらいましょう」

陽大が令月との取り次ぎをつとめるなら、何もかも話して身方にした方がいい。真人はそう腹をすえた。

「初めに西の市の李高文さまに話を通し、李隆基さまとの交渉がうまくいくように計らっていただいたらどうですか」

「私もそう考えていたところです」

「高文さまに会って、対面できる日を確かめて参りましょうか」

「その前に、ひとつ教えてください」

「何なりと。お答えできることであれば」

「太平公主さまは、他の者にもあのようなことを求められるのでしょうか」

誰とでも寝る女なのか、という意味である。

こうなってみれば、そうは思いたくないが、「求められたことは何ひとつ断わってはなりません」という杜嗣先の言葉が、蜘蛛（くも）の糸のように真人の頭にへばりついていた。

「それは存じ上げません。しかし、そうした噂（うわさ）は前々からあります」

「そうですか。そうでしょうね」

「今の朝家は北方の遊牧民の血を受け継いでおります。そのせいか殿方ばかりか奥方さまたちも奔放で、武后さまは何人もの男妾（おとこめかけ）を持っておられました。公主さまもそうした影響を受けておられるのでございましょう」

「宦官もそうした相手をすることがありますか」

予想していたとはいえ、手ひどく裏切られたようで、真人はひどく底意地の悪い気持になっていた。

「張形(はりがた)を使って官女のなぐさみをする者はおります。しかしそれは宦官道にはずれた行いで、多くの者が悲惨な末路をたどっております」

「宦官道とは何ですか」

「身を捨てて国のために尽くすことでございます」

陽大は真人の目を真っ直(まっす)ぐに見て答えた。

陽大が帰った後、真人は「遣唐日誌」を書こうとした。

一昨日、二月十四日までの分をパラパラとめくって拾い読みした後、筆を取って、

〈二月十五日、雨〉

そう書き付けたが、後がつづかなかった。

清思殿でのことは他言をしないし記録にも残さないと令月と約束した。たとえ命を奪われようとも裏切らないと誓ったのだから、令月に不都合なことは一行も書くことはできなかった。

則天武后が卒中をわずらって二年前から意識がないこと。替え玉を使って元気なように見せかけていること。

そして太平公主の信用を得るために一夜を共にし、復唐派との仲介役を引き受けたこと。そのすべてが、二人だけの秘密なのである。

しかし、日本に戻ってこの日誌を提出し、唐（武周）との国交回復がどのように進んだかを報告しなければならない。

その時のためにも、この日を境に交渉が大きく進展したことを示す記述を入れておく必要があった。

真人はしばらく考え、筆の先を軽くなめてつづきを書くことにした。

〈巳（み）の刻（午前十時）過ぎに、役人二人が馬車で迎えに来る。礼部侍郎の杜嗣先氏が呼んでおられるとのこと。先にそのまま収監され半月の間拘束されしことあるゆえ、部下たち全員がわが身を案じ、雨に濡れながら玄関先で見送ってくれる。その思いやりが老生の骨身にしみたり〉

ここまでは事実である。問題はその先をどう繕うかだが、真人の筆は思いがけないほどすんなりと走った。

〈杜嗣先氏は役所の執務室で待ち受け、先にご提案をいただいた武周派と復唐派の和解について話がしたいとおおせられたり。そして事は密なるを要するゆえに別室にて相談すべしとおおせられ、私室にて酒肴（しゅこう）のもてなしを受ける。

その後本題となり、もし武周派と復唐派の和解が成る妙案があるなら、是非とも聞かせていただきたいと申し出がある。

老生が、二、三腹案を示したところ嗣先氏は深く納得され、今の朝廷の窮地を救うにはその方法しかなきように思われるゆえ、是非とも尽力してもらいたいとのことなり。

老生はこの機を逃すまいと勇気をふるい起こし、則天武后の替え玉を使っているのではないかと問い質したるところ、嗣先氏は大粒の涙を浮かべ、臣下の身でそのようなことは認められぬと言われたり。

その義心に感じ入り、盟約の盃を交わしているうちに飲みすごし、鴻臚寺に戻りしは翌朝になりたり。部下たち一同に心配をかけしは、老生の不徳のいたすところなり〉

これが公式文書として後の世まで残ると思えば胸が痛むが、任務を果たすためにはやむを得ないと割り切ることにしたのだった。

二日後、再び胡陽大がたずねてきた。

「太平公主さまから、これをお返しするようにと申しつかりました」

牡丹の刺繡をした手巾に包んだ品を差し出した。

真人は一瞬どきりとしたが、中に入っていたのは真奈にあてた私信を記した帖だった。

「ありがとう。公主さまのご厚情に感謝しますと伝えてください」

「それから仲介を急ぐようにとおおせです。もしこのことが漏れたなら、反対派がどんな動きに出るか計りがたい。くれぐれも内密にお願いしたいと」

「それなら陽大どのに李高文どのへの使いを頼むわけにはいきませんね」

「ええ、お力になれなくて残念ですが」

「分りました。こちらで何とかしますから」

翌日、真人は憶良と阿倍船人を連れて西の市に向かった。

書肆（しょし）に本を買いに行ったついでに立ち寄った風をよそおい、西の市の長官である高文をたずねることにしたのだった。

金光門へつづく大路を西に向かい、西の市の北門から中に入った。

東西、南北ともに六百歩（約八百八十二メートル）ある広大な市場は九つの区画があり、縦横二本ずつの広い通りで隔てられている。

通りに面して間口の狭い店がびっしりと並び、さまざまな品物を売っている。

西域から隊商たちが運んできた織物や宝石類、華やかな衣類、紫根（しこん）や桂皮（けいひ）、芍薬（しゃくやく）などの漢方薬。

チベット人が商うヤクの毛皮や、木や金属で作った仏像。

北方の遊牧民が使う馬の鞍（くら）や銜（くつわ）、乗馬用の革の衣類。

通りには食物の店が並ぶ一画もあり、肉を金串（かなぐし）で焼いたものや、小麦を練って作ったナン、店頭で手打ちの技を見せる麺屋など、旨そうな匂いと鮮やかな腕で多くの客を引き寄せていた。

目ざす書肆街もあった。

間口二間（約三・六メートル）ほどの店が、十数軒も並んでいる。間口が狭いのは幅に応じて税を取られるからだが、店主たちは狭い店内を精一杯活用しようと、両側の壁一杯に棚を作り、店先の見せ棚もぎりぎりまで広くして本や図面や絵を並べている。

その密集ぶりが求める知識に応じる保証のようで、かえって好ましく頼もしい感じがするのだった。

真人も憶良も船人も、それぞれの興味に応じて店に立ち寄った。

真人は仏典や行政に関する書物、憶良は漢詩集や詩論集、船人は造船や航海の解説書に目を引かれてしまう。

仏典は漢語ばかりかサンスクリット語、チベット語、クチャ語、ソグド語、突厥語など、さまざまな文字で記されている。

むろん真人は漢語以外は読めないが、これほど多くの文字で仏典が記されていることに仏教の興隆ぶりを見るようで、大いに励まされるのだった。

図面や絵も多彩である。

中でも上等の絹本に彩色をして描かれた弥勒菩薩像は美しく、神々しいばかりのやさしげな表情をしていた。

真奈へのみやげにしたいものだと思って値段を見ると、金三両と記されている。

これはちと高すぎると棚にもどすと、横から憶良が声をかけた。

「真人さま、あの見せ棚の本をご覧下さい」

そう言って隣の店にちらりと目をやった。

『弥勒皇后の経世と済民』という標題の本がある。弥勒皇后とは則天武后のことだった。

「あの本です。楚州の書肆であの本を手に取ったために、私は獄舎に連行されたのです」

憶良がいまわしげにつぶやいた。

真人は今はひときわ身を慎しまなければならない立場である。少しも付け入る隙を見せまいと、棚を遠回りするようにして先に進んだ。

「執節使さま、日本語の本がありました」

船人が嬉しそうに示したのは、『扶桑案内』という本だった。

扶桑とは日本の異称で、日本の地理や風俗について記してある。

遣唐使の一人が書いたものだろうと思って奥付けを見たが、著者の名は記されていなかった。

二

真人は店で買った二冊の本を持って市場の役所をたずねた。

受付に王華がいると当てにしていたが、応対に出たのは二十歳ばかりの娘だった。

「日本国執節使の粟田真人という者です。李高文長官にお目にかかりたいのですが」

「失礼ですが、どこの国と言われましたか」

「日本国です。以前は倭国と呼ばれていました」

「面会のお約束はありますか」

娘が手元の書き付けをめくって面会の予定を確かめた。

「いいえ。しかし、急を用するご相談があります。取り次いでいただければ分るはずですが」

真人は娘の対応が心外で、高文と親しいことを強調した。

「ちょっと待って下さい」

娘は二階まで行って高文に取り次ぎ、今すぐ会うという返事を持って戻ってきた。

「ただし、面会は一人だけです。お供の方は外で待っていて下さい」

高文は執務室の机に座り、書類の山と格闘していた。

帖にまとめ背表紙をつけた書類に目を通しているのだった。

「やあ、もうすぐで区切りがつきます。そちらに座って待っていて下さい」

応接用の椅子が四脚あり、真ん中に丸い小卓が置いてある。

真人はかなり居心地が悪い思いをしながら、高文の仕事が終るのを待っていた。

帳簿は西の市の売り上げや朝廷への租税に関するもののようだった。

受付の娘が白湯(さゆ)を運んできたのを機に、高文も仕事を切り上げてきた。

「お待たせいたしました。実はこの十年ほど、朝廷へ納めるべき税に不正がありましてね。その洗い出しをしているのですが、これが馬鹿(ばか)にならない額でしてね」

「いつもお忙しい時にわずらわせて、申し訳ありません」

「とんでもない。執節使どののような方なら、いつでも大歓迎ですよ。それに、もうじき来られるだろうと思っていましたから」

高文は椅子に深々と腰を下ろし、上品な手付きで白湯を呑(の)んだ。

「それは、どうしてでしょうか」

「杜嗣先さまから清思殿に行かれたと聞きました。太平公主さまのお招きがあったと」

「ええ、嗣先さまに案内していただきました」

真人は平静をよそおったが、赤面したのではないかと気が気ではなかった。

「それで、どのようなご用件でしょうか」

「実は清思殿をたずねた時、武周派と復唐派の和解の仲介役をさせていただきたいと、太平公主さまにお願い申し上げました」

「これは驚いた。どうしてあなたが」

高文は口とは裏腹に、驚いた素振りなど露ほども見せなかった。

「貴国との国交回復にあたって、どうしても認めていただきたいことがあります」

「天皇の地位に関することですか」

「ご存じでしたか」

「嗣先どのから話を聞きました。あなたの使命感と覚悟がどれほどのものかも」

「おっしゃる通りです。私はその使命をはたすために仲介役を引き受けたいと申し出、太平公主さまに了承していただきました」

「それは武后さまもご存じですか」

高文が鋭く切り込んできた。

「はい。承知しておられると、公主さまがおおせになりました」

真人は余裕をもって応じた。

「両派の和解はわが国のためにも必要です。しかし対立の根は深く、ひと筋縄ではいきません。何か名案があるのでしょうか」

「それを明かしたなら、李隆基さまに取り次いでいただけますか」

「それは聞いてみなければ何とも言えません」

高文の目の底に、切れ者らしい鋭い光が走った。

「この案なら応じても良いと、武后さまもご承知なされています。取り次いでいただくと分ってからでなければ、明かすことはできません」

真人もここが勝負所と見てゆずらなかった。

二人はしばらく黙り込み、次の一手に思いを巡らした。

「分りました。しばらくお待ち下さい」

高文はにこやかに席を立ち、静かな足取りで部屋を出ていった。

（警吏を連れてきて、捕えさせるのではないか）

刺すような不安が真人の胸をよぎった。

そうなれば今度こそ無残な拷問にさらされると恐怖に体が震えたが、椅子の上で石になったように動かなかった。

高文が連れて来たのは王華だった。

以前とちがって緑色の官服に身を包んでいた。

「今は私の秘書をしています。膨大な帳簿の中から不正を見つけ出したのも彼女です」

「西の市にはびこる黴（かび）を払うのが、私の役目ですから」

王華がにこりと笑って会釈（えしゃく）をした。

体から自信があふれ、女ぶりも上がったようだった。

「実はあなたの申し出を王華に伝えました。彼女が納得するなら、李隆基さまに取り次いでもいいと思ったからです」

「どうして彼女なのでしょうか」

真人は正面に座った二人を交互に見やった。

「王華の伯母は高宗の正室だった王皇后です。ところが武后さまが高宗の寵愛を受けて立后されたために、王皇后は処刑されました」

武后は王皇后に無実の罪をきせて投獄し、獄吏になぐさみものにさせたばかりか、棍杖で百叩きにして撲殺するという刑に処した。

しかも親族の官位をすべて剝奪し、嶺南（広東省方面）の山中の荒地に追放したのである。

王華はそこで生まれ、数々の苦難を乗り越えた末に揚州府の官営の旅館で働くようになったのだった。

「ですから王華は、武后さまの治政をずっと批判してきました。西の市の帳簿を調べ始めたのも、不正な金が武后さまに渡っていたことを知っていたからです」

そんな王華が武后との和解に応じても良いと考えるなら、復唐派の者たちも納得するだろう。

だから真人の提案を彼女にも聞かせてほしい。高文はそう言った。

「王華さん、揚州府の旅館では大変お世話になりました」

真人は丁重に礼を言った。

「いいえ。果たすべき務めを果たしただけです」

王華は厳しい姿勢をくずさなかった。

「あの時、あなたの人脈の広さと武后さまの治政に対する批判の鋭さに驚きましたが、高文どのの話を聞いて理由が分りました」

「武后さまの酷政によって悲惨な運命をたどったのは、私たちだけではありません」

「そのことについては、私もこの国に来てからずいぶん耳にしました。無実の罪で処刑された人々の怒りや悲しみは、想像もできないほど深く重いものだと拝察いたします」

しかし武后も今や八十歳になり、もう長くは生きられないだろう。だからこれまでの対立を乗りこえ、この国の将来のための方策を講じるべきではないか。

真人はその一点に絞って王華を説得することにした。

「このまま武后さまがみまかられたなら、武周派と復唐派は対立の揚句内乱を起こすかもしれません。それは誰のためにもならないばかりか、この国の民に大きな苦しみをもたらします。それを事前に避けるのが、治政を預かる者の責任ではないでしょうか」

「お言葉ですが、伯母に対する残酷な仕打ちを思えば、武后への怒りや憎しみを忘れることはできません」

王華が強い口調できっぱりと断言した。

「そうした怒りや憎しみを力によって晴らすのは、ただの復讐です。正しい方法は他にあります」

「何ですか。その方法とは」

「武后さまの善と悪を正しく検証し、史書として後世に残すことです。それを未来の教訓とすることこそ、王皇后さまや犠牲者たちが望んでいることだと思います」

「未来の教訓ですか」

「そうです。どの王朝もそうした膨大な史書を残すことで、この国の知恵と良識を守ってきたのではないでしょうか」

「知恵と良識を守ってきた……」

王華はそうくり返し、はっと目が覚めたような表情をした。

怒りや憎しみのために、大事なことを忘れていたことに思い当たったようだった。

「先ほど書肆を訪ね、この書物を求めて来ました」

真人は二冊の本を手さげ袋から取り出した。

漢の武帝の時代に司馬遷が編んだ『太史公書』（史記）で、そのうちの列伝二冊を買い求めたのだった。

「この本を著した司馬遷は、友人の李陵の無実を信じて庇い抜いたために、宮刑に処される悲運にみまわれました。それでも生き抜いて、全百三十巻におよぶ史書を完成させたのです。そのお陰で、後世の我々は何が歴史の真実かを知ることができます。個人の怒りや恨みを晴らすことより、時間と空間を超えて真実を伝えることの方が、尊い生き方ではないでしょうか」

「真人さまのおっしゃる通りです。書物は時間と空間を越えて人の心を動かすことができます」

数々の無念とわだかまりが、一度に胸に突き上げたのだろう。王華は大粒の涙を流し、激情に負けまいと歯を喰いしばった。

「王華、どうやら心の闇が晴れたようだな」

高文は思慮深い目でやさしく王華を見守っていた。

「私は目の前のことばかりにとらわれていました。これまでたくさんの史書を読んできたのに」

王華は恥ずかしげに涙をぬぐい、和解の話を進めることに同意したのだった。

武周派と復唐派の和解の条件は、武后から相王（睿宗）に皇位をゆずり、相王の第三皇子である李隆基を皇太子に立てること。

そして隆基に太平公主の娘の神美を娶せることだ。

真人がそう伝えると、高文はそれなら復唐派も受け容れるだろうと言った。

「武后さまや公主さまは、この条件を承諾なされたのでしょうか」

「先ほどもご存じだと申し上げました。神美さまを嫁がせると決めたのは、公主さまなのです」

真人がそう告げると、高文はそれなら李隆基に取り次いで意向をたずねてみると約束してくれたのだった。

求めていた通りの成果を得て、真人は西の市の役所を出た。

玄関先では憶良と船人が心配そうに待ち受けていた。

「真人さま、ご首尾はいかがでしたか」

憶良がたずねた。

「上々だ。手持ちの金はいかほどかな」

「五両ばかりでございます」

「それなら買いたいものがある。さっきの書肆まで戻ってくれ」

さっき諦めた弥勒菩薩像の絵を、真奈へのみやげに買っていくことにした。

三両は高すぎるが、今日の成功の記念の品として、それくらいの贅沢は許されるだろうと思った。

書肆街に向かっていると、大勢が西へ向かって駆けていった。

何事だろうとながめていると、

「獄門だ。首がさらされたぞ」

そんな叫び声が聞こえてきた。

長安には西獄と東獄という獄門場が、西の市と東の市にある。

市場には城外から多くの商人や客たちがやって来るので、目につく場所に犯罪者の首をさらし、治安が厳正に守られていることを示して犯罪を予防するのである。

その獄門場に首がさらされたとあって、物見高い長安の住民たちが見物に駆け付けているのだった。

「どうします。行ってみますか」

憶良は詩人だけに、珍らしいものにひときわ興味を引かれていた。

「そうだな。後学のために行ってみるか」

市場の西門の近くには、広々とした区画が更地のまま空けてあった。

隊商たちが荷を運ぶために使う馬や駱駝をつないだり、宿泊のためのパオを建てる場所にするためである。

獄門はその区画の北端にあった。庇をつけた板壁が立ててあり、まわりを柵でおおわれている。

高さ一間（約一・八メートル）ほどの板壁の庇の下には、犯罪人の首が長い釘で打ちつけてあった。

額の真ん中に釘を打ち込む無慈悲なやり方である。

首の横には名前と罪状を記した札が立ててある。

すでに数百人が柵の外に群をなし、首と罪状を見比べていた。

まだ血がしたたる首を見た途端、真人はこんな所に来た自分の軽率さを悔やんだ。

こんな無惨な殺され方をした者は、この世に恨みを残す。恨みは怨霊となって生きている者に災いをもたらす。日本ではそう考えられているので、死穢に触れることを避けるようにしている。

どうしても死穢に触れなければならない時は、扇を開いて骨の間から隙見をするが、今は扇の用意もないのだった。

「真人さま、顔の前に両手をかざし、指の間から隙見すると大丈夫でございます。扇と同じ効果があると聞きました」

憶良が左右の手を目の前に当てて手本を示した。

真人も同じようにして板壁を見た。

一番右の首に見覚えがある気がして、札の名前を確かめた。

張城光と記してある。

北門衛士の監獄で真人を取り調べた、大柄で恰幅（かっぷく）のいい上官だった。

その隣の男の名は丁天祐（ていてんゆう）。書記をつとめていた生真面目（きまじめ）な若い男である。

もう一人は辛子豪（しんしごう）。鞭（むち）打たれた真人の背中に白酒をふりかけた獄吏だった。

（しかし、彼らがいったいなぜ）

処刑された理由が知りたくて罪状に目をこらしたが、「職務上の不正があったため」と記してあるばかりだった。

（まさか、これは）

真人の背筋に寒気が走った。

これは真人への取り調べや拷問が手ぬるかったことへの処罰にちがいない。そう思うと吐き気と目まいに襲われた。

「執節使さま、大丈夫ですか」

倒れそうになった真人の体を、船人が素早く支えた。

「臭気に当たったようだ。どこか……、どこか座れる場所に連れていってくれ」

真人はあえぐように言い、船人に体を預けるなり気を失った。

気がついた時には、鴻臚寺の部屋の寝台で横になっていた。

ひどい頭痛と寒気がする。体の芯（しん）から震えがきて、歯の根が合わないほどだった。

「大丈夫ですか。頭が痛みますか」

憶良が枕元で看病している。

熱が高いので、水で冷やした布を額に当ててくれていた。

「そうか。西の市の獄門で倒れたのだな」

「気を失われましたので、馬車で寺までお連れしました。疲れが出たのだろうと、医師は申しておりました」

「迷惑をかけてすまぬ」

「憶良が獄門を見たいなどと言ったせいでございます。あんなに残酷なものだとは思ってもいませんでした」

「そちのせいではない」

衝撃を受けたのは残酷さのせいだけではなく、張城光ら三人が処刑されていたからである。

真人が李高文に会いに行くのを狙いすましたように首をさらしていることが、何者かの警告のように感じられたのだった。

翌朝目を覚ました時には、頭痛も寒気も去っていた。

だが風邪のような病状が残り、体がだるく気力が失せている。自分の老いを突き付けられたようで、横になったままぼんやりとしていた。

食欲もない。憶良が用意した粥にも手をつけず、金柑湯を飲んだだけだった。

正午過ぎに胡陽大がたずねてきた。

「体調が悪いようなら、帰っていただきましょうか」

憶良が気遣ったが、真人は会うことにした。

今や陽大だけが、すべてを話せるただ一人の相手だった。

「執節使さま、ご病気とうかがいましたが、ご気分はいかがですか」

「昨日西の市の獄門に、張城光らの首がさらされているのを見ました。北門衛士の監獄で、私を取り調べた男です」

それについて何か聞いていないかとたずねた。

「いいえ。何も」

「城光だけでなく、取り調べの場にいた書記と獄吏も処刑されていました。これはいったいどういうことでしょうか」

「何と記されていましたか。捨て札には」

捨て札とは罪状を記した札のことだった。

「職務上の不正があったと書いてありました。しかし立場も地位もちがう三人が、共謀して不正を働くはずがない。共通点があるとすれば、この私を監獄から出したということだけです」

「そんな馬鹿な。執節使さまを釈放するように命じたのは太平公主さまなのですよ」

「ですから、公主さまに反対する者がやらせたのではないでしょうか。その者は公主さまが私に復唐派との仲介を頼んだことを知っていて、見せしめのために三人を処刑したとしか思えません」

真人は獄門の首を見た瞬間にそう感じ、気を失うほど衝撃を受けたのだった。

「心当たりがあるようですね、誰がそんなことを命じたか」

「それは監獄でのことや公主さまとのことを知っている方でしょう。そうなると心当たりは一人しかありません」

「杜嗣先さまですか」

陽大は青い目に緊張の色をみなぎらせた。

真人は無言のまま力なくうなずいた。

「しかしあのお方は、僕のように公主さまに仕えておられます。裏切られるはずがありません」

「確かにそうかもしれませんが……」

真人には思い当たる理由がひとつだけあるが、とても口にはできなかった。

「実は今日お訪ねしたのは、嗣先さまに命じられてのことです。相談があるので、明日の正午に尚書省に来てほしいとのことです」

「相談とは？」

「聞いておりませんが、復唐派との仲介に関わることではないかと思います」

この件から手を引けと迫るつもりかもしれない。あるいは口実をもうけて殺すつもりではないか。そんな考えが脳裡をよぎったが、真人は承諾の返事をした。

仲介を成功させるためには、乗り越えなければならない壁だった。

第十五章　送別の餞

一

翌日、粟田真人は朝から落ち着かなかった。

杜嗣先（としせん）が何の目的で呼び出したのか察しはつく。

太平公主李令月と何があったのか。復唐派との仲介をすることに決ったのか。それを確かめるつもりにちがいない。

しかも張城光ら三人を獄門にかけたのが嗣先なら、真人がやろうとしていることを許し難いと思っているということだ。

（あるいは殺すつもりかもしれぬ）

約束の時間が迫るにつれてそうした不安はますます大きくなったが、会わなければならないという決意に変わりはなかった。

武后派の中には、今の体制を守り抜きたいと考えている者たちが大勢いる。その反対を押し切って復唐派との和解を成し遂げるには、令月を支える嗣先の力がどうしても必要だった。

真人は「遣唐日誌」を書いておこうかと思った。

もし嗣先が真人を殺すつもりなら北門監獄に収容し、他の遣唐使たちには行き先も知らせないまま抹殺するだろう。

その時に備えて何か書き残しておくべきではないかと思ったが、筆を執る気にはなれなかった。

もしこの計略に失敗するのなら、この命とともに跡形もなく消え去ったほうがいい。殺された後に執節使(しっせつし)としての責任を追及されたなら、部下たちにも迷惑が及ぶ。そう思ったのだった。

巳(み)の刻(午前十時)を過ぎた頃、山上憶良が戸の外から声をかけた。

「真人さま、尚書省から迎えが参りました」

「ああ、すぐに行く」

真人はすでに仕度を終えている。

最後に机の引き出しから娘の真奈への私信を取り出し、帖(ちょう)の最後に「私はお前の父親になれて幸せだった」と書き付けた。

玄関先で迎えの馬車が待っていた。一頭立ての小さなもので、御者しか乗っていなかった。

真人も嗣先に会いに行くとは告げていない。見送りも憶良だけだった。

「人生幾何ぞ。たとえば朝露のごとし」

真人は魏の曹操の詩を口ずさみ、物問いたげな憶良を残して馬車に乗り込んだ。

見慣れた道を通って尚書省の礼部に行くと、杜嗣先の執務室に通された。

「やあ、お元気そうですね」

そう言う嗣先は驚くほどやせて、丸く太っていた体がしぼんだようだった。

頬がこけて貧相になっているが、落ちくぼんだ目だけが異様に鋭い光を放っていた。

「私は変わりありませんが、嗣先さまはどうなされたのです。お加減が悪いのではありませんか」

「先日酒に毒を盛られましてね。あやうく殺されるところでした」

嗣先はそう言って苦笑している。

真人には本当かどうかも分からなかった。

「ご足労をいただいたのは、確かめたいことがあるからです。どうぞ、こちらに」

嗣先が応接用の長椅子に案内した。

籐を編んだものに厚い毛皮が敷いてあるので座り心地が良かった。

「直截にたずねますが、あの日あなたは清思殿に泊りましたね」

「ええ、そうです」

「それで、どうです。観音さまと桃源郷へ旅立たれましたか」

「そのようなことになりました」

真人は頭を研ぎ澄ましつつ、聞かれたことには何もかも正直に答えた。

「うむ、それでどうでしたか。わが女帝さまは」

「大いなる喜びと苦しみを与えていただきました」

「喜びとは、むろん男としてでしょうね」

「男として、そして人間としてです」

「それで苦しみとは」

嗣先は極力感情を押し殺そうとしているようだが、言葉を発するたびに胸をえぐられたように顔をゆがめた。

「執節使の役目と御仏の教えから逸脱した後悔です」

「逸脱か。それは何とも贅沢な苦しみだ」

「求められたことは何ひとつ断わるなと、嗣先さまがおおせになりました。覚えておられるでしょう」

「そんなことは言いません。自分の逸脱を人のせいにするのはやめた方がいい」

それで目的を遂げることは出来たかと、嗣先が冷ややかにたずねた。

「令月さまは復唐派との仲介を、私に頼むとおおせになりました。その下話をするために、先日西の市に李高文（こうぶん）どのを訪ねました」

「ほう、そうですか」

「その帰りに張城光らの首が獄門にかけられているのを見ました。あれは嗣先さまが命じられたのではありませんか」

「とんでもない。なぜ私がそんなことを命じると思われるのですか」

「嗣先さまも私と同じ喜びと苦しみを体験されたのではないかと思うからです」

「つまり嫉妬（しっと）のあまり三人を殺したというわけですか」

ずいぶん低く見られたものだとつぶやき、嗣先は急に席を立って部屋から出ていった。

何をするつもりかと気を張り詰めて待っていると、嗣先は青磁の壺（つぼ）を持ってもどってきた。

「失礼、これは解毒（げどく）のためのどくだみ茶です。治療のために半刻（はんとき）（一時間）ごとに飲むように言われているのです」

嗣先は二つの碗（わん）に注いで真人にも勧めた。

「どうぞ。苦しみが癒（い）えますよ」

自分は口をつけず、真人が飲むかどうかうかがっている。

毒殺されかかったと言ったのは、これを試すためのようだった。

「苦しみが癒えたなら、復唐派との和解に尽力していただけませんか」

真人は嗣先の落ちくぼんだ目をじっと見つめた。

「和解に賛成する者は朝廷内にはほとんどいません。そんなことをすれば今の地位を失うし、一族すべて粛清されるおそれがあるからです」

「しかし、いつまでも武后さまの替え玉を使うわけにはいきません。太平公主さまもそれが分っておられるので、私に仲介を託されたのです」

「そんなことが反対派に知れたなら、真人どのは間違いなく殺されます。この私でさえ毒を盛られたのですから」

「それでも構いません。私は執節使の役目をはたすために、身命をなげうっていますから」

嗣先が勧めた茶を、真人はひと息に飲み干した。

やがて激痛が襲ってくるかもしれないと息を詰めて待ち受けたが、何事も起こらなかった。

「分りました。あなたの覚悟に賭けてみましょう」

嗣先は表情を和らげて自分の碗を飲み干した。

嗣先は復唐派との和解に協力すると約束したが、本当に毒殺されそうになったのか、張城光らの処刑に関わっていないかどうかについては明言を避けた。

真人は腑に落ちないものを抱えたまま鴻臚寺の宿所にもどったが、翌日胡陽大が詳しいことを知らせてくれた。

「真人さまが清思殿から帰られた日、太平公主さまは側近たちに復唐派と和解するべきかどうか諮問されました。張易之、昌宗兄弟は反対しましたが、杜嗣先さまは反対とも賛成とも表明されなかったそうです」

陽大は清思殿への出入りを許されているので、令月から直接話を聞いてきたのである。

「その後、食事会があって皆さま帰られましたが、嗣先さまは役所にもどった後に血を吐いて倒れられたのです」

「酒に毒を盛られたと、嗣先さまはおおせだったが」

「おそらく張兄弟の息のかかった侍女が仕組んだのでしょう。幸い役所に名医がいて、処置が早かったので助かったようです」

「張城光らを処刑したのも、張兄弟だろうか」

「一門の城光を北門監獄に送り込んだのは、張兄弟だそうです。ところがしばらくすると城光は嗣先さまに従うようになり、張兄弟から憎まれていたようです」

「すると監獄の内情も、張兄弟には筒抜けになっていたということか」

「城光が離れたとしても、監獄の中には張兄弟の飼い犬が何人もいたはずです」

「するとあの三人を処刑したのは」

自分に対してではなく嗣先への見せしめだったかと、真人は思い当たった。

お前が真人を生かしておいたために、こんなことになったのだ。張兄弟は嗣先にそう言うかわりに、取り調べに当たった三人の首を獄門に打ち付けたのだろう。

「武后さまの側近であり愛人でもあった張兄弟は、これまで何百人もの政敵とその一族を葬(ほうむ)ってきました。復唐派との和解が成ったならその罪を糾弾され、八ツ裂きにされるでしょう。それゆえどんな手を使っても妨害しようとしているのです」

だからくれぐれも用心してくれと念を押し、陽大は急いで清思殿にもどっていった。

ともかく李隆基（後の玄宗皇帝）と会い、和解の条件を示して約束を取り付けなければならない。

真人は西の市の李高文と連絡をとって李隆基の邸宅を訪ねようとしたが、高文はしばらく会うことができないと知らせてきた。

高文が帳簿の不正をあばこうとしていると知った武周派が、西の市に密偵を送り込んで監視をつづけているというのである。

「こんな時に真人さまと連れ立って訪ねたなら、隆基さまにまで迷惑をかけることになりかねない。長官はそれを案じておられます」

高文の使者がそう告げた。

では、どうやって隆基と会うか。その手立てを見つけられないまま日を過ごしていると、留学僧の弁正が訪ねて来た。

「よろしいでしょうか。李隆基さまから言伝てをお預りしましたが」

「構わぬ、入ってくれ」

弁正は隆基の囲碁の相手を務めていて、いつでも邸宅に入ることを許されていた。

「隆基さまは近々お忍びで街に碁を打ちに行かれます。その帰りに鴻臚寺に立ち寄っても構わないとおおせでございます」

「近々とは、いつだ」

真人は闇夜に灯火を見つけた心地だった。

「行事の都合もあるので、まだはっきりとは決められないそうです」

「そちが頼んでくれたのか」

「いいえ。李高文さまが計らって下さったようでございます」

「有難い。いつでも構わないので、お待ち申し上げていると伝えてくれ」

対面は二月二十五日だった。

十九歳になった李隆基は市井の雑人のような粗末な姿をして、弁正と二人だけでやって来た。

「このような所に、よくお越し下されました。どうぞ、こちらに」

真人は憶良に命じて金柑湯を用意していた。

「話は高文から聞きました。執節使どのが和解の仲介をして下さるそうですね」

隆基はいきなり本題に入った。

人なつっこく生き生きとした目で、誰に対しても分け隔てのない対応をする。

お忍びで街を出歩くことも多いが、それは政治の現状と庶民の反応を見るためでもあった。

「太平公主さまにご依頼を受けました。何とぞよろしくお願いいたします」

「正月参賀でお目にかかった時、何かを目論んでおられると思いました。普通は東夷の使者が皇族の席まで上がりはしませんから」

「ご無礼はおわび申し上げます。どうしても李隆基さまにお目にかかりたかったものですから」

「どんな目的があるにせよ、仲介していただけるのは我らにとっても有難いことです。互いに怨みや憎しみに凝り固まり、誰も和解などと言い出せない状況がつづいていますから」

隆基は金柑湯に口をつけ、これは旨いと一気に飲み干した。

「寒い時にはこれが一番です。少し酒を入れると寝酒にもなります」

真人はもう一服どうかと勧めた。

「あいにくゆっくりしているわけにはいきません。それで話を急ぎますが、和解の条件を二つ出させていただきます」

「何でしょうか」

「ひとつは次の皇帝は父の相王ではなく、伯父の中宗にしていただきたい」

「それはどうしてでしょうか」

「執節使どのもご存じでしょう。則天武后の圧政に苦しんだのは、父より伯父の方です。第四代皇帝になったもののわずか二ヵ月ほどで退位させられていますし、二人の子供を殺されています」

「しかし、復唐派の方々の期待は李隆基さまに集まっていると聞きました。相王さまを皇帝にしなければ、隆基さまへのご譲位もできなくなるのではないでしょうか」

「私は皇帝にならなくても構いません。大切なのは両派の和解を成し遂げ、政を正しい状態に復することです」

隆基はためらいなく言いきった。

理想に向かって真っ直ぐに歩く情熱と、状況を的確にとらえる冷静さを持っている。

真人は少なからず驚き、なぜこの若者に復唐派の期待が集まるかよく分った。

「もうひとつは、武周派に和解する意志があることを行動で示していただくことです」

「どうすればいいのでしょうか」

「中宗の子でありながら処刑された李重潤と李仙蕙（穠輝）の陵墓をきずき、太平公主に参詣していただきたい」

「それは……、急にできることではないと思いますが」

「仮の陵でも構いません。それくらい明確な態度を示していただかなければ、武周派が一致して和解を望んでいると信じることはできないのです」

令月が和解を望んでいたとしても、張兄弟の策略で方針が変わるということもありえる。そんなことはこれまで何度もあったと、隆基は強硬だった。

「分りました。そのことを公主さまに伝え、実現できるように努力します」

かなり難しいと思いながらも、真人はそう約束したのだった。

翌日、真人は胡陽大を呼び、令月と対面できるように計らってもらいたいと頼んだ。

「李隆基さまとの話し合いがまとまったのでしょうか」

陽大は察しが早かった。

「隆基さまは条件が二つあるとおおせられた。それについてはお目にかかって直に申し上げる」

「承知しました。ご意向をうかがって参ります」

夕方までには戻れるだろうと言い、陽大は大明宮に向かっていった。

令月はどんな返事を寄こすだろう。再び清思殿に招いてくれるだろうか。真人はそんなことを考え、妙に落ち着かなかった。

この間のようなことは二度とないと分っていても、肌を合わせ歓喜を共にした鮮烈な記憶に足元をさらわれそうになるのだった。

真人は深呼吸をくり返し、気持を落ち着けてから「遣唐日誌」を書くことにした。

〈二月二十五日、晴天。

長安は柳の新芽が出て桜の花が咲く季節になれり。当地を訪れておよそ半年。酷寒の冬を越えて春に至る。

昨日李隆基氏と対面。武周派との和解について詰めの相談に及ぶ。隆基氏も朝廷内の対立を早期に収めたいとの意向で、老生に協力すると明言されたり。

ただし、それにあたって二つの条件を提示さる。ひとつは父の相王ではなく伯父の中宗が皇位を継ぐべきこと。ひとつは武周派の真意を示すために、李重潤と李仙蕙の陵墓を造営することなり。これは二人を処刑した非を認めるも同然ゆえ、武周派の同意を得るのは難しいものと思われる。

それでも太平公主に申し入れることにしたのは、この条件に応じる以外に解決の道なきと信じるゆえなり〉

夕方、太陽が金光門の彼方に沈みかけた頃、陽大が馬車を駆ってもどってきた。

「公主さまは上巳の節句にお目にかかるとおおせでございます」

上巳とは三月三日、桃の節句のことである。

「この日上巳の祝いに大明宮で馬球（ポロ）を行ない、大勢の方々を招待なされます。その場で話を聞くとのことです」

「そのような場では、ゆっくり話をすることはできないと思うが」

「ですから隆基さまの条件を書状にせよとのご下命でございます。当日会場で返答すると」

「分りました。それではこれから書きましょう」

真人は即座に条件を記した書状をしたためた。

「それと当日は西の市の李高文どのを同行せよとおおせです」

「どうして、高文どのを」

「西の市の帳簿の検査をやめさせたいと望んでおられるのです。高文どのを説得しておくように、執節使さまに伝えよとおおせでございました」

上巳の節句まであと数日しかない。正義感の固まりのような高文を、それまでに説得するのは至難の業だった。

真人は思い悩んだ末に、高文あてにいきさつを記した書簡を送ることにした。

李隆基と会って二つの条件を提示されたことや、そのことを令月に伝えて大明宮の馬球場で会うことになったこと。

会うに際しては高文を同行するように求められ、西の市の帳簿の検査をやめるように説得せよと命じられたこと。

それを簡潔に記した上で、高文としては受け容れ難いだろうが、両派の和解を成し遂げるために何とか譲歩してもらいたいと頼み込んだ。

「かく申し上げるのは、武周派による不正を暴くことより、両派の和解を成し遂げて朝廷を安定させ、新しい皇帝のもとで治政の刷新をはかることが重要だと考えるからです。このまま両派の対立が激化し、武力をもって覇を競うことになれば、庶民に塗炭の苦しみを強いることになります。李隆基さまもそのことを案じ、中宗の復位と重潤さま、永泰公主さまの名誉を回復するなら、和解に応じるとのご意向でございます」

だから高文にも志を同じくしてほしいと記し、たとえ応じられない場合でも馬球場に来てもらいたいと求めた。

李令月が本気で和解を望んでいると知れば、高文の気持も動くのではないかと思ったのだった。

三月三日、真人は陽大とともに大明宮に向かった。

いつもは麟徳車両で脇道から園林区に入るが、この日は表の望仙門から入った。

左手には巨大な含元殿がそびえている。唐にかわって武周国を起こした則天武后が、いったん取り壊した後に再建したものだった。

通路を真っ直ぐに進み、園林区の入口である崇明門に着くと、華やかな民族衣装を着た五百人ばかりが開門を待っていた。

冊封(さくほう)関係にある北狄(ほくてき)、東夷、南蛮(なんばん)、西戎(せいじゅう)の国々の使者が、夫人同伴で馬球の試合に招かれている。

儒教の影響が強い中国では、公(おおやけ)の場に夫人を同伴する習慣はない。だが女性の立場を重んじる太平公主は、同伴するよう奨励していたのだった。

開門は巳の刻（午前十時）と告げられている。

真人はそれまでに李高文が来るかどうか案じていたが、開門直前になって王華と連れ立ってやって来た。

「書簡を拝見しました。申し出に応じるかどうかは、太平公主さまと会ってから決めさせていただきます」

高文は何か考えがあって王華を同行させたようだった。

二

馬球場は清思殿の東側にあった。

広々とした長方形の馬球場のまわりには、人の背丈ほどの柵(さく)をめぐらしてある。その東西に高々と桟敷(さじき)を組み、千人ちかくが見物できるようにしてあった。

馬球はもともと騎馬隊の訓練や遊牧民の娯楽として始まったものだが、遊牧民の血を受け継ぐ唐王朝では朝廷の公式行事として大々的に行なわれるようになった。

しかも男ばかりか女たちも堂々と参加している。武后が皇帝になってからは女だけの大会も行なわれ、多くの観客が見守る中で技を競い合っていたのだった。

今日の主催者は令月で、東側の桟敷の中央に席を占めている。

自分も出場するつもりらしく乗馬用の革の服を着て、髪が乱れないように引っ詰め髪にして固く髷(まげ)を結っていた。

令月のまわりには侍女や重臣たちが席を占めているが、真人たちの席もそこからほど近い所に用意してあった。

通常は宰相や大臣たちが座る場所で、東夷の使者に与えるのは異例のことだった。

「これは執節使どののお披露目ですよ」

隣に座った高文が体を寄せてささやいた。

「それはどういう意味でしょうか」

「日本からの使者を特別に大事にするということです。和解の仲介をしてもらうと、重臣たちに告げておられるのかもしれません」

「それでは……」

反対派から標的にされるかもしれないと思ったが、何があろうと逃げるわけにはいかなかった。

やがて宦官たちに案内されて、諸国の使者たちが次々に令月に挨拶におとずれた。国名と氏名を紹介されると、短い言葉を交わして引き下がっていく。

自分たちの順番はいつだろうと真人は陽大を見やったが、馬球好きの陽大は夢中になって競技場をながめていた。

やがて北側の入口から旗をかかげた選手たちが入ってきた。

今日は長安、河東道（山西省）、西域、北方の代表四組が戦い、優勝を争う。

試合には一組六人が出場するが、補欠の者も必要なので一組十二人で編成していた。

馬球は打毬とも呼び、毬杖という杖で鞠を打ち、相手の毬門に入れれば得点となる。

試合は四半刻（三十分）で、前半と後半に分かれている。

時間は沙漏（砂時計）によって計り、太鼓を打ち鳴らして知らせることになっていた。

長安は朝廷のお膝元。河東道は北方とも近く、昔から馬球が盛んな土地である。西域や北方は遊牧民の本拠点で、馬も大きく乗馬の技術も高い。

四つの組が旗をかかげて整列した姿は勇ましく、桟敷から拍手や声援がわき起こった。

対戦はくじ引きで決め、第一戦は河東道と北方の代表、第二戦は長安と西域。それぞれの勝者が優勝をかけて戦うことになった。

馬球場は南北二町半（約二百七十二メートル）、東西一町半（約百六十三メートル）ほど。双方の十二騎が駆け回るには充分な広さだった。

「執節使さまは、馬球をご覧になったことがありますか」

陽大が期待に上ずった声でたずねた。

「いいえ。初めてです」

「凄いですよ。信じられないほど巧みに馬を乗りこなしますから」

河東道と北方の組が入場すると、白い服を着た審判が柵の上にもうけた足場に立ち、太鼓の合図と共に革張りの鞠を投げ入れた。

途端に双方の二騎が毬杖をふるって鞠を奪いに行き、他の十騎は四方に散って陣形をととのえた。

身方が鞠を取れたなら攻撃の、取られたなら防御の布陣をする。

鞠がきたなら馬上から毬杖で打って身方につなげ、右に左に駆け回って大型の鳥籠のような毬門に打ち込もうとする。

大事なことは鞠を受ける時に、相手から防害されないように横にずれたり馬の腹を相手にぶつけたりしてかわすことだ。

守る側は何とか鞠を取り返そうと、相手の毬杖を払いのけたり先回りして鞠を取ろうとする。

中には毬杖の先に鞠が吸いついたように巧みに操り、長駆して毬門に叩き込む者もいて、桟敷から割れんばかりの歓声が上がった。

試合は北方代表の優位のうちに進んだ。

選手の多くは突厥や鉄勒の出身で、生まれた時から馬と共に生きているし、体格や体力にも恵まれている。

河東道は唐の高祖李淵や太宗李世民の出身地なので、皇室の尊厳をかけて戦ったが、前半一対三、後半一対五と力負けしたのだった。

第二試合は長安代表が個々の技術の高さと洗練された組織力で、吐蕃の出身者が多い西域代表に五対三でせり勝った。

そして半刻(一時間)の休憩をはさんで、長安と北方代表の試合が行なわれることになったのである。

休みの間にお茶と包子が振舞われた。

真人たちも美しい長衣をまとった侍女たちが配る馳走にあずかり、令月への挨拶の順番がくるのを待った。

「我らの順番は決められているのか」

真人は陽大にたずねた。

「侍女が知らせてくれることになっています」

「ご返答をいただけるのであろうな」

「そうでなければ、ここには招かれないはずです」

真人が気を揉んでいる間にも、令月の席の前には何人もが列を作り、挨拶できる時を待っている。

今話しているのは大秦からの使者で、琵琶のような楽器を示しながら熱心に説明している。次に待っているのは新羅、その次は安南からの使者だった。

「高文どの、例の件ですが」

応じてもらえるだろうかと、真人は遠慮がちにたずねた。

高文の判断に任せるつもりだが、時間が空いたので確かめずにはいられなくなった。

「それは公主さまにお目にかかってから決めます」

「本当に和解する気があられるか、見極めるということでしょうか」

「ええ、その通りです」

「このことは王華さんもご存じでしょうか」

「もちろんです。不正を見つけたのは彼女ですから」

調査を命じておきながら、理由も明かさずに中止することはできないと、高文は正統な姿勢を崩そうとしなかった。

新羅の使者が挨拶を終えた後、令月の侍女が扇を振って合図を送った。

「お呼びです。参りましょう」

陽大に案内され、安南の使者を押しのけるようにして令月の前まで進んだ。

「本日は素晴しい競技にお招きいただき、ありがとうございます」

真人は拱手(きょうしゅ)して深々と頭を下げ、高文と王華を紹介した。

「高文のことは杜嗣先から聞いておる。西の市の差配をしているそうだな」

令月の態度は威厳に満ちた堂々たるものだった。

「身に余る大役に任じていただき、精一杯の働きをしております」

「先日の執節使の申し出はすべて承知した。西の市はどうじゃ」

「和解が成った後で、ご指示に従うつもりでございます」

高文は令月の言葉に嘘(うそ)はないと判断したようだった。

休憩の半刻が過ぎ、長安と北方代表の試合が始まった。

長安の選手たちは、洗練された技と連係の巧みさを活(い)かして開始早々に一点を取った。

ところがその後は、突厥や鉄勒の選手たちの体力と馬体の大きさに押され、次第に動きを封じられていった。

皇室に属している長安の選手たちは、他の組と試合をする時も激しく当たられたり、荒々しく毬杖をはね上げられることはない。怪我をさせたり叱責されることを恐れて、他の組の者たちが遠慮しているからである。だから余裕をもって技をくり出せるのだが、北方の選手たちはそうした遠慮をしなかった。

むしろそうした弱点を見抜くと、わざと馬をせり合わせたり、鞠を取りに行くふりをして毬杖を叩き落とそうとしたりした。

気圧された長安組は意気消沈し、たてつづけに二本を決められ、一対二で前半を終えた。

前半終了の太鼓が鳴ると北方の選手たちは毬杖を突き上げ、長安の選手を威嚇するように叫び声を上げた。

その迫力に恐れをなしたのか、長安組の馬までが元気なくうなだれた。

これを見て令月が動いた。

自ら出場し、陣頭に立って指揮をとることにしたばかりか、残り五人のうち三人を入れ替え、北方組に当たり負けない大柄な選手を起用した。

そうして円陣を組み、地面に図を描きながら作戦を打ち合わせ、皆の意志統一をはかった。

令月は緋色の鞍をつけた白馬に乗っている。革の編み上げ靴をはいた姿はさっそうとして、騎馬隊をひきいる李淵や李世民を彷彿させるほどだった。

やがて太鼓の合図とともに、審判が鞠を投げ入れた。

長安の選手がいち早く動いてそれを取り、誰もいない前方に鞠を飛ばした。

誰もが連係の失敗かと思ったが、後ろから走り込んできた選手が鞠を受け継ぎ、同じように大きく前に飛ばした。

これも後ろから走り上がった選手が受け継いだが、作戦を見抜いた二人の敵が、前に回り込んで進路をふさいだ。

そしてもう一人が馬を寄せてせり合いにいった時、長安の選手は相手の馬の足の間を抜いて鞠を横に払った。

そこに令月が真っ直ぐに走り込んだ。

猛然と駆けながら鞍上から身を乗り出して毬杖を伸ばし、鞠をあやつりながら半町ほども運ぶと、余裕をもって毬門に叩き込んだ。

開始早々の同点弾である。

戦術の巧みさと、令月の騎乗や杖さばきの見事さに、桟敷は割れんばかりの歓声に包まれた。

「凄いな、公主さまは」

　真人は度肝を抜かれた。

　一夜を共にした相手とは信じられないほどだった。

「遊牧民の血を受けておられますからね。馬球をしていると、何もかも忘れられるとおおせでございます」

　陽大が深い共感を込めて言った。

「難しいお立場ですから、ご苦労も多いのでしょう」

　押し黙っていた王華が、やさしい表情をして口を開いた。

　令月の渾身（こんしん）の戦いぶりから、これまでとはちがった何かを感じ取ったようだった。


　三月下旬、大慈恩寺で三代の皇帝を供養（くよう）する春の法要が行なわれた。

　初代高祖李淵、二代太宗李世民、三代高宗李治の冥福（めいふく）を祈り、ご加護を願うのである。

　大雁塔（だいがんとう）がそびえる寺の本堂では、僧たちが仏前に供物をそなえ、辰（たつ）の刻（午前八時）から正午まで経を読む。

　真人も遣唐使全員を従えて法要に加わっていた。

　歴代皇帝の冥福と同時に、往路で亡（な）くなった者たちの成仏（じょうぶつ）と復路の無事を祈り、僧たちの読経（どきょう）に合わせて経をとなえた。

真人にはもうひとつ祈っていることがあった。

同じ時刻に、大薦福寺で皇室の先祖を供養する法要が行なわれている。

この寺は則天武后が夫の高宗李治を供養するために建てたもので、後に大雁塔に似た塔を建てたことから小雁塔寺とも呼ばれるようになる。

今日の法要には武后の名代である令月と中宗李顕、その他李氏一門の主立った者たちが出席しているが、供養者の名簿には李重潤や李仙蕙の名も書き込まれている。

しかも法要の後で中宗は、二人の名誉を回復するために高宗の陵墓である乾陵に二人の墓を作ると表明することになっていた。

これは李隆基ら復唐派の求めに応じて令月が決断したことで、とどこおりなく法要が終れば両派の和解が成るのである。

心配なのは張兄弟ら和解に反対する者たちが、何らかの妨害に出ることだった。

大慈恩寺での法要は定刻に終った。

真人らは鴻臚寺にもどり、厨房で用意してくれた薬草入りの粥を食べた。晩春とはいえ今日は妙に肌寒い。冷えた体に温かい粥は有難かった。

真人の大願は成就まであと一歩のところに迫っている。

大薦福寺での法要が無事に終り、武周派と復唐派の和解が成れば、目的を遂げて帰国できるのである。

その結果は陽大が知らせることになっていた。

陽大は今や令月に重宝され、側近としてさまざまな用事を務めるようになっていた。大薦福寺での法要も正午には終わる。その後皇族方をお見送りするので、報告に来るのは未の刻（午後二時）くらいになるだろう。真人はそんな腹積りをして待っていた。期待と不安と緊張のあまり何も手につかないので、窓を開けてぼんやりと外の景色をながめていた。

この寺に来て半年、見慣れた景色は晩春の装いである。柳の並木は緑の色を深め、根元では野草が白や黄色の花をつけて咲き誇っている。

「執節使さま、お見えになりました」

憶良が戸の外で上ずった声を上げた。

「入ってもらってくれ」

真人も胸の高鳴りを抑えかねていた。

「執節使さま、おめでとうございます」

陽大が満面の笑みを浮かべて真人の手を握りしめた。

「それでは、無事に」

「すべて太平公主さまのお計らいの通りになりました。供養の名簿に重潤さまと仙蕙さまの名が記されましたし、李顕さまがお二人の陵を乾陵に造営して御霊を祀ることも明らかにされました」

　これは二人を処刑した非を認め、名誉を回復することを意味し、李隆基らも満足しているという。

「反対派の妨害などはなかったのか」

「まったくありませんでした。法要の間、鳥さえ鳴きませんでしたよ」

　これは杜嗣先の手柄だった。

嗣先は昨日のうちに北門衛士五百人を動かし、張兄弟の一味を毒殺に関与した疑いでことごとく拘束したのである。

そして主要な者たちを北門監獄に収容して取り調べることにしたために、張兄弟は余罪の摘発を恐れて鳴りをひそめるしかなかったのだった。

「執節使さまの働きに感謝すると、太平公主さまがおおせでございます。四月三日に皇帝陛下の国書を下すゆえ、麟徳殿に出向くようにとのご下命でございます」

時刻は追って知らせると言うと、陽大はあわただしく去っていった。

真人は安堵(あんど)のあまり深々と椅子に座り込んだ。疲れが一度に出て、体が鉛のように重く感じられた。

「真人さま、大丈夫でございますか」

憶良が案じ顔でたずねた。

「大丈夫だ。皆を集めてくれ」

広間に集まったのは、遣唐大使の坂合部宿禰大分(さかいべのすくねおおきだ)、副使の巨勢朝臣邑治(こせのあそみおおじ)、大位の美努(みのの)連岡麻呂(むらじおかまろ)ら、これまで皆のまとめ役をはたしてくれた者たちだった。

「先ほど連絡があった。来月三日に麟徳殿において皇帝陛下の国書が下される。これで我らは無事に役目をはたし……」

帰国できることになったと言おうとして、真人は声を詰まらせた。さまざまな思いが、熱いかたまりとなって胸に突き上げてきた。

「それは吉報。これで彼岸に渡れるのでございますな」

大分がいささか得意気にしゃれたことを言った。

「国書の内容は、あらかじめ確認できるのでしょうか」

岡麻呂は慎重だった。

「いいや。それは無理であろう」

「それでは懸案が解決しているかどうか、分らないのではありませんか」

懸案とは皇帝が天皇(すめらみこと)を臣下と見なした文言を使わないということだった。

「そのことについては皇帝陛下の側近衆と協議し、そうした文言を使わないということで合意に至った。懸案は解決されたと理解してもらいたい」

令月が裏切るはずはないと真人は信じているが、国書を開けてみるまで確かなことは分らない。

神仏のご加護を願いながら、その時を待つしかなかった。

三

四月三日、朝餉（あさげ）を終えてしばらくすると陽大が麟徳車両で迎えに来た。

二頭立ての大型馬車で、園林区に入る客のために特別に仕立てたものだった。

「どうぞ、お乗り下さい。ご案内いたします」

陽大は詰襟の官服を着て冠をかぶった正装をして、洗練された所作を身につけていた。

今日は四人まで昇殿が許されている。真人は大分、邑治、岡麻呂を従えて馬車に乗り込んだ。

服も『職貢図（しょっこうず）』に記されたものではなく、日本の官服を着ることを許されていた。

馬車が興安門街に入ると、陽大が皆を見回し、

「今日は皇帝陛下が国書を授与される予定でしたが、少々風邪気味で体調をくずしておられます。そこで太平公主さまが名代をつとめられます」

あたかも急な変更のように装った。

馬車が大明宮の西側の秘密の通路にさしかかると、陽大が両側の窓を素早く閉めた。

検問のために二度停車させられるのは以前と同じだが、その後は真っ直ぐに北に進んでいった。

「さあ着きました。麟徳殿です」

表門の前で馬車から下りると、前殿、中殿、後殿からなる巨大な建物が目の前にそびえていた。

広さは三千坪。

それぞれ高さのちがう基壇に建てられているので、平屋なのに二階建て、三階建てのように見える。

中でも景雲閣と呼ばれる中殿はひときわ高く、黒い瓦葺きの屋根が天に突き立つようだった。

一行は景雲閣の広間に案内された。

ここは諸国の使者と皇帝が私的に対面する場所だが、皇帝の席、近臣の席、そして使者たちの席と三段に分けられていた。

やがて李令月が杜嗣先と侍女たちを従えて上段の椅子に腰を下ろした。

白地に金色の鳳凰を描いた服を着て、高く結い上げた髪に白い羽根飾りをつけていた。

「日本国執節使、粟田真人。皇帝より天皇への国書が下される。御前に進むように」

嗣先にうながされ、真人は中段に上がった。

そこからでも令月の席まで十丈（約三十メートル）ばかり離れていた。

「執節使さま、もう少し前へ」

付き添いの陽大にうながされ、上段の際まで進んだ。

「皇帝陛下の国書である」

嗣先が黒塗りの箱を持って中段まで下りてきた。

先日会った時より体調が回復したようだが、太っていた体はひと回りやせ、丸い顔の頰がこけてしぼんだ鞠のように見えた。

「真人どの、このたびのお働きには感謝申し上げる。おかげで朝廷内の争いを未然に防ぐことができました」

「こちらこそお礼申し上げます。嗣先さまのお陰で無事に帰国することができそうです」

「これには二通の書状が入っています」

嗣先が侍女に箱を預け、結んだ紐を解くように命じた。

高位の侍女はうやうやしく押しいただき、紫色の紐を慎重にほどいた。

国書にはいったい何と書かれているのだろう。もう一通の書状とは何なのか。期待と不安に真人の胸は早鐘を打った。

「執節使粟田真人。遠路の役目を成し遂げたことを賞し、汝を司膳卿に任ずる」

任命書を受け取っても、真人はまったく実感がわかなかった。

司膳卿とは司膳寺の長官で、嗣先に匹敵するほどの高位だが、あくまで儀礼的なものだった。

「次に天皇への国書を授ける」

嗣先が箱から任命書よりひと回り大きな書状を取り出し、気を持たせるようにわざとゆっくりと差し出した。

真人は息を呑んだ。

楮をすいて作った厚手の紙には、「日本国天皇に詔す」と記され、数行分の空白の後に「武周皇帝」の文字と朱印が押されている。

文章はどんな風に書いても構わないという意味だった。

真人は驚きのあまり令月を見やった。

令月は正面から視線を受け止め、引き締った口元にかすかに笑みを浮かべた。

「それからこれは、私からの贈り物です」

嗣先が渡した象牙の箱を開けると、硯と筆が入っていた。

「これは国書をしたためる時に使う特別な用具です。墨と筆がちがっては、不審を持たれかねませんから」

「重ね重ねのご配慮、痛み入ります」

「あくまで特例です。次の使者も同じという訳にはいきませんよ」

その覚悟はしておくようにと、嗣先が念を押した。

「それでは執節使さま、皇帝陛下にお礼を言上し、千万歳寿の儀をお願いいたします」

陽大にうながされ、真人は陛下に対する深い感謝と末長い弥栄を願う言葉をのべた。

そして正月参賀の時のように、部下たちと共に舞踏して万歳を三唱したのだった。

令月はそれを見届けてから席を立ったが、ふと思いついたように陽大を呼んだ。

「公主さまが登壇を許すとおおせでございます。どうぞ、後ろに従って下さい」

言われる通りに上段に上がると、令月は立ったまま迎えた。

「もう国にもどりますか」

「はい。国交回復をお許しいただいたことを、一刻も早く天皇にお伝えしとうございます」

「それでは答礼使を同行させましょう。新しい国造りに当たって、わきまえてもらわなければならないこともあります」

武周の冊封体制に入るのなら、価値観を共有してもらわなければ困るというのである。

答礼使はそのための指南と監視を兼ねていた。

「承知しております。すでにわが国では、そのための改革に着手しています」

「東海を渡るのは危険も多いことでしょう。司膳卿として本朝に仕える道もあるのですよ」

令月がそう言ってわずかに頬を染めた。

「ありがとうございます。長安でのことは生涯忘れません」

「そうですか。それなら引き止めませんが、送別の餞にひとつ忠告しておきます」

令月は真人に歩み寄り、人目もはばからず耳元に口を寄せた。

令月の胸元からなじみ深い甘い匂いが立ち昇っている。真人は一瞬どきりとしたが、伝えられたのは恐るべき事実だった。

（まさか、そんな……）

声も出せずに立ちつくす真人を尻目に、令月はぴんと立てた髪の羽根飾りを揺らしながら去っていった。

三日後、真人らは長安を発つことにした。

昨年十一月に長安に入った時は、洛陽から馬車に乗って函谷関をこえて来たが、帰りは杜嗣先が手配した船を用いることにした。

長安の北には渭水が流れ、大きな船着場がある。そこにつないだ二艘の船に分乗し、渭水と黄河ぞいに設置した運河を通り、杭州に向かうのである。

前夜は船宿に泊り、朝一番の船に乗って出発を待っていると、李高文と王華が連れ立って見送りに来た。

「真人さま、ご出発おめでとうございます。無事のご帰国をお祈り申し上げます」

「ありがとうございます。高文どのもどうやら新しい出発をなされるようですね」

真人は寄り添って立つ二人を見てそう察した。

「ええ、王華を娶ることにしました。これからは我が家の家計に目を光らせてもらうことにします」

「王華さん、おめでとう。高文どのを支えて、立派な家庭をきずいて下さい」

「ありがとうございます。執節使さまと出会えたお陰で、これまでとはちがった目で世の中を見ることができるようになりました」

高文の好意に甘えることができたのはそのためだと、王華が照れたようにうつむいた。

「また我が国に来て下さい。真人さまは司膳卿なのですから」

高文が言った。

「次に遣唐使を送れるのは十五年か二十年先になるでしょう。私は来ることはできませんが、新しい世代の者たちが多くを学びにやって来ます。その時には我が国がどう変ったかについても、お知らせできるはずです」

「十五年ですか。その頃にはきっと李隆基さまが皇帝になっておられるでしょう。その治政が豊かなものになるように、私も王華とともに力をつくすつもりです」

「残念ですね。お二人でわが国に来ていただければ良かったのだが」

真人は高文が答礼使になってくれればいいと願っていたが、今は長安を離れられないという。

その代わりに任命されたのは、揚州府都督の李順天である。皇帝に取り次ぐかどうかは私が決めると、公然と賄賂を要求した男だった。

「いつか行ける日が来たら、よろしくお願いいたします。日本からの使者には、長安に着いたら私を頼るように言って下さい」

真人の子供や孫だと思って面倒を見ると、高文が頼もしげに請け負った。

やがて出港を告げる銅鑼が鳴り、船は静かに岸を離れた。

「あのお二人、いい夫婦になりそうですね」

憶良が岸で見送る高文らを見やった。

「そうだな。優しさを秘めた強さこそが、人の心を動かすことができる。高文どのはその力で王華さんを動かしたのだ」

「お二人の子供はさぞ優秀でしょうね。賢くて志があって……」

憶良は日本で待つ子供たちのことを思い出したのか、急に感激に声を詰まらせた。

「一首できました。ご披露申し上げてよろしいでしょうか」

憶良が朗々と誦したのは次の歌だった。

瓜食めば子供思ほゆ栗食めば
まして偲はゆ何処より
来りしものぞ眼交に
もとな懸りて安眠し寝さぬ

船はゆっくりと渭水を下っていく。ふり返ると遠くに梁山の尾根が連なっていた。あの山の一角に高宗の陵墓である乾陵がある。やがて李重潤と李仙蕙、そして則天武后も乾陵に葬られることになるのだった。

山間部を流れる渭水の水は美しく透き通っている。だが黄土高原を流れてきた黄河の水は黄土色ににごっていて、浅瀬でさえ底が見えないほどだった。

黄河ぞいの運河を下り通済渠に入り、半月ほどの船旅の末に揚州府に着いた。

高々とそびえる大明寺の棲霊塔が、揚州の町であることを告げている。こうした塔を建てるのは町の目印にするためだと、広大な大地を旅しているとよく分った。

揚州城の東の水門には、李順天が船を連ねて迎えに出ていた。

「執節使さま、お役目ご苦労さまでございます。城内まで案内させていただきます」

順天が揉み手をしながら申し出た。

すでに長安からの急使が来て、日本への答礼使に任じられたことを告げている。

しかも真人は自分より高位の司膳卿に任じられているので、一転して下手に出ているのである。

「ご厚意は有難いが、このまま開沙島まで向かう。出港は四月末日の早朝にするので、その前夜までに船に来てもらいたい」

「供の者を二十人ばかり連れて参ります」

「それだけの人数を乗せる余裕はない。供は五人までにしてもらおう」

揚州から南に真っ直ぐにつづく運河を進み、夕暮れ時に揚子江に出た。

川の中央の中洲(なかす)が開沙島である。

島の南側の港には、懐(なつか)しい遣唐使船が三艘つないである。三号船は座礁(ざしょう)して大破したが、他の船は半年の間に美しく修理されていた。

物見から知らせがあったのか、島に残していった乗員たちが岸に出て手を振っている。留守役の長(おさ)に任じた由良船岩(ゆらのふないわ)の顔も見える。

わずか半年しかたっていないのにずいぶん長かったように感じるのは、長安での日々が苦難に満ちたものだったからだろう。

真人は舳先(へさき)を連ねる遣唐使船を見ながら、よくもこんな小さな船で大海原を渡ってきたものだと不思議な感慨に打たれていた。

翌日、全員を集めて長安での報告をし、今後の予定を告げた。

国交回復を成しとげ無事に任務をはたすことができたと言うと、留守を守っていた者たちからいっせいに拍手が起こった。

「出発は四月末日。四日後だ。その間に乗員の編成をし、航海中に必要な荷物を買い入れねばならない。長安からもどった者たちはしばらく体を休め、島に残っていた者たちは出港の準備を進めてくれ」

一番体を休める必要があるのは、最高齢ながら執節使の任務をまっとうした真人である。島に残った者たちの顔を見た途端、緊張がとけて、体の節々が痛み出したほどだった。

「真人さま、ゆっくりお休み下さい。またあの大海原を渡るのですから」

元気でなければ生きて帰れないと、憶良が親身になって世話をした。

「そうだな。気がつけばもう六十四だ」

真人は柔らかい夜具に横になり、精のつく茶や粥で体力の回復をはかることにした。

その間、大分、邑治、岡麻呂が中心となって帰国の編成を決めた。

一号船は真人と大分、二号船は岡麻呂、四号船は邑治が指揮をとることになり、それぞれの船の乗員ごとに分宿することにした。

船は一艘少ないが、留学僧や請益僧など長安に残った者たちもいるので、それほど窮屈になることはなかった。

出発が翌日に迫った日の夕方、邑治が阿倍船人と連れ立って訪ねて来た。

船人は往路と同じく四号船の船長をつとめ、邑治の指示に従っていた。

「執節使さま、船長がお願いがあると申しますので」

「何だね。改まって」

真人は帰国後のことでも相談に来たのかと思った。

「一昨日、四号船に壬生五百足という老人が駆け込んで参りました。陸奥出身の水夫で、白村江の戦いの時に捕虜になり、奴婢にされて官戸(官庁に隷属する賤民)として働いてきたそうでございます」

その者は、船人が白村江の戦いで水軍の大将をつとめた阿倍比羅夫の息子だと知り、国に連れ帰ってもらいたいと訴えてきたのである。

「他にも上長二人、兵士七人が奴婢にされ、揚州の村で働かされているそうでございます」

「その者たちを、船に乗せて連れ帰りたいというのかね」

「父の部下だった者たちです。何とかしてやれないでしょうか」

「それは無理だ。官戸は律(刑法)で定められた規定によってしか釈放できない。その手続きを待つだけで、一年や二年はかかるだろう」

「船にはまだ余裕があります。十人ならひそかに乗せることもできますが」

「馬鹿(ばか)なことを言うな。もしそれが明らかになれば、我ら全員が投獄されることになる。それは遣唐使の使命を放棄するということだ。それに」

娘の真奈も君の帰りを待っていると言いたかったが、船人の思い詰めた険しい表情を見ると口にはできなかった。

真人は邑治と相談し、四号船に李順天ら答礼使を乗せることにした。

こうした重い役目を負わせれば、船人も帰国せざるを得ないと覚悟すると思ったのだった。

翌日、遣唐使船三艘は夜明けとともに揚子江に乗り出した。

空は晴れ西からの追い風が吹いている。この風に乗れば、日本まで無事にたどり着けるのである。

揚子江の河口にさしかかり、川の流れと海からの波がせめぎ合うあたりを過ぎた時、

「執節使さま、大変です」

船長の田辺連清名(たなべのむらじきよな)が急を告げた。

「四号船が故障のため航行不能。港に引き返すと合図を送っております」

「何だと」

真人は船館を飛び出して船尾に立った。

四号船はすでに帆を下ろして海上にただよっている。一号船や二号船との距離は開くばかりだった。

（馬鹿な……）

お前は祖国と真奈を捨てるつもりか。その言葉が怒りとともに喉元までせり上がった。

「どうします。引き返しますか」

「いや、このまま国へ向かえ」

真人はそう決断するしかなかった。

船人がこんなことをするのは、余程の覚悟があってのことにちがいない。帰国せよと説得することはできないし、船人を罷免したなら他の水夫たちも従おうとはしないだろう。

そんなことに日を費すより、この好天と順風を活かして少しでも早く帰国し、任務をまっとうしなければならなかった。

国交回復が成ったことを藤原不比等に報告し、今後の方策を打ち合わせる必要がある。それに李令月が送別の餞として耳打ちした忠告についても、どのような対応を取るべきか諮らなければならなかった。

「あなた方は天皇を中心とした国を作り上げようとしておられるようですが、国史などを編む時にはご注意なさい。わが国には周王朝以来書き継いできた膨大な史書があります。どのような部族がどの道をたどって倭国に渡り、今の天皇家の祖になったのか、ちゃんと記録されていますから」

令月はそうささやいたのである。

これはいったいどういう意味だろう。天皇を正統化する史書を作り上げても、わが国は容易に間違いを指摘できるということだろうか。

(もし、そうだとすれば……)

真人や不比等が皇帝の制度に倣(なら)って築こうとしている天皇中心の国家は、大きな弱点を抱え込むことになる。

そしてその弱みを突かれれば、後々まで唐に頭が上がらないことになりかねない。

真人は遠ざかっていく四号船と広大な大陸をながめながら、不安に足をすくわれる思いをしていた。

(だが、しかし、たとえそうだとしても)

切り抜ける策は必ずある。

いや、何としてでもその策を見つけ、新生日本を安穏ならしめねばならぬと、気力を奮い立たせていたのだった。

解説

大矢博子

安部龍太郎の〈古代史小説〉が、大きな河になろうとしている。

源平の時代から明治維新に至るまで幅広い作品を書いてきた安部龍太郎が、古代史に正面から向き合った最初の長編は二〇一五年刊行の『姫神』（文藝春秋→文春文庫）だったと記憶している。厩戸皇子による遣隋使のプロジェクトとそれにかかわった海運を担う宗像一族の物語だ。

その後、飛鳥から奈良への遷都に向けて都の造営をモチーフにした『平城京』（角川文庫）を上梓。一旦時代を遡り、七〇二年の第八次遣唐使の遣唐執節使として大陸に渡った粟田真人を描いた本書『迷宮の月』を経て、二〇二二年八月現在、第九次遣唐使に同行した阿倍仲麻呂が主人公の『ふりさけ見れば』を日本経済新聞に連載中だ。

これらを続けて読むと、白村江の戦いから続く日本と大陸の関係が一本の糸としてつながり、そのダイナミズムに驚く。それぞれ別の物語ではあるが、過去が未来を作っていく様子がはっきりと浮かび上がるのである。

既刊を読んでいたら、本書の冒頭で遣唐使が出発前に宗像神社の神主による祭礼に参加するくだりに『姫神』を思い出すだろう。粟田真人が重用する若き優秀な船長の名前が『平城京』の主人公、阿倍船人であることを嬉しく思うだろう。そして『平城京』ではまだ幼かった阿倍仲麻呂少年が、『ふりさけ見れば』では気鋭の留学生として唐にいるのだ（船人も登場している）。

こういった人のつながりを見るだけでも、歴史は続いているのだなあと当たり前のことに感動してしまう。

おっと、忘れないうちに書いておこう。『平城京』は新都造営を描いたテクノクラート小説であると同時に、造営を妨害する黒幕とその動機を探るミステリでもあるのだが、その動機が、実は本書の大きなテーマにかかわってくるのだ。いわば本書で前作のネタバレを丁寧に解説しているという形になっているので、『平城京』をミステリとして楽しみたい方は、本書より先に読んでおくことをお勧めする。『平城京』のあとで本書を読めば、なるほどこういう事情だったのだなとより強く腑に落ちるはずだ。

これが何を表しているか。私は先ほど「人のつながりを見るだけで、歴史は続いているのだなあと感動する」と書いたが、つながっているのは人だけではないということだ。過去に起きたこと、為したことが、未来を動かしていくという因果もまた、つながっているのである。

ということで、あらためて本書のあらすじを紹介しておこう。

七〇二年、粟田真人を遣唐執節使とする第八次遣唐使が四隻の船で唐に向かった。白村江の戦いで国交が途絶えて以来、三十三年ぶりの遣唐使である。真人に託されたミッションはふたつ。唐との国交回復と、留学生・留学僧を送り届けることだ。実はこの他に、藤原不比等勅命の秘密のミッションがあったのだが、それは後述。

娘の婚約者でもある船長の阿倍船人、無位ながら腹心の山上憶良らと、厳しい航海の末に辿り着いたのは目的地から遠く離れた楚州塩城県だった。そこで真人は驚くべき事実を知る。唐という国は既になく、則天武后が即位して今は周になっているというのだ。

申し訳ないが、ここでちょっと笑ってしまった。外交使節としてやってきたら相手の国がなくなっていたというのは、考えてみればずいぶん間抜けな話ではないか。「二年前、唐から正式に使者を受け容れるとの返答があり」と真人は述懐しているが、その時点で既に周に変わっていたので知らないはずはないのだが……。情報収集ができていないのか、連絡が雑だったのか、それともあえて隠した理由があったのか。国交が途絶えるとはこういうことなのかもしれない。

しかし当人たちにしてみれば笑い事ではない。国の名前が何であろうと、とにかく国交回復が最優先事項なのだから。だからまずは長安に赴き、則天武后に拝謁したいのだが、そこで真人たちは露骨に賄賂を要求する役人たちに行く手を阻まれることになる。周では権力におもねる者たちの汚職や密告、謀略が横行していたのだ——。

というのが第三章までのアウトラインである。

物語はここから、真人たちがどうやってさまざまな障害をクリアし、最高権力者に会ってミッションをクリアするのかを追う、実に波瀾万丈な展開へとなだれ込む。

読みどころは多いが、まずは遣唐使節の具体的でリアルな描写に唸った。船内でのルールや生活に始まり、海上での距離を測る手段や食糧の内容まで、「こんなふうに旅をしていたのか！」という興味深い情報が盛り沢山。長安に到着してからも、式典に参加する時の儀礼や服装（なんと卑弥呼の時代の「倭人の装束」が求められるのだ！）、衣食住すべてに至るまで日々の生活の様子がつぶさに描かれる。だからこそ、彼らがそこに生きて動いているということが肉厚に浮かび上がるのだ。

そしてやはり注目はミッションを達成するための真人の知恵と覚悟と努力だ。誰が敵で誰が味方なのか。真人を陥れようとしているのは、あるいは救おうとしているのは誰なのか。それを見極めながら少しずつ本丸に近づく真人。絶体絶命の中で断行した逆転の一手。まるで良質のスパイ小説を読んでいるかのようで、ワクワクすることこの上ない。

国交回復を頼むだけなら、そこまでの謀略戦になるはずがない。そこには藤原不比等から託された秘密指令の存在がある。本書でそれがわかるのは第五章なので、本当なら何も知らずに読んで「なるほど、そういうことか」と腑に落ちる感覚を味わっていただきたいのだが、それを隠したままでは本書のテーマに触れられないのでお許しを。

真人に与えられたミッション——それは、唐（周）の皇帝と日本の天皇の関係についてである。皇帝には服従して冊封国（従属国）となるが、日本国内に向けて「唐に従属します」とは言えない。現実はどうであれ、建前としては皇帝と天皇は対等でなければ、国が乱れる。だから、皇帝から天皇へ下される国書に、臣下に向けたような言葉を入れるのだけは阻止しなくてはならないのだ。

滑稽だと思うだろうか。情けないと思うだろうか。私はそうは感じなかった。ここで彼らを卑屈だと嗤うのは、幕末に欧米との国力の差も世界の趨勢も知らぬまま闇雲に攘夷を叫んだ者たちと同じではないだろうか。自国のため、自国の未来のため、先を見据えて少しでも有利になるように交渉の場に赴く、時代に関係ない外交官の矜持と信念がここにはある。

何より、真人が直面している困難の根は百年前にあるのだ。本書にも登場するが、小野妹子ら初の遣隋使が運んだ親書「日出ずる処の天子」に隋の煬帝が激怒したという逸話がある。そして煬帝からの返書を小野妹子が紛失していると聞けば、見せられない内容だったから捨てたのかも、と想像したくなるではないか。同じ轍は踏めないわけだ。

しかもその間に、日本は白村江でうっかり唐と戦ってしまった。それも心証を悪くしている。

過去が未来を作っている、と書いた理由はここにある。

本書にはたとえば、白村江で取り残され捕虜となった日本人の子どもが登場する。これもまた過去によって未来が被った負の遺産と言っていい。物語の終盤で阿倍船人がとった行動も、過去の取りこぼしをなんとかすくい上げようとするものだ（これが『平城京』へと続く）。また、則天武后の治世が将来に禍根を残すものだと憤る人物もいる。その人物に真人が、怒りを晴らす正しい方法がある、と告げる場面がある。

「武后さまの善と悪を正しく検証し、史書として後世に残すことです。それを未来の教訓とすることこそ、王皇后さまや犠牲者たちが望んでいることだと思います」「どの王朝もそうした膨大な史書を残すことで、この国の知恵と良識を守ってきたのではないでしょうか」

過去が未来を作る様子を幾重にも描いたこの物語の、白眉と言っていい。文書を残さない、あるいは誰かの都合のいいように書き換える——そんなことがまかり通ってしまえば、最も大きな被害を受けるのは未来なのだ。そうならないようにすることこそ、「今」の責任なのである。

本書での粟田真人の行動が「過去」になり、「未来」を動かす様子が『平城京』と

『ふりさけ見れば』で描かれることになる。人がつながり、出来事がつながり、歴史が続いていく。外交を物語の中心に据えた意味もそこにある。安部龍太郎の古代史小説は、個別の物語がつながって「世界の中の日本」という大きな流れを作っていくのだ。

（令和四年八月、文芸評論家）

この作品は令和二年四月新潮社より刊行された。

西條奈加著

千両かざり
―女細工師お凜―

女だてらに銀線細工の修行をしているお凜は、神田祭を前に舞い込んだ大注文に天才職人時蔵と挑む。職人の粋と人情を描く時代小説。

西條奈加著

善人長屋

差配も店子も情に厚いと評判の長屋。実は裏稼業を持つ悪党ばかりが住んでいる。そこへ善人ひとりが飛び込んで……。本格時代小説。

西條奈加著

閻魔の世直し
―善人長屋―

天誅を気取り、裏社会の頭衆を血祭りに上げる「閻魔組」。善人長屋の面々は裏稼業の技を尽し、その正体を暴けるか。本格時代小説。

西條奈加著

大川契り
―善人長屋―

盗賊に囚われた「善人長屋」差配の母娘。店子が救出に動く中、母は秘められた過去を娘に明かす。縺れた家族の行方を描く時代小説。

西條奈加著

上野池之端 鱗や繁盛記

「鱗や」は料理茶屋とは名ばかりの三流店。名店と呼ばれた昔を取り戻すため、お末の奮闘が始まる。美味絶佳の人情時代小説。

西條奈加著

せき越えぬ

箱根関所の番士武藤一之介は親友の騎山から無体な依頼をされる。一之介の決断は。関所を巡る人間模様を描く人情時代小説の傑作。

隆慶一郎著

吉原御免状

裏柳生の忍者群が狙う「神君御免状」の謎とは。色里に跳梁する闇の軍団に、青年剣士松永誠一郎の剣が舞う、大型剣豪作家初の長編。

隆慶一郎著

鬼麿斬人剣

名刀工だった亡き師が心ならずも世に遺した数打ちの駄刀を捜し出し、折り捨てる旅に出た巨軀の野人・鬼麿の必殺の斬人剣八番勝負。

隆慶一郎著

かくれさと苦界行(くがいこう)

徳川家康から与えられた「神君御免状」をめぐる争いに勝った松永誠一郎に、一度は敗れた裏柳生の総帥・柳生義仙の邪剣が再び迫る。

隆慶一郎著

影武者徳川家康（上・中・下）

家康は関ヶ原で暗殺された！　余儀なく家康として生きた男と権力に憑かれた秀忠の、風魔衆、裏柳生を交えた凄絶な暗闘が始まった。

隆慶一郎著

死ぬことと見つけたり（上・下）

武士道とは死ぬことと見つけたり——常住坐臥、死と隣合せに生きる葉隠武士たち。鍋島藩の威信をかけ、老中松平信綱の策謀に挑む！

隆慶一郎著

一夢庵(いちむあん)風流記

戦国末期、天下の傾奇者(かぶきもの)として知られる男がいた！　自由を愛する男の奔放苛烈な生き様を、合戦・決闘・色恋交えて描く時代長編。

迷宮の月

新潮文庫　あ－35－17

令和四年十月一日発行

著者　安部龍太郎

発行者　佐藤隆信

発行所　株式会社新潮社

郵便番号　一六二―八七一一
東京都新宿区矢来町七一
電話 編集部(〇三)三二六六―五四四〇
読者係(〇三)三二六六―五一一一
https://www.shinchosha.co.jp

価格はカバーに表示してあります。

乱丁・落丁本は、ご面倒ですが小社読者係宛ご送付ください。送料小社負担にてお取替えいたします。

印刷・大日本印刷株式会社　製本・株式会社大進堂

ISBN978-4-10-130528-8 C0193